戲非戲13

步步生蓮

卷十五

今為伊水寄生蓮

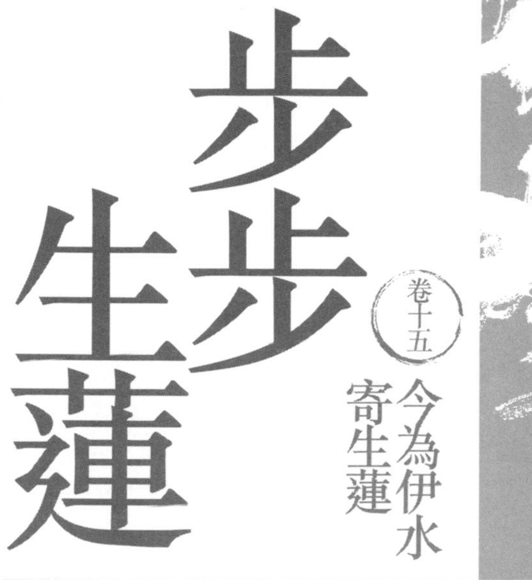

月關作品

高寶書版集團

戲非戲 DN138

步步生蓮

卷十五：今為伊水寄生蓮

作　　者：月　關
責任編輯：李國祥
執行編輯：顏少鵬
出 版 者：英屬維京群島商高寶國際有限公司台灣分公司
Global Group Holdings, Ltd.
地　　址：台北市內湖區洲子街88號3樓
網　　址：gobooks.com.tw
電　　話：（02）27992788
E-mail：readers@gobooks.com.tw（讀者服務部）
pr@gobooks.com.tw（公關諮詢部）
電　　傳：出版部（02）27990909　行銷部（02）27993088
郵政劃撥：19394552
戶　　名：英屬維京群島商高寶國際有限公司台灣分公司
發　　行：希代多媒體書版股份有限公司發行/Printed in Taiwan
初版日期：2011 年 1 月

國家圖書館出版品預行編目資料

步步生蓮. 卷十五, 今為伊水寄生蓮 / 月關著. --
初版 . -- 臺北市 : 高寶國際出版 : 希代多媒體
發行, 2011.01
面； 公分. -- (戲非戲 ; DN138)

ISBN 978-986-185-547-9(平裝)

857.7　　　　99025738

目次

三百七二　談判　5
三百七三　櫻桃落盡春歸去　24
三百七四　糾葛　49
三百七五　遲來的洞房之夜　63
三百七六　釜底抽薪難下手　76
三百七七　疑雲重重　91
三百七八　三面埋伏　112
三百七九　親仇契丹　121
三百八十　上京　137
三百八一　當眾挑情　152
三百八二　宮闈　166
三百八三　偷香竊玉　177
三百八四　設計　193
三百八五　酒是短槐歌（哥）是槳　207
三百八六　女皇之怒　224
三百八七　血腥瑪麗　244
三百八八　一千零一夜　258
三百八九　一夜又一夜　269

三百七二　談判

「徐鉉？不見！若要本王休兵，除非李煜肉袒出城向本王稱降，徐鉉來做什麼？轟他回去。」

「且慢！」

曹彬上前道：「千歲，李煜不降，卻遣使來見，名為求和，實為拖延。朝廷大軍已兵臨城下，自然不可能再答應他什麼條件。不過金陵城高牆厚，易守難攻，若是困他幾日，消弭城中守軍士氣，對我們是有利的。再者，我軍一路攻來，直取金陵，江南諸多城池仍在李煜的掌握之中，湖口更有十萬大軍待命，若是一一去打，難免勞師動眾，今若圍困金陵，迫使各路唐軍勤王，正可以逸待勞，一一剪除。而且，我軍糧草輜重現在有些接濟不上，唐國堅壁清野，無法就地補充，要待國中運來，尚需時日。四者，兵卒一路奔襲亦已疲憊不堪，原也需休整些時間，千歲何不見見那徐鉉呢？」

楊浩也上前說道：「曹將軍所言極是，若能逼得李煜走投無路，主動投降，不戰而屈人之兵，實比強攻硬打以致生靈塗炭強些。金陵繁華，不遜開封，若是逼急了他，李煜學那漢國劉繼興，一把火將傾國財富付之一炬，豈不可惜？何況，如此堅城絕非只憑人力就可以攀附攻打的，要製作各種攻城器械也需要時間，如今他們需要時間調兵遣將，我們同樣需要時間籌措準備，何如將計就計？至於議和……此戰打還是不打，要看李煜降還是不降；此戰是勝是負，要看雙方的實力強弱。徐鉉空有一張利口，能夠扭轉時局嗎？怕他何來？」

趙光義雙眉一軒，展顏笑道：「二位大人所言有理，好，來人吶，擊鼓聚將，喚徐鉉進見！」

大帳中戰將如雲，人人頂盔掛甲，肅立如山，看那淵渟嶽峙、一片肅殺的氣勢，便讓人膽顫心驚。徐鉉博帶高冠，昂然入帳，見此情形卻是目不斜視，從容自若。到了趙光義面前，徐鉉微施一禮，說道：「唐國徐鉉，見過晉王。」

趙光義夷然一笑，問道：「本王奉皇命討伐貳臣，如今兵困金陵，李煜不來出城請罪，卻讓徐大學士趕來，意欲搬弄什麼脣舌？」

徐鉉肅然道：「晉王此言差矣，我唐國已復國號，稱皇帝，如今我主乃唐國皇帝，與貴國君上一般無二，皆是至尊，何來貳臣一說？徐鉉奉國書、持節鉞，此番出使，欲見貴國皇帝陛下當面陳詞，晉王身分貴重，非是一般人物，豈可將此國家大事戲謔為搬弄脣舌？」

趙光義失笑道：「原來徐大學士此番出城乃是到我宋國出使，貴國領土如今僅止於金陵城內了嗎？哈哈，失敬，失敬，實在失敬，不知貴國金陵皇帝有什麼話說？」

帳前眾將轟然大笑，徐鉉不動聲色，待笑聲稍歇，這才淡淡說道：「徐鉉奉我皇命，欲見宋國皇帝陛下，休兵議和。若是晉王作得了這個主，那徐鉉便將國書奉予晉王，與晉王洽談，卻也無妨。」

說著，徐鉉微微一笑，雙手微微拱起，手中捧著一卷黃綾卷軸，以明黃絲線繫著，向前走了一步。

趙光義看著徐鉉手中國書，兩道濃眉挑了挑，黑著一張臉，強壓怒氣，發作不得。帳下鴉雀無聲，眾將領都屏息看著，趙光義沉默半晌，忽地哈哈一笑，滿面春風地離座道：「徐學士說笑了，我宋國軍國大事，一應取決於聖意，趙光義豈敢作主？徐大學士此來既以國使身分欲見我家皇帝，本王豈敢阻攔？如今處處都是亂兵，北向路途頗不安靜，今日天色已晚，就請徐大學士暫在本王營中住下，明日一早，本王親自派人送你們赴京。」

徐鉉微微一笑，收回國書，拱手稱謝：「多謝晉王千歲。」

打發了徐鉉出去，文武退帳，趙光義一拳擂在帥案上，額頭青筋蹦蹦直跳，憤怒半晌，他忽喝道：「殷唯，近前來！」

帳前一個旗牌官立即應聲上前，叉手施禮。此人乃趙光義親信，原在開封任一功曹，為人精明、做事得力，趙光義不能一個親信的使喚人都不帶，便把他帶來了軍中，只做帳前一個旗牌聽用。

趙光義吩咐道：「殷唯，你速去挑選慣使船的大漢百人，擇一艘快船，同時預備快馬車轎，遇水行船，遇路乘馬，一路護送他們，日夜兼程趕赴汴梁，如果徐鉉有意拖延，你就把他們當死狗一般，拖也要拖去汴梁，不得讓他們在路途上耽擱一日。」

殷唯心領神會，立即領命去了。

趙光義冷哼一聲，鄙夷地道：「徐鉉費盡心機，為李煜謀取時間，又能改變什麼？本王自今日起，一邊休養兵馬，一邊建造攻城器械，只待你鎩羽而歸，便立取金陵城，但憑你一張利口，濟得鳥用！」

* * *

「楊左使，哎呀呀，在下於城中時便聽說楊左使福大命大，落水而未死，今日得見，方知傳言不虛。」

楊浩走出帥帳，就見唐國的使節團實在龐大，足有數十人是從使身分，從帳中出來的諸將見了這麼龐大的使節團，都覺得十分稀罕，站在那兒指指點點，引為談笑。楊浩也站住腳步，正好奇地觀望，使團中一名文官忽地閃身出來向他施禮。

楊浩一看，對這人沒什麼印象，不禁奇道：「這位兄臺是……楊某認得你嗎？」

那生了兩撇小鬍子的文官陪笑道：「下官乃唐國鴻臚寺堂官李聽風，曾隨夜大人接待過楊左使，楊左使貴人多忘事，對下官想必是不認得的。」

楊浩一笑道：「在下眼拙……」

他正說著，李聽風陪笑靠近，左手向他一碰，一個紙團已自大袖下塞到他的手中，楊浩一怔，若無其事地捏緊紙團，笑道：「在下眼拙，不大記得人，足下這麼一說，我倒想起來了。怎麼……這一次夜羽夜大人沒有隨徐大人一同出使嗎？」

那小鬍子嘆道：「宋國使節、契丹使節接連於城中出事，陛下一怒之下，罷了夜大人的官，夜大人已回彭城老家去了。」

楊浩微微一怔，也輕嘆一聲道：「塞翁失馬，焉知非福……如今這官……罷了也好。呵呵，前次出使貴國，承蒙款待，楊某一直記在心上，難得今日在我營中見到足下，今日楊某於秦淮河中釣了一尾肥魚，正好佐酒，李堂官可願與楊某同去小酌幾杯？」

李聽風眉開眼笑地道：「大人如此抬愛，下官敢不從命？」

當下便隨著楊浩歡歡喜喜地去了，使節團中各位官員見李聽風這麼快就與宋國官員攀上了交情，望著他大多露出羨慕的神色。

到了楊浩帳中，楊浩屏退左右，只留心腹守住帳口，展開那紙團一看，只見上面羅列著一些人名，便肅容問道：「閣下這是何意？」

李聽風一進帳，諂媚的笑容便不見了，他鎮靜地看了眼守在帳口的穆羽，問道：「此人可靠嗎？」

楊浩答道：「是我手足，毋須擔心。」

李聽風點點頭，拱手道：「李某曾得大郎通報消息，知道大人如今與我等的關係。今危難之際，有事求託於大人，還望大人伸以援手。」

楊浩瞿然一驚，失聲道：「大郎？閣下也是繼……繼嗣堂中人？」

李聽風微微一笑，說道：「正是。」

楊浩目光一凝，問道：「不知李兄來尋我，有什麼事？」

李聽風道：「不過是未雨綢繆罷了。不瞞大人，趙官家意欲出兵伐唐的計議一定，我們就已得到了消息，唐國境內的產業、重要的族人，能遷的遷、能藏的藏，已經開始預作防範了。」

楊浩心道：「這繼嗣堂著實了得，恐怕任何一股強大勢力中，都有他們的耳目眼線，這簡直就是一個無孔不入的間諜系統，如果能得到他們相助，要做到用兵如神又有何難？聽他口氣，於崔大郎並無多少恭敬之意，彼此之間應該並非從屬，他姓李，莫非也是七宗五姓裡的核心人物？如此看來，繼嗣堂之所以擁有這麼龐大的能量，卻不能據而立大事，實在是繼嗣堂組織渙散，七宗五姓各自為政，其模式相當於一家商會，無法把各氏的力量統一運用的緣故。我今與繼嗣堂合作，如果能繞過崔大郎，與其他各氏族有所聯繫，才能扭轉局面，化被動為主動，不受他們牽制，反把他們控制在手中。」

楊浩想到這裡，神色一緩，便透出幾分親熱：「李兄請坐，既然你們早已有備，不知想要楊某做些什麼呢？」

李聽風道：「有些產業是不可能及時抽手的，我族中有些人因為公開的身分特殊，也是不方便說走就走的，比如在下及家人，就滯留城中直至今日。如今我們想走也走不成了，如果李煜獻城投降，城中萬千生靈或可免受無妄之災，如若不然，大軍一旦攻進城去，就算趙官家親下御旨不得擄掠燒殺，亂軍之中也是控制不住的，那樣的話，我們留在城裡的族人就危險了。」

楊浩恍然，道：「李兄之意……讓我在城破之時能予以救助，保護他們？」

李聽風欣然道：「正是。」

楊浩道：「李兄既來尋我，楊某自無推辭之理，只是，一旦大軍破城，處處狼煙，烽火四起，兵荒馬亂之中，在下沒有千手千眼，如何可能把這名單上的人維護周全？」

李聽風笑道：「這也不難，一旦城破，我們的族人立即集中到一個約定地點，大人入城後逕奔此處，制止亂兵劫掠殺人，自然便能護住我們。」

楊浩恍然大悟，仔細一想，城中方便他們集結、自己又認得的地方著實不多，想來想去，除了禮賓院、雞鳴寺，也沒幾個去處了。他忽地想起一個地方，忙一拍額頭道：「那……就定在江南書院如何？此處是書院，沒有財帛、女子，若有將領縱兵為匪，也未必選擇此處，如果真的城破，我便直奔這裡。」

李聽風欣笑道：「如此甚好，我馬上把消息傳回城中，曉諭各處要緊的族人。」說著，他自懷中取出一個包裹，往桌上一放，解開包裹一看，珠光寶氣，眩人二目，盡是極珍貴的珠寶。

楊浩眉頭一皺，道：「我與李兄非為財帛交往，這金銀珠玉之物，就不必了吧？」

李聽風打個哈哈，說道：「大人，你道徐大學士出使汴梁，何以有這麼多官員打破頭地要擠進使團裡來？他們都想事先走個門路，求告於各位將軍，保自己一家一姓平安罷了。現在那些從使們，想必正在各位將軍帳中活動，我這筆財寶，卻只是個幌子，大人願意收就收下，不願意收就把它交給晉王，坦言告之李某行賄，還可換取他的信任。」

他笑吟吟地站起身來，拱手道：「李某若多作停留，恐對大人不利，這就告辭了。」

楊浩把他送到帳口，恰見一位唐國使者從曹彬麾下大將曹翰帳中出來，點頭哈腰地猶自行禮，曹翰站在門口，滿臉笑容地正對他說著什麼，忽地一眼瞟見楊浩，見楊浩帳中也走出一個唐國使節來，曹翰便向他會意地一笑，遙遙拱了拱手，這才轉身回帳。

楊浩見了，不禁暗暗搖頭：「大難臨頭各自飛，江南官吏們已經開始自尋出路了，可是李煜……你的出路在哪裡呢？」

* * *

金陵城頭，黃羅傘蓋下，李煜正在親自巡城，鼓舞三軍士氣。

城頭甲士林立，其中許多都穿著白甲，這種盔甲是用紙做的，一般以硬布裱骨，再以紙筋搪塞其中，十分輕便，質量好的亦可抵擋弓弩。就算是紙甲，一般也會以彩布飾外，繪以各種圖案，如今李煜把城中士農工商一應青壯俱都抓了壯丁，盔甲製作倉卒，既未染色，也未裝飾，至於內裡有沒有偷工減料，那就不得而知了。

金陵百姓經常看得到國主李煜，他出宮的時候，要嘛是去寺中禮佛，要嘛是去秦淮河中遊賞，這還是頭一回看到他身著明黃色的龍袍，頭戴皇冠，威儀萬分地巡視三軍。

可惜，就算是鼓舞三軍士氣的時候，喜怒形於色的李煜也不懂得掩飾，他眉頭緊鎖，一副憂心忡忡的模樣。一排排手執刀槍的白甲兵立在城頭，聽著城下宋軍調動時發出的整齊劃一的隆隆腳步聲，把這些未經訓練、不曾見過戰陣廝殺的士兵嚇得臉色發青，李煜走在他們中間，周圍俱是白甲，看起來倒像是在出喪。

「徐鉉能完成使命嗎？湖口守軍什麼時候能來救駕？朕的勤王之師都在哪裡？」

李煜茫然看著城下連綿不見首尾的宋軍陣營，繼而，移目向北，又看向開封方向，那個粗鄙不文、不敬神佛的趙大郎，一個臭軍漢而已，怎麼就能這麼囂張，邀天之倖，成為中原霸主？朕……這一遭能不能逃脫他的魔掌？救兵，救兵究竟在哪兒？

耶律文曾經給過他一個希望，頭一次讓喜歡安逸平靜生活的他，萌生了一絲稱霸中原的野心，他也曾夢想過與契丹合作，一南一北吞併宋國，從此劃江而治，成為整個南方的九五至尊，可是……

可是該死掉的楊浩活回來了，耶律文卻真的死掉了，如今也不知北國的慶王謀反是否成功，如果他成功，那麼自己懷中那份契約就仍然有效，問題是，即便他成功，自己能拖到那一天嗎？上京，現在怎麼樣了？耶律賢是個比自己擁有著更強大國家的帝王，他……如今是不是已經做了慶王刀下之鬼？

*　*　*

上京城，一行將領正在巡城。

走在中間的是一員女將，身穿靛藍色盤領窄袖長袍，外罩細鱗鎖子甲，胸前一方亮閃閃的護心寶鏡，兜鍪及護項上飾著純白色的銀狐毛，頭頂銀盔上一束長長的雉羽飄揚，襯著她唇紅齒白的容顏，英姿颯爽、腳步剛健，正是契丹皇后蕭綽。

在她身右，同樣是一員女將，一襲滾銀邊的白綾戰袍，肋下佩劍、肩上有弓，背後一壺雕翎，明眸皓齒，嫵媚端莊，卻是最受寵信的六宮尚官羅冬兒。

在她們身左，是一位英眉朗目的年輕武將，正是大惕隱司、宮衛軍元帥耶律休哥，其後隨行幾員將領，羅克敵、彎刀小六和鐵牛赫然在列。他們個個俱著戰袍，如今也是宮衛軍中的將領，當日殺退叛軍之後，蕭綽立即封他們為舍利，譯作漢語就是郎君，表示尚無官職的勇士，成了郎君，就像在宋國考中了進士，意味著可以做官了。果不其然，耶律賢帶傷巡城之後，一道詔令頒下，他們三人便成了宮衛軍大將。

蕭綽把上京布置得如鐵桶一般，她每日巡城，照常處理國事，對守城官兵常施賞賜，將散布謠言者格殺勿論，苦苦支撐著上京局面。昨日，南院終於傳來消息，宋軍南伐了！

蕭綽聞言，不禁長長地鬆了一口氣，宋人此番南伐，說明宋國已決定放棄趁機北伐的機會，這時候，她才下詔令南院大王耶律斜軫分兵赴援，解上京之圍。之前，蕭綽沒有令耶律斜軫分兵赴上京，但上京在她的防禦之下如鐵桶一般，慶王雖晝夜攻城，暫時也沒有機會寸進。蕭綽反而先令耶律斜軫分兵襲擊附叛的部族領地，並且只特定於幾個對慶王最堅定的支持者，比如白甘部落。

在此之前，她已派人出城和反叛諸部的酋領們祕密接觸，對那些反叛意志並非十分堅定的戰爭投機者賄以金錢、美色，分化叛軍，相信那幾個反叛部族被血洗部落之後，她預先做下的諸般功夫最終就能發酵，讓叛軍四分五裂。

巡城已畢，蕭綽回到宮中，先去探望了皇帝，皇帝還是老樣子，昏昏沉沉，不省人事。雖說兩人沒有什麼感情，畢竟是一場夫妻，眼見耶律賢臉頰消瘦蒼白、氣息奄奄的模樣，蕭綽還是泫然淚下。

她不只是為皇帝悲傷，也是為自己悲傷。耶律賢本來就體弱多病，中了毒箭之後更是一病不起，整日昏昏沉睡，清醒的時候少，昏迷的時候多，事實上無論是她，還是皇帝寢宮中的人都知道，耶律賢如今就是一個活死人，只是靠藥物吊著一條命而已。

蕭綽與皇帝成親不久，尚無子嗣，如果皇帝駕崩，後繼無人，那時該怎麼辦？耶律家族為了社稷江山，為了諸部團結，將會再選出一個皇帝來，甚至與叛軍媾和也不無可能，而自己呢？最好的下場就是被奉為太后，遷居冷宮，從此幽閉於一角宮牆之內，與世隔絕，終老一生。

一個十七歲的太后……

淚水，沿著她嬌嫩的臉頰無聲地滑落，那雙稚嫩的肩膀輕輕地抖動著，此時的她，誰還能說她是一個殺伐決斷、指揮千軍的女中豪傑、契丹女帝？寢宮中隱隱傳出嚶嚶哭泣之聲，只是所有的宮人內侍都被打發了出去，誰也不會看到她灑淚的時候。

當她走出寢宮的時候，已換了一身衣衫，一襲靛青色、領口袖端繡暗金色花紋的深衣袍服，纖腰上束了一條帶子，烏黑油亮的秀髮綰了一個高椎髻，髮髻上插了一枝通體潔白的玉笄。肩若削成，腰如約素，步履輕盈如輕雲蔽月，可是臉上的神情卻是冷峻、威嚴，令人不敢仰視，誰也不會想到，這樣一位皇后，她也有軟弱的時候，而她方才正在哭泣。

輕輕地吁了一口氣，只覺宮殿裡似乎比滴水成冰的城頭還要寒冷，一雙剪剪雙眸微微掃去，所有的內侍宮人見了她，都是一副戰戰兢兢、不敢仰視的模樣，這偌大的宮殿裡，就沒有一個可以說話的人。蕭綽意興闌珊，她輕輕一嘆，拂袖向外走去。

蕭后不帶一個服侍的宮人，輕車熟路地獨自走到尚官羅冬兒的住處。

開門進去，繞過屏風，迎面便是一張大床，床前兩個火盆燒得正旺。帳中，一個只著小衣的窈窕嬌軀正筆直地倒豎於榻上，兩隻小手扶在腰肢的凹陷處，自胸部至腳尖筆直一線，頭與胸折成了九十度角，紋絲不動。

蕭綽見了，抿合的俏美雙脣微微牽動了一下，舉步便向前走去，床上的人感覺到了動靜，雙足微微一動，便要放下來。

「不要動，繼續練妳的。」

蕭綽微微一笑，伸手一扯腰間絲帶，袍服無聲地滑落在地，露出凹凸有致的曼妙身材，她款款上床，往床裡挪了挪，俯在床上，身軀向上一彎，腰肢以一個詭異的角度反向輕折，後腦與隆臀緊貼在一起，雙腿向前折過來，雙腳搭在香肩上，蕭綽兩手交叉，分別握住搭在肩頭的雙腳，整個人成了一個三角形。

她把下巴支在床上，如花嬌顏就成了這個三角形的中心，看著羅冬兒，蕭綽嫣然笑道：「妳已成年，根骨已硬，沒想到妳還能這麼快就練習這些困難的動作，這是一位西域僧人傳授給朕的功夫，據說源自天竺。這種功夫不只能強身健體，還有助於修正體態呢，妳也知道，草原上的人日日乘馬而行，如果不加注意，雙腿會向外彎曲，變得很難看，而且……這功夫還有一門奇效……」

「什麼……奇效？」冬兒的功夫終究比她弱了些，現在還做不了她這麼難的動作，此刻這種倒立動作已令她呼吸不暢，她調整了一下呼吸，這才出聲問道。

蕭綽促狹地一笑，低聲說道：「還能有助於閨中情趣呀。」

冬兒臉蛋唰地一下紅了，也不知是因為倒立太久還是羞澀難禁。

蕭綽微笑：「冬兒，朕與妳情同姐妹，有什麼話不能說的？妳還年輕，打算就此孤老終生嗎？休哥對妳真的一往情深，難道妳就不為所動？他的妻子病死後，按我契丹風俗，應該姐死妹續，再納她的妹妹為妻，可是休哥為了把正室之位留給妳，堅決不肯娶她。

「無論是女真人、北漢人獻給他的美人，還是朕賜給他的女子，不管那些女人如何討他歡心，始終都是妾室身位，耶律休哥虛正室之位以待，等的就是妳呀，他對妳的看重可想而知。休哥的人品、武藝、官位，還配不上嗎？？那本該成為他繼室妻子的女子是我們蕭家的人，她已經不知幾次找朕哭鬧了，朕為了你們，每回都把她打發了回去……」

「娘娘……」冬兒打斷了她，頓了一頓，說道：「娘娘，南院大王出兵後，慶王會知難而退，解除上京之圍嗎？」

蕭綽暗暗嘆息，知道她終究不肯再嫁，便道：「慶王不過是一跳梁小丑罷了，朕的忌憚不在於他，朕如今在意的倒是汴梁那條蟠龍呢。」

她眸中露出深思的神色，緩緩說道：「唐國易打，契丹難攻，趙匡胤放棄趁我內亂奪取幽燕的天賜良機，卻集中力量去打唐國，著實令朕有些意外。看來，他這些年雖在中原東征西殺，對我契丹卻也不曾放過。世人都道朕與慶王據城死戰，以為是伐取幽燕的良機，事實上，他若真的北伐，耶律一族為保江山社稷，定會放棄這個蒞位不及三年、久不掌持朝政的皇帝，與慶王媾和，共禦外敵。趙匡胤眼光獨到，實是了得，似此人物，方稱人主，如果朕所料不差，宋一統中原之後，這位趙官家，必將是我契丹國最不可輕視的敵人……」

趙匡胤高踞御座之上，說道：「宣唐國使節徐鉉、周惟簡進見！」

皇儀殿前，唱禮官一聲吆喝，正副唐使便依禮晉見。

徐鉉是唐國吏部尚書，而副使周惟簡則是一個道士，近來李煜沉迷於《周易》，周惟簡時常入宮為李煜講解《易經》，因此得了聖眷，還俗做了虞部郎中，此番出使，李煜又加封他為殿前給事中、修文館學士承旨，把這個老道搬來，大概是想借他的太極功夫和趙匡胤好好練練推手，只是不知，習慣使棍的趙匡胤有沒有那個心情。

二人上殿，甫一登上臺階，徐鉉便先聲奪人，納足一口丹田氣，抗聲大呼道：「李煜無罪，陛下出師無名！」

趙匡胤雄踞御座之上，顧盼左右，微微笑道：「徐鉉老兒這一遭真的急了，讓他進來說話。」

徐鉉一面向殿上走，一面大聲說道：「李煜以小事大，如子事父，畢恭畢敬，從未有過踰越失禮，今因病弱，不克遠行，是以才對陛下之邀再三懇辭，又遣使者攜重禮往賀，以盡臣國之君本分，李煜所作所為，對陛下之敬重尊崇，毫無可供指摘之處，陛下宅心仁厚，乃天下有道明君，何以無端興兵討伐，江東十九州戰火四起，無數流民嚎啕哭泣，此皆陛下之罪也……」

徐鉉邊走邊說，一番話慷慨激昂，抑揚頓挫，待他行至殿前站定時，已是琅琅數百言出口，聲震殿瓦，百官聞之變色。

趙匡胤睥睨冷笑，淡然問道：「徐大學士說完了嗎？大學士飽讀詩書，豈不聞孝乃百行之首？你說李煜事朕如子事父，那朕就奇怪了，既然朕與李煜情同父子，如何卻在兩處吃飯？」

徐鉉為之一窒，萬沒想到趙匡胤的兵法犀利，鬥起嘴來竟也這般厲害，竟然以子之矛，攻子之盾，他把李煜和趙匡胤比作君臣父子，如今趙匡胤就用這句話來堵他的嘴，縱然他滿腹經綸，對這一擊致命的絕招又如何答對。

一旁周惟簡見勢不妙，慌忙取出藏在他袖中的備用國書，高聲奏道：「陛下震怒，興師討伐，李煜自知得罪，唯請陛下罷兵息怒，李煜願遜位讓朝，以消陛下雷霆之怒。乞請陛下感念李煜一番赤忱，下詔緩兵，以全一邦之命。」

李煜在遣使來宋時，針對趙匡胤可能的反應，準備了十餘份國書，分別藏在兩位使者身上各處，兩位大使簡直就像汴梁城中變魔術的雜耍藝人，隨時準備見機行事，取出適合的國書應變。如今見趙匡胤不依不饒，周惟簡就變出一份國書來，準備讓李煜遜位下野，扶兒子上臺，自己當一個不管世事的太上王去。

內侍接過國書，一溜小跑奉上御階，趙匡胤接在手中隨意看了看，輕蔑地一笑，隨手拋在案上，淡淡地道：「爾主所言，朕看不懂。」

徐鉉見趙匡胤要起了無賴，只氣得身軀劇顫，白鬚飛揚，可是在人屋簷下，怎能不低頭？實力不濟，夫復何言？硬的來過了，軟的也來過了，趙匡胤鐵了心要拿下唐國，如今還能怎樣？

徐鉉臉色鬱血，忽地仆倒在地，除下冠帽，以頭叩金磚，放下身價苦苦哀求起來，其言其聲，如泣如訴，滿朝文武見了無不動容，趙匡胤聽得不耐，緩緩立起，喝道：「徐鉉！」

徐鉉一呆，惶然抬頭，就聽趙匡胤一字一頓，沉聲喝道：「毋須多言，朕今日就實話告訴你，爾主何罪？唯天下一家，朕臥榻之側，豈容他人鼾睡！你自歸去，告訴李煜勿懷妄想，早早獻地稱降，朕必不會虧待了他，否則兵戈一起，玉石俱焚，朕也無可奈何！」

徐鉉容顏慘淡，痴痴跪在地上，再也說不出一句話來，再無一言，什麼出師有名、無名全不計較了，趙匡胤當著滿朝文武已經很直白地告訴他，就是要扮強盜，你還能說什麼？唐國，真的大勢已去了……

徐鉉和周惟簡被轟出殿去，令他們片刻不得停留，立即趕回金陵傳達趙官家的意願，看著徐鉉踉蹌奔出，趙匡胤若有所思：「李煜心存僥倖，看來還沒有歸降之意呀。

命京西轉運使李符益就近從荊湖運糧，繼續輸往江東，一則備戰，一則用來戰後撫民，這唐國，今朝必須抹去。」

他又喚人取來隨唐國使節進京的殷唯所獻的戰地圖來，這是趙光義兵困金陵之後的軍事部署圖，趙匡胤仔細看了半晌，把那殷唯喚到面前，指著金陵城外北寨道：「李煜負隅頑抗，難保不會出奇兵偷襲，朕觀金陵形勢，唯有北寨方向地理適宜偷襲，你回去後告訴晉王，在寨前掘渠引水，以為屏障，以防李煜以敢死之士夜衝大營，萬萬大意不得。」

殷唯連連稱聲，這才叩拜君上離去，可憐的徐鉉和周惟簡被他日夜趕路，一番折騰，老骨頭都快散了架，如今一口水沒喝，連禮賓院的門都沒進，就被殷唯又腳不沾地地送回唐國去了。

此時，金陵城下，楊浩也是博帶高冠，一身隆重，佩綬玉，飾銀魚，輕車一乘，三五隨從，正在城下等著城中守軍放吊橋入城，奉晉王趙光義之命，他要進城勸降李煜。

三百七三　櫻桃落盡春歸去

廝殺吶喊聲越來越近，李煜坐在清涼殿中，身內身外還真是清涼。

南方的冬季本來就潮溼陰冷，因為金陵被困久矣，宮中儲炭不足，不能再燃火盆取暖，空曠的大殿中陰寒陣陣，看著倉皇來去的宮娥、內侍，就像一群群幽魂，李煜神情落寞，呆坐如泥雕木塑。

大勢去了，宋軍來了，這一天，終究是沒有拖過去……

此前，楊浩已數次入金陵議和，與他商談投降事宜。

第一次來，楊浩勸他：「金陵乃六朝古都，殿宇樓閣、文化人物，俱是先人心血，這些存世瑰寶是否毀於戰火，全在陛下一念之間。如今大軍圍城，事已不可為，何必苦苦掙扎？金陵數十萬人口，多年來辛勤勞作，以民脂民膏奉養君上，今君上無力回護社稷，總該為這麼些多年來奉養皇室的子民著想吧？」

楊浩言詞懇切，反不如上一次宣撫江南時氣焰囂張，李煜聽了不無觸動，可是當時徐鉉還未回來，他希望趙匡胤能夠答應他稱臣遜位的條件，保住祖宗江山，是以他仍抱著一線希望，於是婉言推拒了。

楊浩第二次來時，宋軍外線作戰碩果累累，北線宋軍先後占領了袁州、白鷺洲、江陰等州地。東路軍的吳越王錢俶也消滅了赴援的唐軍，攻克了常州。南線王明所部在武昌、江州擊敗南唐軍萬餘人，奪取戰艦五百艘。

在此情形下，如果李煜識時務，盡早繳出兵馬，出城投降，敗也敗得漂亮，又或者乾脆聚集三軍，與宋決死一戰，那這亡國之君卻也算是轟轟烈烈。可是李煜既不打也不和，仍是老生常談，拖延時日，暗中卻連下密旨，催促湖口守軍赴金陵解圍，想藉徐鉉爭取的寶貴機會，做著最後的掙扎。

然而，湖口十萬大軍，竟然在頃刻間灰飛煙滅。

湖口守將朱令贇揮軍十萬，號稱十五萬，以巨艦、巨筏載大軍北來，意欲衝斷采石浮橋，直撲金陵城下，他們在皖口與宋軍水師劉遇所部相遇了。

雙方一場大戰立即展開，因長江冬季水淺，水面不寬，朱令贇的大軍只能排成連綿十餘里的一條長龍，雖占據人數優勢，卻難以施展，當時正颳東南風，朱令贇當機立斷，馬上鳴金收兵，向江中傾倒無數火油，點起大火，烈焰焚天，頃刻間便把宋軍先鋒八千餘人，數百條戰船吞沒。

不料就連老天也來戲弄唐國，大火剛起，風向便突然變了，東南風變成了西北風，大火反向他自己燒來，朱令贇的戰艦、巨筏壅塞了整條河道，想要挪閃都沒有空隙，火勢一起，一條船一條船地燒下去，十餘里長的長江水面上頓時變成了一團烈火長城。

對面的宋將劉遇看得目瞪口呆，就在這時，宋國大將王明又聞訊趕來，守住了長江兩岸，但有跳水上岸的，當頭便是一刀剁回長江裡去，朱令贇上天無路、入地無門，痛心疾首之下，指天斥地痛罵天地不公，然後推開部將投火自焚了。

金陵的唯一一支強援就此土崩瓦解，李煜聽到消息的時候真是五內俱焚，此時，徐鉉回來了，帶來的不是希望，而是絕望，徐鉉帶來了趙匡胤那句侵略者的名言：「臥榻之旁，豈容他人酣睡！」

楊浩也隨著徐鉉第三次進城勸降。這一次，楊浩帶來了宋軍的最新戰報，宋將丁德裕與吳越軍統帥錢俶在潤州敗唐軍五千，潤州守將劉澄開城投降，金陵最後一道外延的門戶被堵死，金陵已成一座孤城。

李煜悽悽惶惶，走投無路，只得答應投降，願意先使太子出質汴梁，談妥投降細節之後獻土投降。但是當夜，他卻召集五千名敢死之士夜襲宋營，幻想著用一場奇襲扭轉戰局。

可惜，在將領們的群策群力下，他選擇的攻擊地點沒有錯，正是從地理上來說最適合夜襲的北城宋營，然而他手下的將領們看得出此地最宜夜襲，戎馬一生的趙匡胤又如何看不出來？趙官家早已親自下旨，令趙光義嚴加戒備北城，北城宋營大軍早已嚴陣以待。

一夜苦戰，唐國的五千敢死之士無一肯退，被全殲於宋軍營中，清晨打掃戰場時，從許多屍體上發現多枚將帥級的符印，這支敢死隊是唐國守軍中的精英戰士，其中不乏將校親自充當了敢死隊，他們盡皆葬送於此，唐軍中的基層骨幹力量已是一戰盡喪。

這一來還觸怒了趙光義，他命楊浩四入金陵城，這一次，帶來的不是勸李煜投降議和的條件，而是趙光義的一紙戰書！時間就在今夜，地點就在金陵，決一死戰，再無迴旋餘地。

是夜，宋軍攻城，彈石如雨，箭矢如雲，無數架雲梯、飛鉤、拋車、衝車、軒車和轒轀車……把寬廣的金陵城牆當了戰場，城中有經驗的中下級軍官大多喪命在昨夜的偷襲戰中，眼下，許多剛剛提拔上來的軍官，帶著匆匆抓來入伍，都還不懂得怎麼開弓用箭的白甲軍，倉皇奔走在金陵城頭。

城池雖險，還需強兵來守，這樣一支軍隊，如何能發揮金陵城池的險要用處？

此刻，吶喊聲這麼近，宋軍快要殺到宮牆下了吧？

李煜痴痴地站起來，緩緩向外走，殿中太過陰冷，他穿得厚了些，本來略胖的身材便顯得更加臃腫，罩在外面的那件明黃色龍袍也不能給他稍添幾分精神。

殿下，聚了許多舞伎、宮娥、內侍，一個個臉色蒼白，有人禁不住害怕，正在嚶嚶哭泣，李煜站住腳步，默然半晌，對他們說道：「城，保不住了。」

此言一出，那些宮人俱都哭拜於地，嚎啕聲震天，李煜強打精神，含淚說道：「你們不必留在宮中與朕同歸於盡。教坊樂舞諸伶，乃江南數十年風流才俊，聚之不易，你等立刻離宮，尋個僻靜處暫且躲藏，不管這金陵以後姓李還是姓趙，權貴門庭總是少不了你們的。唉……傳旨，打開所有宮門，宮中財物，任其取用，去吧，去吧，你們都去吧，好自為之……」

諸舞伎樂伶、宮人內侍哭著向李煜叩首謝恩，慌慌張張地逃命去了。

片刻工夫，又有一群人慌慌張張地衝進來，足足有數十人之多，李煜還以為是那些樂伶舞伎們去而復返，願與自己同生共死，心中不無感動，定睛一看，卻是一些文武官員，看起來他們的官職並不很高，許多他都不甚熟悉，可是國難當頭，還有這些忠良前來護駕，比起自己的心腹，向宋軍開城投降的潤州守將劉澄來說，這是多麼難能可貴？李煜的雙眼不由溼潤了。

「諸位愛卿……」

李煜顫抖著呼喚一聲，兩行熱淚順著臉頰已是滾滾而下。

「陛下，大勢去矣，臣等冒死前來，肯請陛下更換民裝，盡攜寶物，臣等願掩護陛下混入百姓中逃生，江南一十九州，如今尚未盡落於宋人之手，若得時機，陛下未必不能東山再起呀。」

李煜仔細看看，就這個官看著有些面熟，好像是鴻臚寺的一個堂官，和自己還是本家，也是姓李的。

李煜問道：「愛卿是？」

李聽風忙道：「臣鴻臚寺堂官李聽風。」

李煜拉住他的手，黯然泣下道：「李愛卿，宋軍把金陵圍得水洩不通，朕不慣行走，能往何處去？來，你們隨朕來。」

李聽風一提到寶物，李煜忽地想起了他最珍視之物，於是帶著他們急急趕到澄心堂，澄心堂側便是清輝殿，這兩處地方，都是唐國儲放無價之寶的地方，此刻守在這裡的太監，風聞李煜大開宮門，允其自投生路，早已逃之夭夭了。

蜀國孟昶的寶物是金銀玉器、各種寶石，李煜眼中的寶物卻不是金銀珠玉，而是傳世孤本，文學寶典。自秦漢以來，中原一帶每有戰亂，士家大族紛紛南遷，典籍史冊也流落到江南一帶，李氏祖孫以舉國之力，傾資收儲，其成果可想而知，數十年間已收盡天下文學典章中的珍品、孤本。

孔子讀的「韋編三絕」的《易經》，那穿木簡的牛皮繩，都是孔子親自穿的。呂不韋、李斯、司馬相如的手稿，漢武帝的御筆，司馬遷的《史記》定稿本，冠軍侯霍去病的請戰奏摺，唐太宗親自臨摹的〈蘭亭序〉，王維、李白、白居易的手跡……

這是他祖孫三代苦心積累的傳世瑰寶啊，看著這每一冊、每一頁都堪稱無價之寶的珍貴之物，李煜心中血氣翻湧，不由提高了嗓門，抗聲說道：「朕當初曾發下豪言，若宋人討伐，當親披甲銳，率虎狼之師北拒宋軍，若事有不濟，便當自盡亦不歸降。如今城池已破，亂軍入城，朕已難實現第一個承諾了，但是第二個，朕一定要做到！」

他直起腰來，雙拳緊握，振聲道：「朕今不捨者，一是皇后女英，一是這無數典藏。眾卿家，朕……今有最後一道旨意交付予眾卿。」

李聽風連忙率領那些官員伏地聽旨，李煜一字一頓，大聲說道：「國事已不可為，君王當守社稷，社稷既不可守，便當死社稷。朕即刻入後宮，與皇后舉火自盡，以忠社稷，你等取下四處絲幔引火之物，將這澄心堂、清輝殿中寶物付之一炬，與朕陪葬，然後各自去吧。」

「陛下，陛下，萬萬不可啊！」眾官員一聽大驚失色，紛紛跪拜勸止，李煜把袖一拂，凜然喝道：「朕這最後一道旨意，眾愛卿也要不遵嗎？」

喝止了眾官吏，李煜道：「朕意已決，毋須多言！」說罷，疾往後宮去了。

李聽風伏地聽著李煜腳步聲漸漸遠去，緩緩抬起頭來，目中露出一絲詭譎之色：「諸位，你們的身家性命能否保全，盡在這殿中珍藏了，宋營中有一位大人，不喜金銀珠玉，唯喜文化典章，本官出使宋國時，曾得他親口承諾，若能護得這些寶物周全，他必護得你我周全。況且，這些典章俱是先人心血、無價瑰寶，你們真忍心把它們付之一炬嗎？本官之意，不如救下這些寶物，也救得你我身家性命，諸位以為如何？」

那幾十位官員面面相覷，大為意動，其中卻有一人忽地挺身而出，怒聲道：「李大人這是何意？你要違抗聖上旨意嗎？吾雖小臣，也知盡忠社稷，今陛下願以死殉社稷，吾何惜此身，唯追隨陛下便是，你若怕死，只管逃去，怎可抗拒聖旨？」

李聽風淡淡一笑，環目四顧，說道：「諸位，朝中大臣各有所依，若可保得身家性命，你我小吏，若無寸功，戰亂之中，誰肯護你我周全？這些典藏孤本，就是你我保命之物，各位是要以身殉社稷，還是保全自己與父母妻兒呢？」

眾人沉默不語，呼吸漸漸粗重，那個官氣得滿臉通紅，大叫道：「好，好，你們好，我還道你們臨危入宮，真為護駕，原來都只為自己打算。莫看城破勢危，宋軍入城，這宮中此刻卻還是陛下的天下，我即刻去稟明皇上，誅戮爾等奸佞之臣！」

這人拂袖便走，旁邊一個官員忽然尖叫一聲，撲上去緊緊扼住了他的脖子，旁邊的官員們也一下子反應過來，慌慌張張地四下一看，有人撲過去從案上取來了硯臺，有人去拿了香爐，還有人提起了銅鶴，咬牙切齒地怪叫著，把那昔日同僚當成了生死大仇一般狠狠砸著，燈光搖曳，把他們的舉動映在牆上，他們的叫聲倒比地上那個官員還要淒厲，幾個官員把那人砸得血肉模糊，殺心一去，看見那人慘死的模樣，不禁手軟腳軟，臉色比死人還白。

「諸位，今日之事，諸位都是聰明人，該知道守口如瓶。否則，且不說那位宋國大人斷不會饒你，吾等抗旨，殺死同僚，也不見容於天下！本官已買通御膳房採買主事和西門守將，諸位立即將寶物裝車，吾等隨車出宮，逃往江南書院！」

幾十個小官六神無主，紛紛點頭如小雞啄米，連聲答應起來……

* * *

「皇上……」

一見李煜，小周后便含淚迎了上來。

「女英，朕的江山……已然不保了。」

李煜凝淚道：「朕欲以身殉社稷，愛卿可願與朕共赴黃泉？」

小周后泣聲道：「皇上，妾一弱質女流，還能往哪裡去？臣妾既是皇上的妃子，城破宮傾，妾又怎甘受他人之辱？皇上若要去了，妾生死相隨便是！」

「好！好！」

李煜含淚而笑，他除去燈罩，舉起燭火，一一點燃帷帳、垂幔，火勢迅速蔓延開來，宮中侍婢、內侍們勸阻不及，紛紛抱頭逃了出去。

「女英……」

大火熊熊中，李煜一把摟住了愛妻的嬌軀……

「轟！」巨大的城門被爬上城牆、殺退城門守軍的宋兵打開了，城外大軍蜂擁而入，趙光義意氣風發，把手一揮，哈哈大笑道：「揮軍進城！」

皇后的寢宮已變成了夜空中的一把巨大火炬，烈焰焚天。

「轟隆！」

殿堂塌了一角，火星像億萬隻流螢飛舞起來，李煜扶著小周后倉皇地退了幾步，他的龍袍已被燒去一角，頭髮都燎得捲曲起來，臉上全是黑灰，現在的模樣，頗像一個崑崙奴。

他是真的決心以身殉國了，可是他萬萬沒有想到，大火燒起來時，竟是那般可怕。烈焰炙烤過來，肌膚似乎都要迸裂開了，他無法想像，當那火真的燒到他身上時，又該是怎樣地痛楚難當。滾滾烈焰熏得他連氣都透不上來，於是……當他的龍袍燒著了一角之後，李煜忽然改變了主意，拖著閉目伏在他懷中等死的小周后又逃了出來。

「轟……」

又是一根殿梁倒榻，李煜的身子微微顫抖了一下，低聲說道：「我……我們……降吧……」

李聽風搬空了清輝殿、澄心堂，帶著那些官吏和御膳房主事以及一群驅車的僕從，臨走又放了一把火，來了個毀屍滅跡。

李煜惶惶地回到清涼殿，路上見到澄心堂方向大火熊熊燃起，不禁黯然泣下。自春秋戰國、秦漢晉唐以來，華夏民族數千年的智慧傳承、文化典章，盡在他一聲令下中付之一炬了，無數瑰寶化成了灰燼，他本來是想要這瑰寶為他陪葬的，如今瑰寶去了，活寶卻回來了。

「陛下！」

一進清涼殿，就見陳喬提著劍搶過來，這位樞密使大人在皇甫繼勳死後，親自兼任了神衛軍都指揮使，主持金陵防禦，一見李煜，陳喬便含淚道：「陛下，呙彥、馬誠信、馬承俊等將領正率軍在御街上阻攔宋軍，陛下怎麼竟大開宮門任人進出？宮人攜財物一逃，許多宮衛官兵也脫了盔甲，隨之一哄而散了。」

李煜慘然一笑道：「陳愛卿，事已至此，便是封閉宮門，朕守得住這皇宮嗎？由他們去吧，朕……已決意投降了。」

「什麼？」

陳喬又驚又怒：「陛下本來誓死不降，滿城將士皆願與陛下同生共死，共赴國難。如今宮門將破，方欲歸降，豈不貽笑天下？陛下，自古無不亡之國，降亦無由得全，徒取其辱，請陛下封閉宮門，決死一戰吧，大丈夫死則死耳，亦當轟轟烈烈。」

李煜死了一回沒有死成，此刻再也沒有赴死的勇氣了，他搖頭一嘆，卻不言語。

陳喬見此情形，跺腳又道：「既如此，請陛下殺了臣。臣執掌樞要，卻有負陛下，已無顏偷生，望陛下能趁宋軍到來之前，將臣誅戮。等將來趙官家詰問陛下之罪時，陛下可盡數推諉到臣的身上。」

李煜聽了，不禁放聲大哭，拉住他道：「氣數已近，卿死何益，朕怎麼下得了手？」

任憑陳喬百般請求，李煜始終不肯加罪，陳喬悲憤地道：「臣縱不死，又有何面目見江南士人？陛下欲做降臣，臣卻不忍見陛下做降君啊！」說罷走出殿去，眼望城中處處火起，不禁仰天一聲長嘆，舉劍自刎！

「櫻桃落盡春歸去，蝶翻輕粉雙飛，子規啼月小樓西。畫簾珠箔，惆悵捲金泥。門巷寂寥人去後，望殘煙草低迷，爐香閒裊鳳凰兒，空持羅帶，回首恨依依……」

李煜寫一句，落一行淚，一首詞沒寫完，老邁年高、忠心耿耿的內侍都知搶進殿來，放聲大呼道：「陛下，陛下，宋軍已到宮門外了……」

李煜筆端一顫，蒼白著臉色抬起頭來，顫聲問道：「何人領軍？可曾殺進宮來？」

內侍都知稟道：「宋軍至宮門而止，守在宮門外並不進來，奴婢不知何人領軍。」

李煜聽了，心中稍安，沉默半晌道：「你去，告訴宮門外的宋軍，就說……就說朕……降了……」

一進城，各路將領便分頭殺向各處，曹彬領兵直撲宮門，生恐亂軍入宮，燒殺擄掠，若是萬一讓他們玷汙了皇后，逼死了皇帝，那在趙官家面前可就不好交代了，待他趕到宮門口時，只見宮門大開，許多宮人內侍大包小裹地逃出來，宮門口的守將也走得七零八落，不禁大駭，還以為李煜已經自盡了，所以宮中這才失控。

曹彬攔住兩個宮人一問情形，這才安心，急令所部守住所有宮門，不准進、不准出，同時派人去向趙匡胤傳報消息。

楊浩進城後，便率親衛扛「宋」字大旗順秦淮河直撲江南書院，他曾在此地遇刺，對附近地理很是熟悉，待他趕到江南書院前時，恰見幾名士子正急急奔向書院大門，捶打院門，要求進去避難，而此時一股殺紅了眼的宋軍瞧見他們，已經撲了過來。

那幾個江南士子身材單薄得很，一個個身段跟柳枝似的，幾個粗大軍漢一撲過來，他們就尖聲叫喊起來，其聲又尖又細，分明就是女人。那幾個軍漢先是一怔，隨即哈哈大笑：「是女人，她們都是女人。」說著就猛撲上去，領頭一個一把摟住一個「書生」，按在地上便又親又啃起來。

「住手！陛下嚴旨，曹將軍嚴令，不得姦淫擄掠，爾等敢冒犯軍令嗎？」

楊浩一邊策馬狂奔，一邊大聲叱喝，穆羽抬手一記飛刀，擦著那軍漢的臉頰「嗖」

地一下摜進泥土中，把那軍漢嚇了一跳。

借著火光抬頭一看，他見楊浩一身戎裝，騎高頭大馬，身後幾員虎衛，其中一人掌著大旗，分明是一員上將，當下不敢抗令，急忙跳起身來，唯唯告罪幾聲，便趁著楊浩還沒看清他的模樣，領著他的人灰溜溜逃往他處去了。

楊浩趕到近前，勒住馬韁一看，只見那幾名士子果然都是女人，一個個花容月貌，雖著男裝也不減顏色，不禁輕嘆一聲道：「兵荒馬亂的，妳們何故出來亂走？速速回到自己家去，緊閉門戶，城中守軍一旦放棄抵抗，安撫旨意便會到了，屆時，爾等自可無虞。」

那個被軍漢撲倒在地，帽子摜到一邊，頭髮披散下來的女子爬起身來，往楊浩一看，忽地驚叫道：「馬上的將軍，可是楊左使？」

「嗯？」楊浩定睛一看，馬前這女子頭髮披散，一雙星眸，容顏十分嫵媚，依稀有些面熟，可是此刻夜色昏暗，再加上她一身男裝，竟記不起來她是誰。

楊浩不由自主地按住了劍柄：「唔，妳是？」

「楊大人，奴家是窅娘，曾經見過大人一面……兩面……呃……見過大人好幾面的……」

「窅娘？」

楊浩大吃一驚，定睛再看，果然是她，楊浩不禁吃驚道：「窅娘，妳怎在此？」

窅娘哀聲道：「城門被攻破時，皇上將奴婢等釋放出宮，窅娘長於宮中，沒有去處，便與幾個要好的姐妹收拾了些細軟之物，扮作男人，本想逃去靜心禪院躲避，不想那些軍爺好生兇悍，禪院也被他們放火燒了，銅佛也被他們砸碎搬走，奴家害怕得很，想著書院地方該是軍爺們不喜歡的所在，便想逃來此處，不想險些被他們……

「萬幸得見大人，大人，救命啊……」窅娘說著，已跪倒在地。

楊浩聽了大是躊躇，他沒有兼濟天下的能力，世間不平事想管也管不了，可要是眼皮子底下的事也不去管，實在對不住自己的良心，如果現在把她們驅開，她們無處可逃，必然被亂兵強暴，那些兵士今日打這裡，明日戰他方，不可能隨身帶著女子，恐怕洩欲之後還會一刀宰了她們，自己如何心安？

可是若要去管，如何去管？這書院中藏的都是李聽風的族人親信，李聽風在江南基業被一掃而空，正需尋個去處，他有心籠絡李聽風為自己所用，這才拚命趕來，護他家人周全，本來營中許多大將都曾承諾要保護一些官吏周全，這樣的潛規則，大家你知我知，誰也不會捅出來。可是自己不想江南文物毀於戰亂，確也起了貪心，想要據為己有，如果李聽風此事辦成，那些無價之寶如今正應該都藏在書院當中，如果讓窅娘她們見到……

窅娘好不容易見到一個能說得上話的宋軍將領，一見楊浩端坐在馬上遲疑不決，窅娘生怕他拂袖而去，棄自己姐妹於不顧，當即連連叩首，苦苦哀求道：「楊大人，奴婢們的生死，全在大人一念之見，求大人開恩，救救我們呀。」

窅娘一跪，那些女子們紛紛跪倒，就在楊浩馬前啼哭求懇起來，楊浩勒馬半轉，略一沉吟，說道：「窅娘，本官派人護送妳們離開吧，找個僻靜地方暫且安身，待明日戰事一停，妳們再自尋出路去吧。」

窅娘哪肯，好不容易撿到一根救命稻草，打死她她也不走了，楊浩身後那幾個武士看來比方才那幾個強盜般的軍漢還要魁梧有力，天知道七、八個如花似玉的大姑娘跟著他們走，他們會不會監守自盜，再殺人滅口？

再者說，看如今城中情形，恐怕那些官吏豪紳，一個也逃脫不得，富家盡皆破敗，滿城都是流民，明日自尋出路……出路又在哪裡？兵匪去了，民匪自來，到時候還是上天無路、入地無門，若能淪落風塵得以保全性命都算是個好下場了。

如今聽楊浩口氣，分明是個心慈面軟、憐香惜玉的人，兼且又是個大官，若放過了他，恐怕是出了這個門，再沒這個店，再想要找個好主人就難如登天了。

窅娘立即叩頭哀求道：「妾身薄命浮萍，無處安身，縱然大人宏恩，暫且護住奴婢們，奴婢們也沒有活路可走，求大人開恩，收留奴婢們，大人大慈大悲，千萬開恩，大人，求您了……」

「停停停！」

楊浩眉頭一皺，四下看看，暫無兵士衝來，這才沉聲道：「窅娘，妳若今日隨了我，可就再無自由之身了，而且……一定會離開江南家鄉，妳……明白嗎？」

楊浩實在不忍把她們一把推開，可是若要她們留下，為保自己占有了自春秋秦漢至今傳世珍本、孤本典籍的祕密，那就唯有讓她們隨李聽風一同遷往蘆嶺州，在自己重返蘆嶺州與大宋攤牌之前，絕不可放她們自由，是以才追問了一句。

窅娘當然「明白」，她俏臉不由一熱，既然大人對自己有意，那就終身有靠了，雖然害羞，但擔驚受怕的一顆芳心卻安定了下來，那幾個都堪稱舞蹈大家的舞孃也都「明白得很」，幾個女子頓時紛紛應承：「但得大人周全性命，大人就是奴婢們的再生父母，奴婢們感激涕零，願侍奉大人左右……」

楊浩嘆了口氣，扭頭道：「小羽，你帶她們到書院裡去。你們幾個，護住左右，莫使亂兵滋擾！」

* * *

天亮了，趙光義穿著蟒龍王袍驅馬來到宮門前。

昨夜戰亂，得知曹彬已守住宮門，沒有使李煜逃脫，趙光義便放下心來，他沒有馬上趕來受降，受一國之君之降，那是何等風光之事、何等隆重之事？這名載史冊的一刻，當然要在光天化日之下，受萬民瞻仰。

經過一夜的離亂，金陵城中各自為戰的唐軍降的降、死的死，已經完全沒有了抵抗，趙光義也約束亂兵，盡量恢復了秩序。他在眾將拱衛下，踏著血跡尚未乾涸的御街，緩緩走向金璧輝煌的唐國宮城，路旁甲士林立，一直排到宮門口，士兵之後，是被驅趕來觀禮的唐國百姓，這一刻，趙光義熱血沸騰。

「陛下……」內侍都知站在殿前，顫巍巍地向李煜喚道。

「四十年來家國，三千里地山河；鳳閣龍樓連霄漢，玉樹瓊枝作煙蘿，幾曾識干戈？一旦歸為臣虜，沈腰潘鬢消磨；最是倉皇辭廟日，教坊猶唱別離歌，垂淚對宮娥……」

李煜一身白衣，垂淚寫罷，看看零零落落散在殿前，尚未及逃走的那些內侍宮人，黯然說道：「走吧！」

宮門吱呀呀地打開了，宋軍列陣於午門前，趙光義踞然馬上，曹彬、楊浩、曹翰等文武立於半馬之後，靜靜地看著自宮門中緩緩走出的隊伍。

幾十個唐國的官員，穿白衣，袒左臂，李煜居中，露著他那有些發福的蒼白肌膚，牽著一頭白羊，蓬頭垢面，蹣跚走來，嚴格地按照古制，獻禮納降。在他身後，兩名內侍，一個高舉降表，一個捧著國璽，在隊伍中央，還抬著一口棺材，意喻罪該萬死。

此時的趙光義心情很好，三個月內平定唐國，他做到了。唐國的君王生不如死地請罪於他的馬前，他也做到了。他還有什麼不滿意的？

當李煜下跪請罪的時候，趙光義滿面春風地跳下馬來，和顏悅色地扶起了他，待獻降禮畢，便解下自己的外袍為李煜披上，好言安撫一番，隨即便邀請李煜一同返回他的營中帥帳。

自此，李煜就被軟禁於營中了，待李煜被帶出，趙光義笑臉一收，肅容說道：「今李煜已降，立即將李煜歸降的消息告知天下，唐國州府但有據城自守者，限期納城投降，有抗命不從者，一旦城破，屠城！」

楊浩心中一懍，趙光義未下令對金陵屠城，尚且生靈塗炭，如今堂皇下令，那該是怎樣局面？楊浩的身形剛剛一動，趙光義已沉聲道：「江南國主已降，仍據城不降者，俱乃唐國死忠之士，不予剿滅，死灰一旦復燃，不知又要掀起幾處戰亂，孤也是不得已而為之，此乃軍令，毋庸多言！」

楊浩一嘆，止住了腳步。

離開帥帳，曹彬看了楊浩一眼，說道：「楊大人對晉王所言，可是不以為然？」

楊浩搖搖頭：「如果江南一如蜀人，扯旗造反，再聚大軍，不知又要引起多少死傷離亂，晉王以殺止殺，楊浩明白千歲的苦心，正所謂長痛不如短痛，只是……城破之後還要予以屠城，未免殺戮過重。許多百姓只是不得已而困居城中，並無誓死效忠唐室之心，若是玉石俱焚，未免令人嗟嘆。」

曹彬道：「正是，曹某也有此慮，所以已令快馬傳報京城，乞陛下以安撫為主，少生殺孽，希望……聖旨早一天下來。」

他望著北方悵然一嘆，又道：「楊左使，咱們去見見李煜，曹彬有件事，還要拜託大人。」

楊浩不知曹彬所為何來，只得隨他同去，到了軟禁李煜的地方，李煜連忙出迎，見了二人拱揖不已，曹彬道：「陛下思念國主久矣，今國主竭誠來降，陛下必然大悅。明日晉王千歲就要安排國主赴汴梁去見陛下，國主現在可令家眷早做準備，收拾金銀細軟，能拿多少就拿多少，否則待財物被收繳之後、登記造冊，可就再也拿不出來了。」

李煜哀嘆道：「罪臣恐陛下震怒，此去汴梁，性命都難周全，還帶財物有什麼用處？」

曹彬微笑道：「陛下仁慈，絕不會傷害國主。只是……此去得授官職，俸祿有了定數，生活恐不及以前優渥。國主養尊處優久矣，未必受得了清寒之苦。如果國主有意，本將便派一支人馬，請楊大人照應，為你入宮搬運財物。」

李煜聞聽，又驚又喜，連忙拜謝，隨即使貼身內侍隨同楊浩回城。

守宮門的兵將俱是曹彬部下，得了將令便放楊浩入宮，宮中群龍無首，正惶惶不可終日，一聽楊浩來了，小周后也顧不得禮儀，匆匆迎出來泣然道：「楊大人，我家國主如今怎樣了，可曾蒙罪？」

楊浩是見過她的，她卻不記得自己見過楊浩，當日的小周后如海棠春睡，嬌豔無儔，此刻心力憔悴，卻是花容慘淡。楊浩向她微微施禮，和顏悅色地道：「娘娘不必擔心，國主如今一切安好。明日就要護送國主和娘娘往汴梁去朝見陛下，楊某今日來，是得國主囑託，讓娘娘預做準備，揀易攜的金銀細軟、貴重之物，先行護送至營中，以免明日起行，倉促間不得準備。」

小周后聽主李煜沒事，方才有些安心，她謝過了楊浩，仔細想想，卻不知該帶些什麼，她自幼生長於大富之家，長大後又成為唐國皇后，琴棋書畫她精湛無比，於理財之道卻無所長，苦思半晌，便出去吩咐內侍都知，隨意揀拾了些財物，尤其是將李煜珍愛的「澄心堂紙」、「龍尾硯」、「李廷珪墨」等文房四寶、書籍畫冊等俱都小心裹好，一氣兒裝了七、八十口大箱，千恩萬謝地交予楊浩。

楊浩瞧著這美人花容慘淡、六神無主的樣子，心中著實不忍，再說他自己偷走了人家許多無價之寶，今日見了主人也有點心虛，所以也不久留，見她已收拾停當，便即告辭出來。

楊浩護送著那七、八十口箱子出了金陵城門，再往前去，有曹彬親兵押運已無大礙，這才離開，逕奔江南書院。

他的人還守在書院左右，楊浩進了江南書院，李聽風立即迎了上來。

楊浩問道：「事已辦妥了嗎？」

李聽風拱手笑道：「幸不辱命！」

楊浩鬆了一口氣，展顏笑道：「金銀珠玉，盡可毀而復得，唯獨這些典籍文章，乃我華夏歷數千年之精粹瑰寶，一旦有失，便再也不能復得了，李兄得以維護，就算千年下去，後世子孫也要感念兄臺的無上功德。」

李聽風擺手笑道：「不敢當，不敢當，不過是出於楊兄所請，李某才勉力為之。呵呵，想不到楊兄真是愛書之人，甘冒大不韙費盡心思，不圖珠玉美人，卻惦記著這些圖冊典章，實在讓人敬佩。」

他這一說珠玉美人，楊浩便想起昨日救下的窅娘和那些宮中的歌伎、舞伎來，忙一斂笑容，問道：「對了，昨日讓小羽送進來的那幾個女子，安頓得可好？」

李聽風道：「既是大人安排，誰敢去滋擾她們？如今都安頓在後舍。」

楊浩點點頭，面露微笑，又問：「李兄基業盡在唐國，如今基業盡毀，是打算待江南安靖，再圖東山復起，還是……想要易地而居？」

李聽風目光一閃，反問道：「今江南版圖盡歸於宋，料來幾年內宋國將休養生息，休兵歇民，清理內政，以蓄力量，不知楊兄幾時回返西北，主持大局？」

楊浩略一盤算，說道：「最遲不會超過今年七月，草茂山綠、羊肥馬壯之時。」

李聽風笑道：「既如此，李某此去蘆嶺州，便在那裡恭候大人，至於我李氏家業，也會酌情酌勢，陸續遷往西域。」

楊浩心道：「繼嗣堂中人還真謹慎，看來這李聽風還沒打算就此便死心踏地地綁到我的戰船上。這世上沒有最先進、最完美的制度，只有最因地制宜、適合當地情勢的制度，我若想要崛起於西域，絕不能像新朝王莽皇帝那般生搬硬套紙面上的完美制度，至少眼下，恐怕得延續隋唐以來的門閥制度，才能得到這些大家族勢力的傾力支持。」

心中想著，楊浩便道：「好，回頭楊某會修書一封，李兄到後，可交予楊某義父，他一定會予以諸多方便。楊某且去後面看看那幾位姑娘，恐怕……她們也不得不託付李兄，一同帶去蘆嶺州了。」

* * *

「大人來了，大人來了。」幾個劫後餘生的姑娘一見了楊浩，就如見了主心骨般歡喜地叫了起來。她們仍是一身男裝，形容雖有些狼狽，卻不掩麗色，唐宮裡出來的人，果然盡得江南風韻，個個都是人間佳麗。

「大人來了嗎？」

窅娘在房中聽見，連忙就著盆中水照了照自己的容顏，此刻雖是不塗脂粉，也沒有脂粉可用，可是素顏朝天，清湯掛面，還是毫無瑕疵，儘管如此，她還是伸出纖纖玉指，沾了點清水，理順了鬢邊幾綹亂髮，又溼了下兩道遠山般的蛾眉，這才一眨春水雙眸，迎出門來。

對自己的這位恩主，她可不敢大意，她只是一個以色娛人的弱女子罷了，亂世之中，能有一分安寧太平，就是她最大的滿足，如今楊浩已是她唯一的依靠，自到了書院中，見到那一車車珍貴無比的宮中典籍，她更明白楊浩沒有狠下心來殺她們滅口，已是何等不易，豈不感念於心？

匆匆出來見過了楊浩，楊浩對她們微笑道：「妳們且安心在這裡住幾日，明日李煜就要進京，金陵城過上幾日就不會如此森嚴了，到時候本官會安排妳們去一個地方，確保妳們的安全。」

窅娘吃驚地道：「去一個地方？奴家……奴家和幾位姐妹不隨大人回汴梁嗎？」

楊浩呵呵一笑道：「毋須多問，妳們只管安心住在這裡，本官既然答應救下妳們，就不會半途放手離去的。」

窅娘忙乖巧地應道：「是，奴家豈敢詰問大人，只是……承蒙大人慨施援手，救下小女子們的性命，我們姐妹俱都感念萬分，本想著能侍奉大人左右，端茶倒水、鋪床疊被、研硯磨墨、詩詞歌舞，承歡大人身前呢……」

楊浩打個哈哈，笑道：「窅娘，妳若真的聰明，就不要想套我的話，妳們在宮中也是舞樂歌伎，並非尋常宮女，楊某豈會暴殄天物，把妳們當作使喚丫頭？妳們儘管安心先去我為妳們安排的地方，以後若有可意的良人，本官作主，讓妳們俱得良配，從此安生度日。」

窅娘等幾女哪裡肯信，忙乖巧地道：「奴婢們今得大人收留，自然一心一意侍奉大人，只要大人不嫌棄，奴婢們就一生一世服侍大人。」

楊浩嘆道：「別迷戀哥，妳嫂子絕不是一個傳說。這話只好在這裡說，到了那個地方，妳們千萬要小心說話，不然……一旦觸怒了本官府上的那兩頭母老虎，本官也護不住妳們。我楊家的女人，就好比那祈福今生、超渡來世的長命燈，省油的……一盞也沒有啊……」

幾個女子聽他說得風趣，不禁都掩口輕笑起來，幾個身裝男裝的俏女子，掩口輕笑時，眉彎眼餳，當真是春色無邊。

窅娘嫣然道：「大人是一家之主，還管教不得自家娘子嗎？」

楊浩正色道：「實不相瞞，在本官家裡，本官就是一百斤麵蒸出來的饅頭，廢物點心一個，妳們此去蘆……啊，自己千萬小心，本官能在萬馬軍中救得妳們性命，但要是妳們不知乖巧，落入虎口之中，本官也是無能為力的。」

窅娘笑眼看向楊浩，心道：「這位大人私下裡倒也風趣，全不似昔日在國主面前那般面目可憎。跟了這位主人，想必……以後的日子不會難過……」

三百七四　糾葛

風瀟瀟兮，秦淮河畔。

趙光義派水師大將劉遇、騎兵統帥丁德裕率重兵護送，在曹彬親自陪同下，將李煜夫婦及李氏皇族宗親全部送往汴梁，同時寫下一封親筆戰報，上呈皇帝陛下。

奏表中有言：宋軍討伐唐國，奉皇帝諭旨，攻打金陵時嚴禁濫殺無辜、嚴禁姦淫擄掠，大軍入城，軍紀嚴明，於唐國仕紳百姓秋毫無犯，江南士大夫盡得保全，金陵豪紳巨賈無一戶遭劫掠，朝廷的倉廩府庫等俱都封存，不失一文。大宋雄師實乃王者之師、仁義之師，所到之處，江南百姓無不敬服，夾道歡迎，此實乃陛下之洪福……

此時，士兵們正從唐國勤政殿大學士錢誠家裡往外抬著屍體，錢大學士因為有亂兵上門劫掠時不識時務地痛斥了幾句，一家滿門六十八口，不分男女老幼，便盡被屠戮。雞籠巷角，露出一彎秀氣的腳丫，走過去就會發現，一具稚嫩的赤裸女屍正仰臥巷中，身上連一塊遮羞布都沒有。

建於梁朝時期，高有十餘丈的金陵升元寺巍峨的塔樓已然坍塌，餘煙仍在裊裊升起，倒塌的塔樓下，有上千條冤魂，這是為了避戰亂而逃到佛塔中的附近百姓，本以為寺院之中比較安全，卻被亂兵一把火把塔樓點著，活活燒死在裡面……

不過，趙光義的戰報也不算說謊，比起王全斌攻陷成都時的殺戮搶劫之慘烈，金陵的確不算是處處焦土、遍地哀鴻，有了王全斌這個殺神當綠葉來襯托著，趙光義簡直就是萬家生佛，應該獎勵他一朵小紅花了。

趙光義的臉現在也笑得像一朵可愛的小紅花，他笑容可掬地看著李煜全家老小登船離去，那種生殺予奪的滋味讓他志得意滿、飄飄欲仙。李煜已經送進京裡了，江南不肯插上宋旗的州府也已寥寥無幾，待平定了那些地方，再回到開封時，他將受到怎樣的隆重歡迎？到那時，文治軍功他都攀至巔峰，皇兄還敢冒著江山撼動的風險，把皇位傳給皇子嗎？

一念及此，趙光義摩拳擦掌，熱血沸騰。

* * *

船頭，回望越來越遠的金陵城，李煜不禁黯然泣下，他扶著船舷，遙望金陵，漫聲吟道：「江南江北舊家鄉，三十年來夢一場。吳苑宮闈今冷落，廣陵臺殿已荒涼。雲籠遠岫愁千片，雨打歸舟淚萬行。兄弟四人三百口，不堪閒坐細思量……」吟到後來，已是語不成聲。

「陛下……」

小周后輕輕走到他的面前，掀開蒙面的紗帷，那張比花解語、比玉生香的俏麗容顏，也已綴滿珠淚，夫妻二人握著手相對無言。

江水悠悠，船兒悠悠，心也悠悠，這一去，辭廟離國，再也回不得故土了……

＊　＊　＊

金陵很快就開放了城禁，眾多將領一致認為，金陵已沒有反抗勢力，也不具備反抗能力，盡快恢復正常，讓百姓安居樂業，有助於提升朝廷的威望，趙光義從善如流，立即答應了。

開放城禁，各位將軍才方便把他們搜刮來的財帛子女運出城去，送回汴梁受用，趙光義對此心知肚明，自也不會壞了這些驍將們的好事。

楊浩觀察了兩天，發現許多將領大模大樣地護送著車隊離開了金陵，並未受到什麼詰問，這才通知李聽風上路。他們這一行人卻也著實不少，二十幾輛大車，一百多人，楊浩親自護送，走在長街上時，恰與曹翰碰個正著。

曹翰是曹彬手下一員大將，兇猛強悍，那一雙濃眉就像墨染過的一般，兇睛闊口，威武不凡。昨日他剛剛護送了幾十輛大車離城，不想今日正見到楊浩鬼鬼祟祟離開。

曹翰遠遠看見他，便是咧嘴一笑，待見到楊浩一行隊伍中還有不少女眷，和身著男裝，體態輕盈纖細，分明便是年輕女子的書生，更是大樂，走到楊浩面前時，還向他挑了挑大指，無聲地讚他：「好本事，許多武將都搶不過你！」

楊浩有點不好意思了，他臉蛋一紅，見曹翰一身甲冑，躍馬橫槍，身邊跟著長長的隊伍，兩人錯身相迎時，楊浩便勒住了馬，笑顏搭訕道：「曹將軍辛苦，這是去巡城嗎？」

曹翰也勒住了坐騎，笑吟吟地叉手施禮道：「非也，某奉晉王千歲所命，征討江州去。」

楊浩詫異地道：「江州？江州還不肯降？」

「是啊！」

曹翰獰笑起來：「江州守軍已然得知李煜獻城投降，卻不肯歸順。如今整個唐國一十九州，就只剩下這一座倔城了，真是不識時務，道我宋人之刀不利嗎？」

楊浩有些不安地道：「曹將軍，唐軍據城不降，無關城中百姓，升斗小民嘛，可憐得很，什麼事能由得他們自己作主呢？曹將軍威名赫赫，區區一座江州城定能馬到功成的，不過上天有好生之德，還望曹將軍能體諒民間疾苦，城破之時，稍示寬恕之心，那必是福佑子孫的一件大功德。」

曹翰豁然大笑道：「楊大人果然是一介書生，滿口仁義道德。將軍功勳馬上得，全仗一口快刀罷了，李煜倒是信佛，心慈面軟，誰來佑他子孫了？神佛之道，我勸楊大人莫去信它。屠一是為罪，屠萬是為雄；屠得九百萬，即為雄中雄。就算世間真有神佛，曹翰修的也是阿修羅道，不殺何以立威？哈哈哈，楊大人此番收穫頗豐，正忙著送回貴府吧？曹某不打擾了，告辭……」

曹翰聽了楊浩的話，只當是個笑話，但是知道他是趙光義身邊的紅人，卻也不敢得罪，言語十分客氣，說完了，曹翰在馬上向他一抱拳，便領著大軍去了。

楊浩看著他的背影不禁喟然一嘆：「曹彬將軍已派人向趙匡胤去求恩旨了，卻不知聖旨幾時可至，若是遲了，江州城破，恐怕又是一場殺孽。難怪……自後唐滅亡，終宋一朝，金陵始終不及蘇杭一帶富貴，直至明清才漸漸恢復元氣，各處的擄奪破壞實在是太嚴重了，東西破壞了可以復得，仕紳商賈都殺光了、嚇跑了，再想復興談何容易……」

*　　　*　　　*

江州沒有重兵把守，守將也不聞名，可是就是這樣一座孤立無援的城池，在整個江南一旗獨立，在唐主李煜稱臣投降之後，它的城頭依然飄揚著「唐」字大旗。

他們也知道自己是守不住江州的，可是依然守在這兒，不計生死，只因為自己多年來食的是唐國俸祿，要盡一個軍人的本分。

不識時務嗎？是的。

忠肝義膽嗎？是的。

他們是軍人，本有守土之責，但是此時堅守下去，他們將給所守土地上的百姓帶來一場死亡的厄運，可是誰又能責怪他們什麼？就算是楊浩，也不能站在後世局外人的角度，去指摘他們什麼抗拒統一、多造殺孽。人活著，總該有所堅持，站在他們的角度，他們是秉持忠義、寧死不屈。張巡、史可法是英雄，他們就也是當之無愧的英雄，一群無名英雄。

曹翰走後第四天，江州城破的消息還沒有傳來，朝廷的快馬已經到了，特使帶來了趙匡胤的聖旨，聖旨上說李煜已降，餘者不足為懼，一旦攻陷城池，萬勿濫殺無辜，以致生靈塗炭、民心不安。

楊浩聽了消息，甚是喜悅，連忙去見趙光義，趙光義見曹彬瞞著他向朝廷請旨，心中大是不悅，又見楊浩前來，腔調與曹彬一致，心中更是不滿，便對楊浩說道：「曹翰此去已有數日，江州城破消息頃刻便至，陛下這道詔書，已是來得遲了。」

楊浩顧不得看他臉色，急道：「千歲，曹翰破城的消息不是還沒有傳來嗎？這道詔書未必不能救得江州百姓。若是咱們接了聖旨，卻不宣告於攻城大軍，一旦徒增殺戮，官家面上須不好看，咱們也不好交代。」

楊浩站在替他著想的角度上婉言相勸，趙光義就比較聽得進去，仔細一想，既是官家下了旨，自已順水推舟也就無所謂了，於是神色和緩下來，沉吟道：「那……本王明日便派人往江州去傳旨罷了。」

楊浩急道：「何必明日？如今尚未天昏，如果千歲同意的話，下官願跑一趟江州。」

趙光義微一遲疑，頷首道：「也罷，那你便去江州傳旨吧，如今各處還有亂兵流竄，你自己一路小心。」

楊浩大喜，立即接過聖旨，領了一支侍衛人馬，快馬加鞭奔往江州。楊浩一路不肯稍歇，只是江南湖渠眾多，快馬再快也跑不起來，待他風塵僕僕趕到江州城時，一切已經遲了。

*　　*　　*

廬山腳下，江州城。

楊浩舉著聖旨衝進那道被撞破的城門，只見城中火光四起，處處廢墟，街巷之上，橫屍無數，男女老幼雜陳於軍士屍體中間，幾無一個活人。

城已破，人已屠，此時活躍在大街小巷上的，是正在到處劫掠的宋軍。江州六萬軍民，死亡殆盡，被掠金帛無可勝數。

楊浩悵然立在街頭，眼看著交相枕藉的無數屍體，不敢以馬蹄踐踏，他跳下馬來，牽著馬茫然走在街上，血腥的屠戮場面，給了他的心靈一次無比強烈的洗禮。

曹翰興沖沖地走來，一邊走，一邊對一親信將校吩咐道：「江州所得財帛，至少需要三百條大船方可盡數運走，你立即去張羅船隻，盡快把東西運回去，不要放在這裡礙眼。回去之後，某再重新揀分，挑些合宜之物分送千歲與諸位上將軍。」

「將軍，數百條大船，聲勢太大了吧？您也知道，朝中御史們都是些閒極無聊、賣弄脣舌之輩，萬一讓他們知道，在官家面前進幾句讒言……」

「唔……數百條船，的確有些顯眼，讓那些眼紅的窮書生去嚼舌根，頗為不美……」

曹翰停下腳步沉吟片刻，目光一亮道：「無妨，方才經過那間古寺，寺中不是有五百尊鐵羅漢嗎？把它們搬上船去，分別擺在各條船頭，就說是獻給官家的羅漢，嘿嘿，他們還敢上船查我到底裝了些什麼嗎？用這鐵佛堵住那些窮措大的嘴，不教他們聒噪也就是了。」

「是是是，將軍真是智計多端……」

曹翰猛一抬頭，不禁又驚又奇地道：「楊大人，你怎麼到江州來了？」

楊浩看看無數廢墟、遍地屍體，淡淡地問道：「江州？請問將軍，江州在哪裡？」

曹翰哈哈大笑起來：「楊大人莫非是吃醉了酒不成？身在江州，竟然不知江州，哈哈，我的楊大人吶，你看清楚，這裡就是江州城啊……」

楊浩的手輕輕垂下，大袖滑落下來，掩住了手中那一卷黃綾，他環顧四周，黯然說道：「楊某沒有看見江州城，只看見……一座修羅場……」

＊　＊　＊

廬山腳下，身上插了好幾枝利箭的奔馬一聲長嘶，終於耗盡了力氣，轟然倒在地上，馬車上一個小和尚險險摔下車去，可是身子只向前一撞，他就立刻連滾帶爬地撲進車廂，帶著哭音喊道：「水月，水月，妳怎麼樣了？」

水月一身緇衣，奄奄一息地躺在車廂裡，月白色的僧衣前襟已被鮮血浸染，她胸前蓓蕾上插了一枝利箭，箭矢入肉半尺，壁宿手忙腳亂，想要伸手去拔，卻又不敢，抱著水月，只有放聲大哭。

車子一角，是靜心庵寶月女尼的屍首，她被人從後頸斜斜一刀劈下，直劃至左肋下，肋骨都斷了三根，內臟從傷口處溢了出來，看著怵目驚心。

壁宿也是血染僧袍，左大腿上還插著一枝斷箭，右胸前被利器劃開一道口子，看那車棚上密密匝匝插的都是箭矢，也不知他是怎樣殺出重圍的。

靜水月睜開無神的杏眼，看著壁宿淚流滿面的樣子，嘴角輕輕漾起一抹溫柔的笑意，她吃力地抬起手，輕輕地為壁宿擦去眼淚，緩緩地搖頭，壁宿點點頭，止住了悲聲，眼淚卻止不住地往下流。

壁宿沒有隨崔大郎一行人上路，本來是想帶著靜水月在宋軍過江後偷偷渡過長江往少華山去的，不料宋軍過江後，采石磯一線因為爭奪浮橋，雙方大戰不休，壁宿想帶著靜水月自別的地方覓條小船過江，結果唐將杜真的殘部逃來當塗城，把宋軍也引來了。當時壁宿剛剛回城，見機的早，立即帶著水月從南城門逃了出去，這才逃過了一劫。

眼見宋軍不敬神佛，連寺廟也燒，和尚也殺，水月卻擔心起她情同母女的師傅來，壁宿對心上人的要求自然不會拒絕，明知這一去是自投戰場，還是義無反顧地帶著她回來了。二人回到金陵，苦勸寶月女尼離開，寶月惦念著庵中上下，卻是不肯離開，壁宿無奈之下，只得把她強行拖走，又將一路所見告知庵中眾尼，讓她們各自逃命，盡量避往各處深山寺院，說完也不管她們肯不肯聽，便立即逃離了金陵城。

這時，各路宋軍正往金陵方向趕來，無論是向北還是向西都不可能了，若是向東，那離他的目的地就越來越遠了，壁宿只得一路向南，避開宋軍攻擊的路線，輾轉到了江州。他本打算在這裡找條船過江，不想陰差陽錯地一頭鑽進了死地，江州守將封鎖所有水陸出入通道，堅守城池，意欲與宋決戰，把他們三人也困在了城中，直到曹翰屠城，這才於亂軍中殺開一條血路，逃到了廬山腳下。

「水月，妳不要死，妳答應過我，要聽我念一輩子經的，要陪著我、要陪著我，我敲鐘，妳燒齋，再生兩個小和尚，水月……」

壁宿哭得熱淚縱橫，水月吃力地抬起手，在自己的胸口指了一指，又緩緩指向壁宿，沾著鮮血的手指指在壁宿心口，喃喃地念了一句什麼，沒有聲音，只能看到她的嘴脣翕動著，然後，她的手指無力地向下慢慢滑落，那雙歉然、不捨、愛戀的眼睛，痴痴地看著他……

手臂一沉，忽地掉落，那雙溫柔的眼睛也永遠地閉上了，壁宿大慟，哀叫一聲道：「水月……」

泣聲如深山猿啼，久久迴盪……

＊　＊　＊

佛曰：由愛故生憂，由愛故生怖，若離於愛者，無憂亦無怖。

摩訶迦葉問：如何能為離於愛者？

佛曰：無我相，無人相，無眾生相，無壽者相，而法相宛然，即為離於愛者。

摩訶迦葉問：世間多孽緣，如何能渡？

佛曰：命由己造，相由心生。世間萬物皆是化相，心不變萬物皆不變，心不動萬物皆不動。

摩訶迦葉問：此非易事。

佛曰：愛別離，怨憎會，撒手西歸，全無是類，不過是滿眼空花，一片虛幻。

摩訶迦葉問：何為？

佛曰：坐亦禪，行亦禪，一花一世界，一葉一菩提，春來花自青，秋至葉飄零，無窮般若心自在，語默動靜體自然。

壁宿從山上下來，默默地念誦著經文，一步一步走到了長江邊上，搭上一艘北向的客船。滾滾長江水，滔滔東流。壁宿一身破舊的僧衣，但是形容肅穆，寶相莊嚴，年紀雖輕，看在船上客商眼中卻不敢小覷，他默默立在船頭，一臉和光同塵氣象，少有人能看得出他深埋眼底的一抹殺氣。

此時，功德圓滿的趙光義已迫不及待地趕回開封去了。

李煜已被封為右千牛衛上將軍、加爵違命侯，徐鉉、張洎等博學之士，俱都有官有職，趙匡胤又令人急籌十萬斛米運往江南賑濟流民，中原沃土、錦繡江山已盡握其手，舉國稱賀，一片喜慶。

然而，趙匡胤卻沒有表現出多少喜色，打江山不易，守江山更難，滅掉唐國並不算什麼，秦始皇一統六合，戰功比他如何？可是江山傳了幾代？他要的是江山永固，可是現在做到內無憂外無患了嗎？

此時的他，心中梗著一個比掃平唐國更加困難的問題，以他的雄才大略、殺伐決斷，滅一國不過是彈指間事，可是這個問題，卻令他頭痛無比。那個立下軍功，文治武功一時無兩的二弟回來了，他該拿這個兄弟怎麼辦呢？

人，都有弱點，趙匡胤也不例外，他最大的弱點就是臉不夠厚、心不夠黑，太重情義。明知道手擁重兵的大將篡位謀反如同家常便飯，他那些結義兄弟一旦羽翼豐滿、尾大不掉，未必就不反，可是卻沒有像漢高祖、明太祖一樣殺戮功臣，寧可賜他們財帛子民、肥田大宅，多費些心神監視著他們，不讓他們作亂便是；明知道前朝皇室未必不會被人當作造反的幌子，荊湖、蜀漢、唐國諸君一旦被人救出去，便能名正言順地再舉叛旗，但是他還是盡皆賜了官位，不忍屠戮他們。

對這些外人、對這些明擺著的威脅，他都不忍清除，對自己野心勃勃的這個親兄弟，他又何忍傷害？手足情深啊，有一次趙光義生了病，要用艾草療傷，趙光義難忍痛疼，趙匡胤看得不忍，抓過艾草來點燃，用自己的手臂嘗試用什麼手法能減輕些痛楚，炙得自己的手臂傷痕累累，一個帝王，用不著這麼作戲，他是真疼自己這個兄弟啊。

然而，人皆有私心，自己的兒子已經長大了，中原已經一統，在兄弟和兒子之間，畢竟兒子更近一些。他知道自家兄弟垂涎帝王之位，卻只想用些委婉的辦法來打消他的野心，既要能打消他的妄念，又不傷了兄弟之間的感情，可是，該怎麼做呢？

「二弟馬上就要進殿了，他已是晉王，封無可封，這軍權，總不能立刻從他這有功之臣手中奪回來。軍權、政權，他都沾了一手，勢力滲透的越來越厲害，內患甚於外患，我該如何是好？」

指點江山、睥睨天下的趙匡胤，糾葛在家國公私之間，便也陷入了兩難之境。

此時，興沖沖地趕回開封，並令穆羽先行趕往雁門關，按他計畫為他出使契丹製造機會的楊浩，正站在皇宮御階下等著晉見，因為剛自南方回來，一路又在暖車中坐著，穿的不厚，在御階下站了一會兒，雙腳就凍得有些發麻，他跺著腳取暖，無所事事地東張西望著，忽然，他腳下一停，猛地想起了一件大事。

他本來的計畫是假死脫身，逃到少華山下做一個懷抱嬌妻美眷、盡享富貴榮華的富家翁的，根本沒有想過再回汴梁，汴梁的一切後事早已安排得妥妥當當，唯一放心不下的妙妙，也用了納妾的法子把搬遷不走的財產盡付於她的名下。

如今……自己又回來了，現在該拿妙妙怎麼辦？

楊浩忽然有點傻眼，他覺得自己就像一個傻瓜，搬起一塊大石頭來，一下子砸中了自己的腳。只不過這塊大石頭是個軟玉溫香的小美人，用來砸腳也是不疼的，用來暖腳倒是不錯……

「這個……妙妙應該不知道我是假死吧？只是焰焰和娃娃那兒倒是需要一番說詞。唔……暖腳……這麼一個嬌滴滴的小美人要是用來暖腳……」楊浩又跺了跺腳，忽然覺得雙腳凍得不只發麻，而且還發起癢來……

三百七五　遲來的洞房之夜

楊浩上了金殿才知道，自己一不小心又陞官了。不過官陞得再大，也是給人家打工的，趙普的官大不大？說垮臺就垮臺了，楊浩如今已打定主意自己創業，對趙匡胤的封賞倒沒怎麼放在心上。

謝了皇恩，下了金殿，一出午門，楊浩就看見豬兒和袖兒正趕著一輛馬車，候在宮門之外。

「豬兒！」

楊浩快走迎上去，豬兒一把把他拉到一邊，小聲道：「你怎麼又回來了？焰焰她們呢？」

楊浩嘆道：「一言難盡，回頭咱們再細說。呃……妙妙如今怎麼樣了？」

「妙妙她……她……」豬兒支支吾吾地說不出來，扭頭求救似地看了袖兒一眼，楊浩大疑：「妙妙怎麼了？」

袖兒繃著俏臉道：「大人，自從得知大人身死江南，妙妙姑娘悲痛不已，後竟披麻戴孝，自閉於房中，絕食自盡以明心志。」

「什麼？」楊浩臉色有些發白：「她……她怎麼這麼死心眼？如今……如今她怎麼樣了？」

豬兒訕訕地道：「還能怎麼樣？自然是……自然是……」

袖兒接口道：「妙妙姑娘遣散府中僕從後，絕食自盡，還是我師哥給她收的屍，本來在城外已經擇了一塊墳地準備入土為安了，又得到大人還活著的消息，所以現在仍停屍府中，想著……大人或許想見她最後一面……」

「什麼？」楊浩勃然大怒，一拳將臊豬兒打將出去：「混蛋，我把她託付給我最信得過的兄弟，你就是這麼照顧的？」

袖兒不忿楊浩如此對待妙妙，有心替她出氣，今日所為全是她的主意，薛良夾在娘子和兄弟之間，真相說不得，又不想瞞著兄弟，真是風箱裡的老鼠，兩頭受氣，心中有愧之下，毫不反抗，竟被楊浩一拳打飛出去。

他皮臊肉厚的倒不在意，袖兒見心上人被打，可不樂意了，一邊扶起薛良，一邊冷笑道：「人要尋死，誰又攔得住她？你不怪自己，怪我師哥做什麼？」

楊浩五內俱焚，慘然道：「怪我，怪我，當然怪我。可是你……你……你……」

他指著臊豬兒，也顧不得再作掩飾了：「你既見她尋死，如何不將真相告訴她？」

袖兒冷冷地道：「你當自己是一尊活菩薩嗎？妙妙姑娘本欲以死殉節，正是聽了真相，更是心灰意冷，全無求生之念，再也不想活了。」

楊浩奇道：「怎麼會？她……她……」他忽地恍然大悟，縱身跳上馬車，便往自己家門駛去。

豬兒爬起身來，有點心虛地道：「袖兒，咱們這麼對付浩子，是不是有點……太過分了？」

袖兒哂然道：「有什麼過分的？他楊浩當自己是什麼？很了不起嗎？他給別人的就一定是恩惠、是施捨？不管人家想不想要，不管這對一個對他情深意重的姑娘來說是多大的羞辱？哼！目高於頂的東西，不給他一點教訓，他還真把自己當個人物了。」

豬兒訕訕地道：「可是……可是俺兄弟……其實也是一番好意。再說……再說妙妙姑娘又不想瞞他，妳又何必多此一舉？」

袖兒杏眼一瞪道：「妙妙是被他欺負慣了，這才不敢觸怒他，我怕他什麼？哼！這事是我的主意，你不要哭喪著臉，跟死了爹似的，走快些，咱們去看看熱鬧，總要他也傷心一回，我才出這一口惡氣！」

楊浩一口氣衝回家門，跳下車撲進院中一看，果然不見一個家僕，院中冷冷清清，連隻麻雀都沒有。楊浩心中更慌，衝進廳中一看，只見大廳空空落落，輓聯高掛，中間一個大大的奠字，香案下一口棺材，香案上一塊靈牌，上寫「楊門林氏之靈位」。

楊浩整個人都傻了，他來自後世，許多想法、看法與這個時代的人不同，做事大多只計較結果，不在乎手段。在他那個時代，為了房子假離婚、為了綠卡假結婚一類的事層出不窮，不過是一種手段而已，假意結婚、把龐大的家財饋贈予她，那絕對是一種恩賜，怎麼會被她視作羞辱，在得知自己死為假死的真相之後反而心灰意冷，更萌死志？

楊浩五內欲摧，撲到棺木上，手撫著棺蓋，想著妙妙如今正是荳蔻年華的一個少女，卻因為自己自以為恩賜的行為把她活活逼死，不由更感愧疚，他含淚喚道：「妙妙，我錯了，我錯了，我真的是大錯特錯了，妳怎麼這麼傻，妳等我回來，哪怕打我罵我，我都沒有一句怨言，為什麼要去尋死？為什麼……」

當豬兒和袖兒趕來時，楊浩伏在棺木上，絮絮叨叨也不知說了多久，豬兒看了不忍，咳嗽一聲，搓著手道：「浩子，這個事，其實……嗯！」

他的肋下被袖兒狠狠拐了一下，一下子打斷了他的話，楊浩撫著棺木，頭也不回，咬著牙道：「你這頭豬，我把她託付給你，你就是這般照顧她的？你給我出去，我現在不想看到你！」

豬兒摸摸鼻子，訕訕地道：「可是……妙妙姑娘她……」

「她怎麼樣？」楊浩霍地一下轉過身來，大吼道：「她是我楊浩的女人，後事自然我來料理！要不是看你是我兄弟，我現在對你絕不客氣，出去。」

薛良頭一回看他大發脾氣，心中著實害怕，慌忙答應一聲，遲疑著卻不出去。

「噗！」

楊浩一聽大怒：「你這頭死豬，竟然在靈堂裡放屁，褻瀆亡靈！」

「我沒有，我沒有。」臊豬兒連忙擺手，偷偷看向袖兒，袖兒氣得柳眉倒豎，雙手一掐腰，擺出大茶壺造型吼道：「看什麼看，本姑娘放屁會像你這麼響亮？」

「噗！」

又是一聲，傳自楊浩方向，豬兒和袖兒同時轉向他，袖兒道：「喔……自己放屁，還誣賴別人……」

「噗！」

又是一聲，楊浩聽到聲音傳於自己身後，急忙轉過身去，只聽聲音竟是來自棺內，不由又驚又奇。聽到又一聲動靜自棺內傳出來時，楊浩立刻撲了上去。

他畢竟閱歷多多，已見慣了死人，再加上這是光天化日之下也不怕詐屍，一觸棺蓋，見還未釘死，楊浩立刻奮起雙臂之力使勁一推，棺蓋「轟」的一聲被推開了去。

棺中，妙妙被捆得像個粽子似的，直挺挺地躺在棺材裡，也不知道她費了多大的勁，才蠕動著挪到棺木邊上，她的額頭瘀紅了一片，大概是因為用額頭碰觸棺木的原因，她的嘴裡被塞了一大團布，把個粉腮撐得鼓鼓的，因為棺木突然推開，亮光一下射入，晃得她雙眼不由自主地瞇了起來，可是她卻努力地張大眼睛看著楊浩，臉上帶著甜蜜的笑，眼中噙著甜蜜的淚……

楊浩倒抽了一口冷氣，慢慢轉向薛良，豬兒下意識地退了一步，乾笑道：「浩子……」

楊浩瞇起了眼睛：「豬兒，是你告訴我，妙妙死了的？」

「這個……這個……」豬兒忽然返身就逃，一邊跑一邊大叫：「不關我的事，是袖兒說，要讓你傷心一回的……」

「可你是我他媽的兄弟！」楊浩大吼，順手從香案上抄起一個銅燭臺，打向他的腿彎，臊豬兒一跤摔倒在院子裡，好不容易揉著膝彎爬起來，就見袖兒站在他面前，笑咪咪地道：「出賣我？嗯？」

「不要……哇！」眼見袖兒的靴底狠狠踩了下來，豬兒大叫一聲，一下子摀住了他的胖臉……

*　　*　　*

這是妙妙遲來的洞房夜。

當她一手挽著及腰的長髮，一手提著鞋子，赤著腳踩在柔軟的地毯上，含羞帶怯卻不無勇敢地走入楊浩的臥房時，想起她為自己所付出的一切，楊浩不得不承認，這個美麗而秀氣的女孩，有資格做這房間的女主人。

可是，這位女主人如今實在是太稚嫩了，含羞而無邪的容顏，尖削的香肩、瘦瘦的胸腹，雖說是細蜂腰、蜢蚱肚，但那臀部還絕對沒到豐盈圓潤的程度……冬兒、焰焰的年歲也不算大，但是至少已經算是成年，而妙妙……看著她那稚嫩的小臉，儘管楊浩已經來到這個時代幾年，已經漸漸接受了這個時代的觀念，卻還是有種在犯罪的感覺。

柔軟的衣服下，那幼滑而富有青春活力的彈性胴體散發著致命的吸引力，楊浩幾乎克制不住自己，當他看到妙妙眼中漸漸氤氳起委屈的霧氣，他不得不把這個惹人憐愛的小女子擁進懷中恣意憐愛，這是她應得的。

她是俊俏的，那種甜美、俏麗的表情非常可愛，和娃娃溫柔、嫵媚的風情完全不同，妙妙是一種充滿青澀青春活力的未成年少女的感覺。「風情」兩字與她不沾邊，女人不到一定年齡，不經一定的閱歷，是強作不來風情的；男人不到一定年齡，不經一定閱歷，給他看了，他也是品味不了女人風情的。可是對男人來說，致命的吸引力，不一定要風情萬種，像妙妙這樣嬌俏可愛的女孩，像貓一般偎依進你的懷裡時，又有幾人經得起誘惑呢？

楊浩親吻著她，愛撫著她。躺在他懷裡，妙妙就已酥軟了身子，短促而輕的嬌吟，帶著無比魅惑的味道，她披散著一榻秀髮，那張稚嫩的小臉便也帶出了幾分嫵媚，半睜的秀眼中漾起盈盈水波，甜蜜而滿足地看著她的男人，期待著那個最重要的時刻。可是楊浩雖已察覺身下小人的身體反應已經做好了準備，卻始終無法鼓足勇氣劍及履及，登堂入巷。

於是，他努力地分神，努力地想：「穆羽該已到了雁門關了吧？明天就去鴻臚寺，看看和契丹那邊的交涉怎麼樣了，最好找個機會往契丹一行，如果沒有合適的機會，那我只有自己製造機會了。『飛羽』應該也會馬上和我取得聯繫了吧？」

「官人，你在想什麼？」妙妙睜開杏眼，迷迷濛濛地看著他，語氣中卻不無嗔怪。女人是一種直覺很強的動物，楊浩的分心二用，馬上引起了她的注意，哪個女孩察覺自己的男人在與她親熱時還這樣心神不屬，都不會開心的。

楊浩暗叫一聲慚愧，隨口遮掩地說道：「啊……我在想，此番征江南，晉王以開封府尹身分統帥三軍，好不威風，想著我本出身行伍，若有機會統御大軍，征戰沙場，是不是也很威風呢？」

妙妙看出他的言不由衷，嗔怪地瞟了他一眼，忽然桃腮飛紅，一隻纖纖玉手大膽地穿到楊浩袍下，握住了那雖經楊浩苦煉分心大法也不稍軟半分的所在，楊浩激靈靈一顫，只覺那小手涼涼的、軟軟的、滑滑的，這一撫上去，簡直是銷魂蝕骨。

「妙妙，妳……妳做什麼？」楊浩的聲音沙啞起來，呼吸也變得粗重了。

妙妙一直躺在那兒，柔若無骨、軟軟綿綿，一副任他擺布的樣子，可是妙妙出身何處？閨房中事她可不是不懂，只不過女兒家初夜，她覺得自己應該矜持一些，由得官人予取予求才是本分。可是……自家官人這副帶死不活的模樣，她還如何忍得？難道這洞房之夜也要像上回下聘過門一般，要她再死一回才能讓楊浩乖乖答應？

楊浩一問，妙妙便不無怨尤地答道：「官人既然想要做大將軍，如今險隘當前，將軍怎還不上馬破關、衝鋒陷陣呢？」

「我……呃……」妙妙這一問，手下同時一緊，楊浩腰桿便是一挺，可是看到她那分明還十分稚嫩的模樣，楊浩不由洩氣，只得吃吃地應道：「本將軍是在想……呃……是在想，如何能不戰而屈人之兵……」

妙妙的俏眼向他盈盈一瞟，一雙眸子溼潤得已經快要溢出水來，她媚聲答道：「《孫子》十三篇，篇篇是為戰。不戰亦需有戰，將軍遲遲不上馬來，小女子怎知大將軍你……有沒有不戰而屈人之兵的能耐呢？」

妙妙，真閨中妙人也。

楊浩聞之大汗，結結巴巴地道：「這個……這個……敵軍稚弱，不堪一擊，本將軍……本將軍不忍下手……」

妙妙的膽子越發大了，嬌媚地乜他一眼，媚眼如絲道：「這樣仁心面軟的無用將軍，不做也罷，依奴家看呀，我家官人還是好生做你的文官吧。」

「好，呵呵，做文官好。」楊浩乾笑著，緊要處被這小丫頭一緊一鬆、忽軟忽硬地撩撥著，已經有些按捺不住了。

妙妙咬了咬下脣，臉蛋更紅，像著了火一般，她把發燙的臉蛋埋進楊浩懷裡，在他赤裸的胸口噴著灼熱的呼吸，嬌滴滴地道：「就算是要做文官，也要『考舉人』，『中進士』，『入金殿』，『大登科』，才能做那『擎天白玉柱』、『架海紫金梁』，成就大出息，官人，你說是嗎？」

楊浩忍不住大笑，如此知情識趣的妙人，誰敢說她尚未成熟，只須溫柔愛憐著些，今夜總要一番銷魂，方酬美人之恩。

他放下心中顧忌，俯身在那嬌軀之上，看著身下這朵嬌滴滴的粉桃花，柔聲道：「好，那麼妳家舉人老爺，現在就要中進士、入金殿、大登科，做那擎天白玉柱、架海紫金梁了，娘子，生受著些……」

* * *

趙光義回到開封，權知開封府尹趙光美就交出了大印，趙光義仍舊是汴梁城的父母官。他的帥職本來就是戰時職務，此時各部軍隊各回本營，兵權自然解除。

但是藉由這一戰，趙光義不但在宋國樹立了自己的軍功與威望，而且他與禁軍之間的堅冰也開始融解，他是此番南征踏平唐國的主帥，自然要由他來修戰表、敘戰功，向皇帝為諸將請功封賞。

透過這件事，使他事實上獲得了與軍方將領們溝通往來的的關係，這就足夠了。只要軍方對他表示了關注和一些支持，他並不需要時時掌握著兵權，他知道那不可能，整個大宋，除了皇帝誰都不可能。

但是那有什麼關係呢？他從來沒有想過舉兵造反，奪大哥的皇位，至少現在沒有。天地良心，他只想憑自己立下的戰功、樹立的聲望，和對朝野更廣闊深遠的影響，迫使皇兄在立儲一事上慎重考慮罷了。

遍封諸將、犒賞三軍之後，文武百官就上書皇帝，開始為皇帝慶功了，正如發兵之前羅公所言，不管別人立下多大的功勞，這赫赫戰功的最大桂冠，是要戴在皇帝頭上的。

早朝會上，三宰相率文武百官上書皇帝，請求皇帝加「一統太平」，趙匡胤拒絕了，文武百官並不意外，皇帝當然要謙讓一番，於是再請，再辭。三請，三辭。

這一下子，文武百官可有點摸不著頭腦了，按慣例，再一再二不可再三再四，皇帝辭讓最多不超過兩次，皇帝辭了三次，他真的不想加封號嗎？

這時趙匡胤說話了：「燕、晉未復，可謂一統太平乎？」

文武百官恍然大悟，原來這位皇帝陛下又惦記上了燕雲十六州和北漢國的領土，野心……啊不，雄心果真不小，只是……剛剛打下唐國，現在的大宋能連番作戰嗎？

趙匡胤又向群臣宣布：「石敬塘割讓幽薊以賂契丹，使一方百姓獨限外境，朕甚憫之，今建封樁庫，蓄積金錢，向契丹贖買我土地、庶民。如其不肯，朕便以此財帛募天下勇士，俾圖攻取。」

契丹如今已是一個強大的國家，契丹皇帝可不是用一堆玻璃球就能換來一個紐約的印地安酋長，蓄積百萬貫錢，就能讓契丹割讓半壁江山？誰會相信趙匡胤這番鬼話？誰會相信契丹皇帝會蠢到要雞蛋，而交出生蛋雞？人人都明白，這不過是趙匡胤一個「我要仁至義盡」的幌子，燕雲十六州，他是一定要打下來的。

只不過，宋剛剛立國十年有餘，剛剛吞併了整個中原沃土，他需要時間消化這些新占有的領土，安撫那裡的百姓，休養自己的軍隊，暫時，他是無意與契丹開戰的，要把那封樁庫蓄滿軍費，也需要幾年時間不是？

趙光義聽了摩拳擦掌，非常希望北伐之戰能再度由他領軍。他從來沒有親自帶過兵，伐唐是第一次，這一戰下來，他發覺打仗也不過如此，在訓練有素、準備精良的大宋禁軍鐵蹄下，敵人根本不堪一擊，如果北伐的戰功再能被他搶到，那麼這個皇位繼承人，就再也沒有人能夠從他手裡搶走了。

可是，興奮之餘，他完全沒有注意高踞御座上的那位皇兄，向他投來若有深意的一瞥。趙匡胤，已經準備向這位親兄弟的問鼎之心發動反擊了……

敬業的楊浩一大早就趕到鴻臚寺報到了。

＊　＊　＊

初承破瓜的妙妙怎堪他的殺伐？只能在他身下，化作了一汪水、化作了一灘泥，可楊浩還沒發揮出三分之一的戰鬥力呢。他憐惜妙妙稚齡幼體，生怕她身子嬌嫩難以承受，卻也不敢只圖自己盡興而傷了她，這一來，無窮的精力只好消磨在工作當中。

一個上午，楊浩看遍了這段時間所有與契丹有關的消息情報與國書往來，不出所料，這段時間因為契丹內亂，蕭后也想息事寧人，暫與宋國方面議和，所以口氣異常平和，而宋國正在南伐，同樣沒有北進之心，雙方都有和平解決爭端的意思，對山東方面讓契丹吃了一個暗虧的事，雙方已經和解的差不多了，如果楊浩想要出使契丹，暫時沒有藉口可尋。

楊浩暗想：「不出所料，看來預先派穆羽去雁門關是去對了，找不到藉口，我就自己製造一個藉口，以契丹和宋國目前的情況來看，我製造的衝突絕對可以在可控範圍內仍舊以和平手段來解決，這是符合雙方利益的。我是鴻臚少卿，契丹叛亂的慶王之子又是『死』在我的手上，我將是出使契丹面見蕭后的最佳人選。」

他正琢磨著，焦海濤便跑了進來，興沖沖地道：「哈哈，大人，果不其然，果不其然，大人一來，好事連連……」

三百七六　釜底抽薪難下手

聽了焦寺丞沒頭沒腦的這句話，楊浩詫異地道：「什麼事果不其然？」

焦寺丞笑吟吟地道：「果然是大人一回來，咱們這清水衙門就開始財源廣……就開始忙碌起來了。呵呵，好教大人知道，吳越國王錢俶入朝參聖來了，官家令魏王德昭與楊左使負責接迎款待。」

楊浩「喔」了一聲，心道：「我要去的是契丹，等『飛羽』派了人來，我就製造一個藉口出使契丹去。錢王？他來就來了，關我鳥事？」

楊浩心裡想著，順口問道：「以往接見錢王是個什麼規格，可有舊例可循？還勞焦寺丞整理個章程出來，楊某照做就是。焦大人也知道，這些繁文縟節，楊某是不大懂的。」

「沒關係，沒關係，這事只管交給下官就是。」

焦寺丞喜孜孜地道：「要說舊例，那是沒有的。錢王與我朝來往最是密切，也最受官家的禮遇，以往接迎錢王，向來都是由晉王千歲主持的，晉王掌著開封府，這汴梁地面上比咱們鴻臚寺管用的多，迎來送往的人手、接迎款待的安排，南衙的人就一手操辦了，我鴻臚寺根本不用出頭。這次是咱們鴻臚寺頭一回承辦接迎錢王的大事，不過屬下們自會把此事辦得妥當，大人如今可是咱鴻臚寺的頂梁柱，露不得怯呀。」

楊浩微微一笑，稱謝道：「如此，有勞焦寺丞和諸位同僚了。」

待焦寺丞出去，楊浩轉悠著茶杯，心思快速活動起來。

「以往都是由開封府尹，也就是當今晉王負責接待這位錢王，這一回換了人？」

他的眼睛微微地瞇了起來，中國人的政治玄妙無比，一個站位、一個亮相，都可以成為某個政治動向的信號，向來由晉王負責接待的人突然換了魏王，意味著什麼？想必晉王現在已經有些坐立不安了吧……

有焦寺丞等有經驗的胥吏在幕後為他出謀劃策，楊浩與魏王德昭接迎錢王一事雖是頭一回辦，卻也處理的有聲有色，錢俶此來，是很識時務地準備到開封做人質，與荊、湖、漢、唐諸國國君碰碰頭、喝喝茶，接受趙匡胤和平接收，他想要的，只是一家老小的平安罷了。

可是誰也不知道官家怎麼想的，似乎他不想錦上添花，馬上便接收吳越領土。隆重的國宴上，忐忑不安的錢俶當場獻詞一首，其中有「金鳳欲飛遭掣搦，情脈脈，行即玉樓雲雨隔」之句，將他的心意表露無遺。

趙匡胤聞弦歌而知雅意，當即鄭重表態：「朕誓不殺錢王！盡我一世，盡你一世。錢氏子孫，永保富貴。」錢俶在汴梁風風光光地轉了一圈，得了許多賞賜，又毫髮無損地被送回吳越去了。

錢俶此來，明明是為了獻地，不需一兵一卒、唾手可得的領土，官家卻不順水推舟地接收下來，陛下到底在想什麼呢？難道現在還有比接收吳越更重要的事嗎？聖意當真難測。

文武百官正為此猜測不已的時候，聖意難測的趙匡胤忽然宣布，要西幸洛陽，看看他出生的洛陽夾馬營，祭拜一下祖先的墓地。

這是理所當然的事，一統中原，如此赫赫戰功，當然要向祖先稟告一番，於是文武百官開始緊鑼密鼓地籌備起來，趙光義聽了，也急忙入宮去見皇帝，以往不管趙官家是出征還是巡幸，留守汴梁的人都是他，此番趙官家要西幸洛陽，他自然要來問問皇帝的行程安排、返回的時間，以及對留守京城的囑咐。

進了大內，到了皇帝寢殿，一見趙匡胤，趙光義就以家禮向大哥親親熱熱地打聲招呼：「大哥，此番去洛陽，大哥準備多久回來？對京裡面的事，大哥還有什麼囑託嗎？」

趙匡胤正在喝茶，聽了他的問話，若無其事地道：「如今中原一統，如此大事，當焚香默告於祖先。二哥多年不曾回過家鄉了，這一回，你和我一起回去。」

趙光義一呆，心跳得有些急促起來，他遲疑道：「我也要去嗎？那……汴梁這邊……」

趙匡胤從容地一笑，接口道：「如今江南平定，中原一統，北漢苟延殘喘，自保之力尚嫌不足，契丹又內亂不休，據報，南院大王耶律斜軫派兵抄了叛軍的老家，慶王被迫率軍逃往女真疆域，蕭后下詔，與女真人正聯手剿滅這股大敵，我大宋如今穩如泰山，也沒什麼大事，汴梁嘛，就讓德昭和光美暫時打理好了。」

趙光義心頭一沉，強笑道：「也好，多年不曾回去家鄉，兄弟心中也想念得很，如今就與哥哥同去便是。」

離開寢殿之後，趙光義的臉色立即陰沉下來：「錢王北上，魏王接迎。大哥祭祖，魏王留守。這些向來都是我的差使，大哥做此安排，到底是什麼意思？看來王繼恩對這些安排也是毫不知情，事先竟未通報消息於我……」

趙光義越想越是不安，他怔忡地行於廊下，喃喃自語道：「這是對我伸手兵權的懲罰嗎？」

「你個鳥人，放的什麼鳥屁！」

趙光義聲音甚小，絕不可能被人聽見，不提防半空裡突然傳來一聲怪叫，把趙光義嚇得一激靈，臉色都變了，他霍地抬頭，喝道：「是誰？」

抬頭一看，哪裡有人，就聽那怪聲又道：「閉上你的鳥嘴，惹少爺我一肚子閒氣。」

趙光義定睛一看，只見梁上站著一隻鸚鵡，用嘴巴梳理一下羽毛，然後瞪著兩隻鳥眼看著他，趙光義聽說過宮裡養了一隻喜歡罵人的鸚鵡，乃是姪女永慶公主的愛寵，曾經把官家氣得半夜把皇宮做了戰場的。

他被這鳥嚇了一跳，不禁又好氣又好笑，四下看看，趙光義順手一探，從欄外花圃中撿起一塊石子，瞄準了那鸚鵡斥罵道：「好你隻扁毛畜牲，敢對本王無禮，找打！」說著手中石子便疾射過去。

那鳥連趙匡胤都放棄跟牠一般見識了，這些日子裡來橫行於皇宮大內，簡直就是一個活祖宗，任誰也不怕，早就變得不怕人了，萬沒想到還有人敢打牠，結果躲閃不及，被趙光義的石子擲中，尖叫一聲便躍下梁來。

那鸚鵡落地，慘呼著掙扎起來，撲楞著翅膀趕緊逃走，歪歪斜斜一路逃去，空中飄落幾片羽毛，遠遠還傳來牠痛苦的尖叫：「賤鳥，賤鳥，你這饢糠的夯貨，天不蓋、地不載、該剮的賊……」

趙光義虛驚一場，不禁啼笑皆非地搖頭，這時就聽遠處傳來一聲比那鳥聲音還要尖利悽慘的叫聲：「哪個鳥人傷了我的鳥！」

趙光義一呆：「永慶？唉，一個女孩子家，堂堂公主殿下，整日鳥人鳥人的，都讓這賤鳥給帶壞了……」

趙光義又搖搖頭，趕緊溜之大吉了。

*　*　*

楊浩在開封沒有等到「飛羽」的人來跟他接觸，卻被趙匡胤帶去了洛陽。文武百官隨行，皇上擺駕洛陽，先去安陵祭掃了祖先，然後趙匡胤做了兩件事，兩件令文武百官議論紛紛的事。

第一件事，是召來主管洛陽軍政的現任知府、右武衛上將軍焦繼勳，無功嘉獎，晉陞他為彰德軍節度使，一步登天，陞至武將再也陞無可陞的高位。

第二件事，是造訪趙普。趙普罷相以後，雖有三城節度使一類的官銜，其實都是虛職，沒有具體的職務派給他，所以他一直在西京洛陽閒居，平日裡閉門不出，再不參與任何政事。趙匡胤突然登門造訪，意味著什麼？

帝王的一舉一動莫不大有深意，聯繫到魏王趙德昭取代晉王趙光義迎接錢王使朝，趙德昭、趙光美取代趙光義留守汴梁城，許多官員恍然大悟，皇上要大力扶持皇長子、皇三弟，以制衡尾大不掉的晉王千歲了。

皇上召見趙普，顯然是有意重新起用他，如今也只有趙普的資歷和人脈，重回朝廷，才能抗衡趙光義。可是……無端提拔焦繼勳是什麼意思？莫非禁軍也要來一次大清洗？

一時間人心惶惶，議論紛紛，趙匡胤卻是不動聲色，每日遊山玩水、尋訪舊友，檢閱駐守洛陽的軍隊，一開始，楊浩也未弄明白趙匡胤的意圖，直到一日趙匡胤冬遊龍門石窟，讚嘆「自武王伐紂，八百諸侯會孟津；周公輔政，遷九鼎於雒邑，宅此中國，相因沿襲，十三王朝均定都洛陽，洛陽氣象真不愧為天下之中，華夏第一帝都」時，楊浩才猛地醒悟過來，想起了一件歷史大事。

「永懷河洛間，煌煌祖宗業。上天祐仁聖，萬邦盡臣妾。」咀嚼著這偶爾記起的四句詩，回想著自錢王進京以來，趙官家一連串的反常行為，楊浩突然明白他的目的何在了。

他，要遷都！

而且是迫不及待地要遷都，甚至連錢王拱手奉上的吳越沃土都暫時擱下，立即籌備遷都事宜。歷史上，這件關乎宋國未來三百年國運的大事他沒有成功，這一回，能不能成功？

*　　*　　*

趙普府上，悄悄潛來的慕容求醉目光隨著趙普的身影緩緩移動著。

趙普緊鎖雙眉，捋著鬍鬚，一步一沉吟：「遷都，是好事。一國氣象，取決於一國帝都。長安坐關中臨天下，古樸大氣、豪邁萬國。洛陽居洛水之濱，中原中樞、文華鼎盛，亦不失雄風。金陵據山水之險，享江南富庶，乃漢統延續與復興的必爭之地。開封，用汴水、黃河之利，天下財富匯聚，物豐人華，繁盛至極。然開封有兩個大不利之處，一是黃河肆虐，氾濫成災，一國帝都常有化身澤國之險。二是地理上無險可守，一馬平川，北人若要南下，頃刻可至，非百萬雄兵不能守，三年五載或可無妨，天長日久朝廷難以負擔。只是……」

他抬起頭來，望著房梁虛無處，輕輕搖了搖頭。

慕容求醉道：「大人，官家走了一步絕妙好棋呀。遷都，對江山社稷大大有利，此乃事關千秋之大利。而眼下呢？晉王一家獨大，已經引起官家忌憚，官家遷都，就可以離開晉王苦心經營十年，勢力盤根錯結、耳目遍及朝野的開封城，另起爐灶。

「如今情形，晉王就在陛下掌握之中，開封已落入皇三弟和魏王德昭手中，官家提拔焦節度，重賞洛陽守軍，又有起用恩相之意，如此一來，數管齊下，晉王勢力，必可一舉拔除了！」

趙普搖了搖頭，低沉地道：「那卻未必……」

沉默半晌，他才吩咐道：「你回去，再不可來，仍然一心一意為晉王幕僚，絕不可露出半點異心，陛下遷都能否成功，就是能否決定立儲關鍵所在，我們靜觀其變，絕不插手。」

慕容求醉大惑不解，遲疑半晌，這才拱手道：「是，求醉謹遵恩相吩咐。」

看著慕容求醉遠去的背影，趙普久久不語，誰也不知道他在想什麼，直到堂下一股陰風迴旋，吹得他激靈靈打了個冷顫，趙普才拂袖轉身，喃喃自語道：「潛居於此，置身事外，趙某已看得十分清楚了，陛下最強大的敵人，不是別人，而是他自己。如果他戰勝不了自己，那就一切休談……」

*　　*　　*

趙匡胤果然宣布遷都了。遷都洛陽，將開封這個政治、經濟中心一分為二，經濟留於開封，政治遷往洛陽，這就一舉瓦解了趙光義苦心經營十年的潛勢力，分拆、制衡，正是趙匡胤的拿手好戲，正是靠著這種手段，他澈底解決了自五代以來武將篡位成風的習慣，建國短短幾年，就把天下州府官吏盡皆控制在朝廷手中，但凡所占之地，不使一個藩鎮出現。

如今他已調虎離山，又施恩予當地駐軍最高統帥，近一步籠絡住了軍隊，趙光義這隻離了山的老虎，還能不乖乖任由他的擺布嗎？這就是趙匡胤兵不血刃地解決內部危機的手段。

可是，他萬萬沒有想到，遷都的意思剛剛表達出來，就遭到了朝野一致反對。百官譁然，他是預料到的，可他萬萬沒有想到，百官竟然會旗幟鮮明地表示反對，難道滿朝文武都已被二弟收買？

不，不會的。

趙匡胤的目光從正爭辯得面紅耳赤的大臣們臉上掠過，輕輕地搖了搖頭。御史中丞劉溫叟不會背叛他，禁軍殿前司控鶴指揮使田重進不會背叛他，樞密使曹彬不會背叛他，盧多遜、薛居正、呂餘慶，這三位親手提拔上來的宰相不會背叛他，禁軍馬步軍都指揮使党進、大將呼延贊……他們都不會背叛他，可是……他們之中的大多數人，也堅決反對遷都，為什麼？這是為什麼？

一位文官面紅耳赤地叫道：「吾以為，陛下先遷洛陽，觀天下大勢再遷長安之言，大有道理，遠勝於定都開封。長安有黃河、秦嶺為屏障，坐關中而望天下，有帝王之氣。洛陽北有大河橫絕，南有伊闕鎖閉，東有成皋、虎牢之固，西有龍門、崤山之險。而開封無名川大山可據，黃河難為憑仗，反成禍患，一旦敵來，從任何一個方向都可進攻，一馬平川，毫無險要的地勢，更加利於北人的戰馬馳騁，將來一旦與北國對峙，非百萬大軍不可守，冗兵無數，國力如何負擔？俟成臃腫，貽患子孫，不如遷都洛陽，據山河之險而去冗兵，可安天下也。」

一個將軍蹭地一下跳了出來，大聲咆哮道：「一派胡言，我朝新立，國力有限，大興土木必然動搖國本，再者，如今之關中已非昔日之關中，百業凋零，人口稀少，如何可為天下中樞？至於洛陽，亦不如開封便利，全國賦稅，仰仗運河供給，一旦遷都洛陽，車馬絡繹，整日不絕，所費又豈少於軍費？」

「非也，非也，」又一個文官跳出來，搖頭晃腦地道，「建邦設都，皆憑險阻。山川者，天下之險阻也；城池者，人之險阻也。城池必以山川為固。汴乃四戰之地，當取天下時，必取汴地，及天下既定而守汴，則岌岌可危矣。北戎勢重，京師樊籬盡撤，堰而無備，當營洛陽，以為……」

他還沒說完，另一個文官便跳出來反駁：「洛陽非處四通五達之地，不足以供養皇室，撫濟萬民，汴梁無山河之險，可以兵為險，天下富庶，難道不足以養汴京之兵嗎？」

「你們兩個窮措大，掉的什麼爛書袋！」又一個將軍跳出來，這位將軍目不識丁，聽他倆之乎者也的，也聽不明白誰是跟他一個意見的，乾脆一塊罵了：「什麼險不險的？江南以大江為險，險是不險？將熊兵銼，一攻即克，可見山河不險，不及兵備之重，某以為，汴京大好，不必遷都。」

「將軍此言差矣，國都並非定於一地便當永不遷移，昔盤庚遷殷，商朝中興；周朝自周原而遷鎬京，終於強盛而滅殷商；魏孝文帝自平城遷都洛陽，削弱諸酋首之力而集王權，得以稱霸天下，今若遷都洛陽，以固險之精兵用來北伐燕雲，則江山永固矣！」

「陛下，陛下！」

眼見文武百官爭吵不休，鐵騎左右廂都指揮使李懷忠按捺不住走上前來，李懷忠驍勇善戰，忠心耿耿，乃是趙匡胤一手提拔起來的心腹，一見他站出來，有點焦頭爛額的趙匡胤甚是喜悅，忙俯身道：「愛卿有何話說？」

李懷忠小心翼翼地措詞道：「陛下，東京汴梁有汴渠之漕運，每年從江、淮間運米數百萬斛，以濟京師百萬之眾，如果陛下遷都洛陽，如何運糧呢？再者，府庫重，其根本都在汴梁，如今中原一統，天下卻未定，實不宜倉卒動搖啊。臣以為……此事可否容後再議，緩緩實施，以免傷了元氣呢？」

趙匡胤緩緩坐直了身子，面上毫無表情，眸底卻閃過一抹濃濃的失望，甚至……痛苦。

他明白了，他已經都看明白了，他看得出汴梁之弊，這些開國功臣們哪怕是文官，也大多通曉軍事，怎麼會看不出汴梁的致命缺陷？然而，他們還是極力地反對，他們並不是被趙光義收買了，而是被利益收買了，被屬於他們個人的利益……

他們的家在汴梁，他們的財富、土地、親眷、豪宅，全都在汴梁，他們經營的糧油鋪子、綢緞莊子、當鋪銀鋪、酒樓茶肆全都在汴梁，他們怎麼肯走？就算他們覺得京師應該遷走，他們也絕不希望在他們當官的時候遷走……

「晉王，你怎麼看？」趙匡胤默然半晌，轉向了同樣默然半晌的趙光義。

趙光義眼見群臣的反應，心頭的一塊大石已經落了地，他緩緩地、沉穩地走到御座前，忽然雙膝跪下，鄭重地行了個禮，朗聲答道：「臣，反對遷都。」

趙匡胤苦澀地笑了笑：「晉王，朕所說的理由，你可曾聽清了？」

「臣聽清了。」趙光義沉穩地道：「但臣以為，江山之固，在德，不在險！」

趙匡胤的臉頰抽搐了一下，久久不作一語。

在德不在險？天時不如地利，地利不如人和？只要得民心，就一定守得住天下？李煜雖然渾蛋，可是江南民心並不向宋；孟昶的稅是收的重了些，可是蜀人並未盼著宋人去「解救」他們，他們守住了江山嗎？

曾經，也有一位聖人門徒整天叫囂對付匈奴「在德不在險」，那是漢武帝的時候，漢武帝二話沒說，直接把他送到邊疆對匈奴以德服人去了，其結果是，沒多久匈奴就砍了他的腦袋，攻進城來，肆意燒殺擄掠，姦淫婦女。

可是，他能用同樣的辦法對付趙光義嗎？這是他的親兄弟啊！

此次為了遷都，他的確做了大量準備，包括軍事上的，但是有一件事他沒料到，有一件事他下不了決心。他沒料到就連對自己忠心耿耿的文武大臣，也有這麼多敢當面反對他的遷都之議的，他無法下定決心，殺一儆百，拿自己的同胞兄弟開刀……

怎麼辦？不顧一切，悍然專斷？他做不到，殺人如麻的流氓皇帝劉邦，在滿朝文武一致反對的情況下，都不敢擅自撤換太子，在如今江山初定、力求平穩的時候，他同樣不能冒天下之大不韙，獨斷專行，執意遷都。

楊浩默默地看著眼前的一切，他和羅公明是少數幾個沒有發表意見的官員。羅公明是歷經幾朝的老油條，絕不輕易發表意見，而楊浩，楊浩其實看的很明白，宋國後來冗兵、冗政固然有著其他原因，但是汴梁做為國都，是其中不可忽視的一個重要原因。

洛陽不好嗎？長安不好嗎？那裡現在經濟不發達，人口太少？這叫什麼理由？一旦政治中心遷到那兒去，以百年之功，怎麼可能不會重新興旺起來？長安，那是兩百年後縱橫天下所向無敵的蒙古鐵騎都無法正面攻破的所在。可是，他不能說什麼，因為他也明白，遷都成功於否，真正的要害所在，並不在你擺出多少堂皇的理由，而在於趙氏兩兄弟之間的較量，那才是決定之關鍵。

趙匡胤一代帝王，此番往洛陽祭祖，他已經做好了種種準備，現在，只看他能不能殺伐決斷，像明成祖朱棣一般，用鐵血手段駭退一切不和諧的聲音，他有這個魄力，但有這麼冷血的心腸嗎？

「此事，暫且擱置，容後……再議吧，退朝……」趙匡胤吃力地站起來，緩緩向後殿行去，一向龍精虎猛的趙匡胤，這是頭一回在文武百官面前露出疲憊之色。

楊浩看著他的背影，心中隱隱有些發澀，他開始有些同情這位皇帝了，有些事，他做的不是不對，他不是做不到，而是……他不能去做，他是個英雄，但是他做不了殺伐決斷、太上忘情的蓋世英雄……

一連幾天，皇上稱病不出，既不遊覽故地，也不開朝會，看那樣子，趙官家心結未去，暫時沒有心情再遊山玩水了，文武百官也都清閒下來，楊浩也很閒，他整天伸著脖子到處亂逛，看到誰都覺得像是「飛羽」的人，哪怕是看到個要飯的，他都希望那乞丐嗖地一下竄到他面前來，低聲問他：「要無碼片嗎？」啊不……應該是低聲稟告：「大人，飛羽前來候命。」

可惜，等來等去就是不見「飛羽」的人來，楊浩都開始懷疑是不是自己離開蘆嶺州之後，「飛羽」已經徹底渙散了。

就在這時，他望眼欲穿的人終於來了。

「大人，大人。」楊浩帶著兩個親兵剛從白馬寺逛出來，石獅子後面忽然有個披頭散髮的女人在向他招手，楊浩大奇：「做生意都做到這兒來了？也不怕佛祖怪罪。」定睛一看，楊浩嚇了一跳：「葉大少？」

楊浩四下看看，趕緊登車，向女裝打扮的葉之璇遞了個眼色，葉大少會意，一個箭步便上了車子，坐到他的旁邊，楊浩立即放下車簾，詫異地打量著他道：「你……怎麼這般模樣？」

葉大少哭喪著臉道：「是不是很像被人強姦過？」

「唔……像……」

葉大少很幽怨地又問他：「像是被幾個人強姦過？」

楊浩的臉頰抽搐了幾下：「你……你不是真的……那啥……了吧？」

三百七七　疑雲重重

葉大少聽了楊浩調侃的問話，氣極敗壞地道：「誰眼神那麼差，連公母都分不出來？」

楊浩失笑道：「是你這麼說，我才這麼問的，我還以為某些強人欲火攻心，也便將就了呢！」

葉大少沒好氣地白了他一眼，伸手一分亂髮，悻悻地道：「說起來真是晦氣，我本來是到汴梁去見你的……」

楊浩插嘴道：「你不知道我隨官家西巡嗎？」

葉大少道：「官家西巡我知道啊，我還知道晉王、三宰相、樞密使、三司使……全都跟來了，可是沒聽說你的名字。」

楊浩糗糗地道：「跟他們比起來，我的官的確是小了些。好吧，你說，去汴梁找我，怎麼就成了這副模樣？」

葉大少一聽，苦笑道：「本來好端端的，到了開封我就去找你，正走在路上，就看到滿街的官兵，二話不說就向我撲來，我還以為洩露了身分，讓皇城司給盯上了，嚇得我跳下車就跑，大人你也曉得嘛，我用的可是自家的車子，如果讓他們抓到了我，證實了我的身分，那就把我葉家一窩端了。」

楊浩緊張地道：「他們怎麼盯上你的，不曾被他們確認你的真實身分吧？」

葉大少一拍大腿道：「晦氣之極，待我跑開了，才曉得他們抓的不是我，而是所有如我一般書生打扮的人，私下裡一打聽，才曉得是有位大將軍剛剛遇刺，兇手就是如我一般書生打扮的一個人，那些官兵一時分辨不得，只好一一抓去，再由那位見過兇手的人進行辨認，整個東京城大亂，太學院的夫子學生們都跑去向魏王抗議了。」

楊浩奇道：「是哪位大將軍遇刺了？」

葉大少道：「就是剛剛在滅唐一戰中立下大功的曹翰曹大將軍。曹大將軍押運著五百尊鐵羅漢，剛剛到了汴梁碼頭，就有一位士子高舉一幅畫軸，說是祝賀曹大將軍開疆拓土，戰功赫赫，是以繪了一幅『黃沙百戰黃金甲』的圖，並題詩一首，贈送予曹大將軍，為他賀功。

「曹將軍甚是歡喜，就讓那書生上前獻畫，那書生在眾目睽瞪之下獻圖予曹將軍面前時，卻自畫軸中抽出一柄短刃，一劍便刺入曹將軍左頸，隨即就像一隻大鳥似的，穿牆走壁，跑了個無影無蹤。可憐那曹大將軍身邊扈從如雲、又有一身好武功，死的忒也冤枉……」

楊浩吃驚地道：「曹翰被人行刺了？」

葉大少道：「是啊，滿大街的人都在傳，有人說，那位書生一身輕功可日行千里，手中一口飛劍乃大唐時的劍俠空空兒真傳，用的行刺之計是荊軻刺秦王的手段，嘿，反正傳得沸沸揚揚，那人倒是跑了，我們這些書生打扮的人可就倒了楣。旁人不怕被抓，我可心裡有鬼啊，一個人東躲西藏，趁夜才趕到你府上，這時才曉得你也隨皇駕來洛陽了。於是我便趕緊趕來，這一路上，畫影圖形，到處都在緝拿那書生，我一身書生打扮真是寸步難行，靈機一動，這才換了女裝……」

「好啦、好啦，我知道你辛苦了。呵呵，不過話又說回來，幹了這一行，你不能只靠別人護衛，自己多少也該練些功夫，以後抽時間得找位師傅學學功夫……」

楊浩一邊安撫著他，一邊若有所思地道：「曹翰死了？我就知道他殺孽太重，老天不報，也自會有人來報復，江州一戰，屠滅滿城六萬生靈，這一定是江湖上的人物看不過他的手段，這才替天行道。」

葉大少道：「他死他的，關咱們什麼事呀。大人急著讓小的前來，可是有要事吩咐？」

楊浩回過神來，說道：「嗯，蘆嶺州那邊情形如何，你要詳細說與我聽。還有，你訓練的神鷹，也要盡快想辦法給我弄一隻來，從現在起，得留人在我身邊，有什麼消息便及時通報，另外，你還須迅速傳消息回去，讓義父派一支人馬赴雁門關外，聽候穆羽吩咐。對了，義父的身體如今怎麼樣了？」

「唉，木老爺子的身體……夠嗆啊，丁大爺延請了名醫為他診治，也無法讓他痊癒，誰都不讓他喝酒，木恩他們都跪下相求了，可他就是怎麼勸都不聽……」

車輪轆轆，漸漸消失在洛陽街頭……

＊　＊　＊

洛陽行宮內，趙匡胤徘徊在御花園中，此時冬雪消盡，春芽初萌，簷下的冰柱不停地滴著融化的水珠，初春的氣氛讓人心浮氣躁。

趙匡胤穿著一襲葛黃色的便袍，額頭繫了一條同色的布巾，腳下一雙布履，闊口濃眉、龍行虎步，漫步御花園內，就像一位致仕還鄉的武夫。

他的確是病了，不過只是小恙，以他的強健體魄，根本不是問題，連著幾天不上朝，一方面的確是心情不太好，二來也是正在思索下一步的計畫。

他調虎離山、籠絡洛陽守軍，只是習慣性的防患手段，事實上他也不相信二弟會對他不利、敢對他不利，從一開始，他就想用柔和的手段來解決兄弟間的這個分歧。想不到二弟並沒有被他擺出的陣勢嚇倒，而且滿朝文武所有重臣幾乎一邊倒地反對遷都，他也不能置若罔聞，遷都這招從眼前來說是釜底抽薪、從長遠來說利在千秋的大計只得暫時擱置。

他還有的是時間，有的是手段，何必著急呢？

自從兩百多年前安史之亂後，中原漸漸開始淪喪，異族入侵，諸侯割據，不斷地改朝換代，不停地廝殺掠奪，可是他，洛陽夾馬營出生的一個武官之子，橫空出世的香孩兒，只用了十幾年的工夫，就讓中原大地重新統一，建立了一個穩定的強大的霸業政權，這樣的大事他都做得來，還有什麼是他辦不了的？

他不著急，既然二弟仍然不肯放棄，他可以用十年、二十年的時間，來慢慢消磨二弟的壯志。二弟是沒有反他的膽量的，也不會反他，二弟只是想創造在朝中無人可比的聲望，迫使他考慮一旦選擇了皇子來繼承大統，那麼他駕崩之後，大宋必會出現主弱臣強的危險局面，迫使他不得不把兄弟也納入立儲的選擇目標。

沒關係，不就是主弱臣強嗎？二弟這一手又怎能難得住我？

趙匡胤哂然一笑，停住腳步，把目光遙遙投向了西北天空……

那兒還有一個王國，一個搖搖欲墜的王國。

中原已經在手，接下來，他要滅掉北漢國，奪回燕雲十六州，在他有生之年，讓九州重新一統。但是天下初定，現在宋國需要休養生息，重新積聚力量，才能發動北伐，他清楚地意識到，契丹人不是那麼好對付的，它遠比蜀、漢、荊、湖、唐更加強大，比它們加起來還要強大，甚至比現在的宋國強大，北伐之戰不可能一蹴而就，這樣的話，一定得謀而後動，否則一旦敗了，很可能從此挫傷宋國的士氣，再次北伐將更加困難。

因此，託庇於契丹的北漢國，在決定與契丹正面開戰前也就動不得。但是現在機會來了，契丹弱主登基，引得野心家紛紛登場，慶王暗鬥之後終於撕破臉面發動叛亂，引致契丹諸族大決裂。如今南院大王耶律斜軫發兵抄了他們的老家，慶王雖自上京倉皇退兵，但是他的實力並未受到太大的損失，這樣的話，如果要發兵征討北漢國，契丹正被慶王拖著後腿，很難予以幫助。沒有契丹人撐腰，北漢又豈堪一擊，何不趁此機會把它拿下來呢？

趙匡胤微笑起來：「此番回京之後，就讓德昭親自率兵北伐，朝中善戰之將盡可供他驅策，那些此番南征未得到戰功的將領必紛紛響應，再使趙普為參贊，隨軍輔戰，待皇兒功成歸來，便是以王爺之尊，有了滅國之功；光義是晉王，同樣有滅國之功，兩人算是打平。

「那時朕再藉戰功，讓趙普還朝，受過這次教訓，趙普應該能收斂一些，有他制衡二弟，此後朕將國事多多交予德昭去辦，有朕一手扶持著，三年五年、十載八載之後，德昭的威望權勢還怕不在光義之上嗎？

「光義，你就算是一棵參天大樹，如今也已長到盡頭了，而德昭，還只是這初春季節剛剛吐綠的一截枝芽，待到你們並駕齊驅的時候，到那時，你自然曉得收手，縱不肯收手，那時你也無力回天了，潤物無聲啊……」

* * *

趙光義騎在馬上，意興蕭索地道：「趁興而去，敗興而歸。唉，記得小時候和大哥去洛河邊遊玩，風光無限，美不勝收，如今再看，怎麼就覺得毫無興致了呢？」

慕容求醉微笑道：「千歲，如今積雪初消，尚未到春暖花開時節，洛河邊上自然沒有什麼風光可看了。」

趙光義搖頭一嘆道：「那時候，也是天氣剛剛放暖……」

慕容求醉笑道：「少年時的情趣，與成年後自然不同。呵呵，那時千歲去洛河邊上，想來破冰釣上一尾肥魚，便是最大樂事了。如今卻不然，要是此去洛河，能有洛神來迎，那才是無上之喜吧？」

趙光義仰首大笑：「不錯，不錯，少年時的樂趣，與成年後自然是大大不同。唔……洛神……本王幼年時便聽說，洛神宓妃原是伏羲氏的女兒，她定居洛神之畔，被黃河河伯所覬覦，將她抓入水府，要迫她為妻，這時妻子偷了靈藥返回天宮，獨自一人留在人間的后羿聽說此事，便打敗河伯，將她救回人間，兩人日久生情，結為夫妻，天帝便封后羿為宗布神，宓妃為洛神。」

慕容求醉道：「是啊，後來曹子建暗戀大嫂甄氏，還曾藉口在洛水邊遇到了洛神宓妃，寫下一篇〈洛神賦〉，以寄託對甄氏的迷戀之情。其形也，翩若驚鴻，婉若游龍，榮曜秋菊，華茂春松。髣拂兮若輕雲之蔽月，飄飖兮若流風之回雪。遠而望之……遠而……」

趙光義接口笑道：「怎麼，慕容先生記不起詞來了嗎？遠而望之，皎若太陽升朝霞。迫而察之，灼若芙蓉出綠波。穠纖得衷，修短合度。肩若削成，腰如約素。延頸秀項，皓質呈露，芳澤無加，鉛華弗御。雲髻……」

「王爺，並非下官忘詞，你看那位女子，可算得上穠纖得衷，修短合度。肩若削成，腰如約素？」

趙光義閃目望去，只見前方路上一位白衣女子，身材高䠷，素帶纏腰，走起路來裊裊娜娜，不禁雙眼一亮，讚道：「風姿翩躚，果然不俗……」

兩個人品頭論足，步伐就慢了下來，行至那白衣女子面前，兩人不約而同回首看去，想看看那女子姿容是否也如背影一般令人驚豔，這扭頭一看，兩人雙眼頓時就是一亮，眼前這女子果然姿容婉麗，趙光義只覺那女子一雙桃花眼媚氣逼人，還未及露出驚豔神色，那白衣女子突地雲袖一揚，寒光乍閃，身影躍起，迅若閃電的一劍，刺向他的咽喉。

「啊！」慕容求醉驚呼一聲，身形一動便欲躍起，心中忽地一閃，不覺又頓了一頓，這一剎那的工夫，劍光已至趙光義咽喉，趙光義仰身而起，雙腿已然脫鐙，用力在馬背上一踹，魁偉的身子竟然極為靈巧地避開了這險之又險的一劍。

那白衣女子柳眉一揚，似乎有些詫異於他的身手，她伸手在馬鞍上一按，又是一劍逼來，仍是刺向他咽喉，趙光義剛剛落地，登登登連退幾步，大袖一捲，裹住了那白衣女子的劍刃，只聽「嗤啦」一聲，袍袖碎裂如漫天蝴蝶，那女子手中劍也被帶得揚向半空，趙光義吐氣出聲，一掌便拍向那女子賁起的酥胸，出手狠辣，毫無憐香惜玉之意。

這時晉王侍衛全都撲了上來，趙光義甫一交手，就發覺這女子劍術實在算不得高明，方才她那驚豔的一劍，完全是仗著奇快的身法，這才對自己構成了威脅，所以大聲喝道：「一旁站下，待本王擒她！」

趙光義屈指如鉤，連施擒拿，那白衣女子劍法果然很爛，只能仗著奇妙無比的身法且戰且退，慕容求醉緩緩下馬，目光閃動，看著大戰的雙方，忽地伸手一探，自一親兵肋下抽出佩劍，揚手一擲，高喊道：「千歲，接劍！」

趙光義騰身退了一步，接劍在手，忽地一聲，風雷大作，這劍在他的手中，較那女子強了不知多少，那女子疾退，趙光義仗劍直追，那女子與他交手幾合，手中短劍幾欲脫手飛去，眼見不敵，仗著身法奇妙，便欲脫身離去，趙光義哪裡肯放，使劍將她攔了下來，眼看那白衣女子漸漸不支，路邊矮牆外忽地躍出一人，也著一身女子衣衫，臉上卻蒙了一塊布帕，手中使一口劍，夭矯若天外飛仙般一劍刺來。

「鏗鏗鏗……」二人劍刃相交，趙光義被迫得連退三步。趙光義驚疑不定地看著這蒙面人，既驚於此人劍法的高妙，又驚於她所使的劍，兩人所用俱是軍中的闊劍，可以雙手把握，如刀斧般削劈。

「妳是什麼人？」一見對方用的是軍中大劍，趙光義又驚又怒，厲聲喝問。

那人臉上蒙著面巾，頭上壓著一頂氈帽，帽簷低低壓至眉頭，頭微微低下，並不與他對視，卻去一把拉住了那白衣女子。趙光義大喝一聲，雙手握劍，向那人連劈三劍，都被那人單手使劍，以極巧妙的手法化解，趙光義本不擅劍術，一見那人劍術明顯高於自己，猛地一劍脫手劈去，抽身便自一名侍衛手中奪過了纓槍。

槍扎一條線，棍打一大片。然而棍端裝尖即為槍，槍若去尖即為棍，所以槍棍相通，槍也可以抽、打、劈、砸，棍也可以戳、挑、撩、滑。這條槍到了趙光義手中，真是虎虎生風，時而用槍法、時而用棍法，正所謂一寸長一寸強，這條大槍到了趙光義手中，那人使劍便有些吃力了。

趙光義槍如遊龍扎一點，棍似瘋魔掃一片，把槍棍的技藝發揮得淋漓盡致，那人似乎要扯著白衣女子離去，眼見趙光義棍法厲害，抽身不得，忽然鬆開那白衣女子，雙手握大劍反擊過來。

趙光義冷笑一聲，大槍一搖，霍地點向那人前胸。槍怕搖頭棍怕點，大槍一搖，撲愣楞楞來了個鳳凰三點頭，槍尖被抖成一個又圓又小的圈，忽然快逾閃電地向那人咽喉及兩肩扎去，哪一槍是實，哪一槍是虛，讓人著實難測。

他這一槍搬、扣、刺，三個動作一氣呵成，不想那人劍法實也高妙，手中一口重劍，居然使得極為輕靈，這必殺的一槍竟被他破解，而且反手一劍貼著槍柄向他手掌削來。

槍似遊龍，捉摸不定，那槍桿不是直來直去的，鋒利的槍尖刺出，槍桿抖顫，猶如一條蜿蜒前進的蛇，這一劍削來，趙光義振腕一挑，一磕一碰之間，便用槍桿將那柄劍彈開，大槍一翻，使槍柄扎向那人下陰，那人一劍逼退了他的攻勢，已趁勢一扯那白衣女子，低喝一聲：「走！」便雙雙躍向牆頭。

趙光義大槍一振，如一條飛龍脫手向那人追去，那人身在空中，揮劍一格，反借這一槍反震之力，更快地閃向牆後。

趙光義堂堂王爺，自然沒有當街狂追的道理，他大喝一聲道：「追！給我追！」那些士兵便立即紛紛撲向牆頭。

「千歲……」慕容求醉走上前來，趙光義一擺手制止了他，看看四下已圍攏來許多看熱鬧的百姓，陰沉著臉道：「回去再說。」

他扳鞍上馬，侍衛們立刻圍攏上來，將他護在中間，又有人驅散百姓，趙光義快馬加鞭向前馳去，行不多遠，便見前方一乘車轎，車轅上站著一人，正向遠方眺望。那人一回頭，瞧見疾馳而來的趙光義，連忙跳下馬來長揖道：「千歲。」

趙光義一看這人正是楊浩，只有一乘車轎，也無侍衛相隨，看他模樣似乎也正遊覽歸來，趙光義忙一勒馬韁，說道：「楊左使，這是從哪裡來？」

楊浩道：「哦，下官今日去遊白馬寺，剛剛歸來，方才見到幾名王府的士卒急匆匆趕往前去，不知……」

趙光義目光一閃，忙問道：「方才你可曾見到兩個女子匆匆行過？」

楊浩道：「的確見過，不過……其中一人雖著女裝，看其身形步態，卻似一個男子呀，她們走的飛快，下官正在納悶，就見王府的親兵趕來，見了下官，也曾問起她們下落，下官剛剛指明方向，他們就匆匆謝過追去了。千歲，可是發生了什麼事情，不知下官可有效勞之處？」

趙光義強自一笑道：「沒什麼大事，只是兩個民女衝撞了本王的儀仗，侍衛們小題大作罷了，楊左使自去忙吧。」一說罷揮鞭向前馳去，楊浩忙避過一步，拱手讓行，待趙光義一行人去遠了，楊浩暗暗吁了一口氣，他急急返身上車，一進車廂，就見葉大少和那白衣女子正並肩而坐。

楊浩匆匆放下轎簾，沉聲問道：「壁宿，你這是做什麼？」

原來，那白衣女子正是壁宿喬裝改扮，巷中行刺一幕，都落入恰恰經過此處的楊浩眼中，楊浩一眼認出壁宿，不禁大為驚駭，眼見壁宿不敵，左支右絀行將被捕，情急之下楊浩不及多想，他一面命車子繼續前行，一面匆匆換上葉大少的女裝，取布帕蒙了面，又從隨行的兩名親信侍衛手中取了一口大劍，命他們兩個獨自歸去，然後急急趕去救了壁宿回來，還來不及問他緣由，支走了那些追捕的官兵之後，便站在車頭作戲。

聽他一問，壁宿血貫瞳仁，咬著牙根恨聲說道：「我要……殺了趙光義！」

＊　＊　＊

「千歲……」

趙光義轉來轉去，轉得慕容求醉眼都花了，趙光義這才止住腳步，輕輕地搖了搖頭：「不會，不會是他，他不會派人殺我，不會……」

慕容求醉目光一閃，連忙追問道：「千歲可是知道是什麼人指派了那刺客嗎？」

趙光義瞟了他一眼，臉色更顯陰霾，他沉吟半晌，輕輕搖了搖頭，低聲吩咐道：「你自去休息吧。尋常百姓不會自生事端前去舉告的，這事盡量壓下來，如果真的有人問起，此事也不宜聲張。」

「是，慕容告退。」慕容求醉深深地望了他一眼，拱手退了下去。

趙光義頹然坐到椅上，喃喃自語地道：「那人使的是軍中的大劍……會是誰要殺我呢？不會，不會是他，絕不會是他，大哥縱然惱我覬覦皇位，以大哥的脾性為人，也不會對我起了殺心。這場博弈，是實力的較量。誰能得立儲君，誰便能得承大寶，大哥以至尊身分，斷不會行此下三濫的手段。」

仔細想想，他又動搖了自己的判斷：「可是……皇兄會不會以為百官反對遷都，都是因為被我收買，所以才心生忌憚？」

他負起雙手，又在廳中踱了起來，臉上陰晴不定：「我自滅唐歸來，聲勢一時無兩，李漢瓊、曹翰、田欽祚這些肯不折不扣執行我軍令的禁軍大將，我都大加褒獎為他們請功，示恩邀好的動作太過明顯，他們也投桃報李，對我頗為親近，走動的密切了些，曹翰擄掠金銀無數，還惦著送我一份厚禮，如今又有百官與我眾口一詞阻止遷都，大哥會不會聽到了這些消息，對我……可是……他會因此狠下心來對我下手嗎？」

想到趙匡胤一向的為人，和對自家兄弟的深厚感情，趙光義猶疑難決，正沉吟間，廳口忽地有人悄悄稟道：「千歲，京裡有人，帶來了緊急消息。」

趙光義霍地抬起頭來，吩咐道：「著他進來。」

那人是南衙一個小吏，亦是趙光義的心腹，一見大廳，見到趙光義立即施了一禮，趙光義問道：「京裡發生了什麼事？」

那人道：「千歲，曹翰將軍還京之日，於汴河碼頭遇刺身亡。」

「什麼？」

趙光義聽了頓時一呆，那人又道：「此事與我南衙本無甚關係，不過千歲吩咐過，京中如有什麼風吹草動，不管與我南衙有無干係，都須稟報千歲，所以程判官令屬下前來稟報。」

趙光義微微瞇起眼睛，問道：「曹翰將軍遇刺，是什麼時候的事？」

那人稟道：「三天之前，因為並非涉及我南衙的急事，又因處處緝捕兇手，恐引起有心人注意，所以屬下並未借用官驛快馬，也不敢亮明南衙身分，只以商賈身分趕來，行路不敢匆忙，所以今日方趕到洛陽。」

趙光義面色攸變：「三天？已經三天了，堂堂朝中重臣遇刺，第二天就該稟報官家的，為什麼洛陽這邊一點消息都不知道？」

那人訝異地道：「什麼？魏王千歲和權知開封府尹皇三弟不曾將此事上奏官家嗎？這個……屬下不知……」

魏王德昭和趙光美的確把此事壓了下來，因為皇帝此番西巡，是一統中原之後，歡歡喜喜去祭祖先的，這時匆匆報告朝中大臣遇刺身亡於事無補，徒惹官家不快。再者，二人是頭一回擔任留守汴梁的大事，馬上就在自己治下出了這麼大的案子，兇手是誰都不知道，官家面前如何交代？二人想著，若能搶在稟報趙匡胤之前抓到兇手，面子上也好看一些，有此顧慮，所以做為監國，暫且壓下了此事，不想這卻引得本就多疑且心中有鬼的趙光義猜忌起來。

趙光義眼睛轉動了幾下，又問：「曹將軍怎生遇刺？」

那人道：「當日曹將軍押運五百尊鐵羅漢返京，在汴河碼頭時，忽有一位書生持書畫獻上……」

那小吏原原本本說了一遍，趙光義將經過問了個仔細，揮手讓他退下，臉色登時變得更加難看起來。諸將之中，如今和他過從最密切的就是曹翰。曹翰殺神一般的作風甚合趙光義的胃口，請功簿上，他為曹翰的美言也最多，曹翰投桃報李，早已使人送回消息，說是攜了大批財物回京，內中精挑細選了十船寶物，是贈與晉王的。

如今他死了，監國竟然不予公開，緊接著就是自己遇刺，行刺的兇手手法相近，都是喬裝打扮，藉故近身，都是輕如靈猿，來去如風，這豈不是一樁奇事？

大臣遇刺，十年不遇的大事，三日之內在東京、西京接連發生，兩個遇刺者之間又有這許多關係，再想到那刺客失手，倉卒躍出一身女裝，卻是男兒身形的人使軍中大劍，趙光義心中便是一沉：「大哥，為了把皇位留給你的兒子，你真要把兄弟置之於死地嗎？」

* * *

楊浩暫住的官邸，聽著壁宿含淚述及別後經過，說出水月姑娘慘死的經過，想起那個只會含蓄溫柔地向他輕笑的小姑娘，竟然就此身死，楊浩心如針扎，葉大少在一旁囁著嘴巴，有心想勸壁宿幾句，可是瞧見他模樣，竟然說不出話來。

壁宿說罷，含淚起身道：「多承大人慨施援手，此恩此德，壁宿銘記心中，壁宿一個刺客，不宜留此為大人招災，就此告辭。」

楊浩沉聲道：「你要去哪裡？」

壁宿站住腳步，抗聲道：「不殺趙光義此賊，壁宿枉為人也。我會擇機再次行刺！」

楊浩淡淡地道：「你不是他的對手，一次偷襲不成，更難再得機會下手，不想找我幫忙嗎？」

壁宿慢慢回身，向他長揖一禮，緩緩地道：「襲殺皇族重臣，塌天之罪。壁宿孤獨一人，無牽無掛，大人自有家眷和錦繡前程，有許多兄弟要賴你同圖大事，壁宿怎能連累大人？壁宿只恨當初未聽大人之言，未與大郎同行，如今遭此無妄之災，能得大人冒死相救，已是感念不盡，不能再拖大人下水了。」

楊浩一步步向他走去，沉聲說道：「昔日你我渡口相逢，兩個亡命之徒，奔走西北，如何相依為命，你忘了嗎？草原上，楊某為毒蛇所噬，命在旦夕，是仗你蛇藥才救回一命，你忘了嗎？自到蘆嶺州，我做官也罷、做民也罷、做匪也罷，你鞍前馬後，為我奔走，毫無一句怨尤，你忘了嗎？你忘了，我卻沒忘，我視你如兄弟，豈是待如走狗？這天下，不差一個晉王，我楊浩，卻不想少了你這個兄弟！」

壁宿感動得熱淚盈眶，顫聲道：「不，大人所圖甚大，豈可為壁宿一己之仇輕身赴死，壁宿不敢答應，不能答應。」

楊浩走到面前，舉手搭在他的肩上，直視著他道：「你錯了，我知道你如今恨比天高，但是我並未想馬上與你去報仇。他的武功……著實出乎我的意料，今日我使的劍不趁手，但是他的槍也並非他擅使的武器，以我方才交手情形來看，若是單打獨鬥，以我現在的武功，還奈何不了他，何況經此一事，他的護衛必然森嚴，我們縱能得手，也再難全身而退了。我會幫你對付你的仇人，卻不是要把我們兩個的性命也搭進去。君子報仇，十年不晚，若想一擊成功，你現在要能等。」

壁宿重重地一點頭，沉聲道：「我能等，窮我一生一世，我有的是耐心！」

楊浩展顏笑道：「那就成了，你現在切不可露面，先潛居在此，過幾日風聲平息，我才送你離開。」

他轉首望向廳外一角天空，輕輕地道：「這世界改變了許多，但是有許多東西並沒有改變，哪怕滄海桑田，人心、人性、欲望……這些東西沒有變，有些人的選擇就不會變，只要他的選擇不會變，他的行動就未必無跡可循。我答應你，一定會找一個最恰當的機會，讓你手刃仇人！」

* * *

趙匡胤要起駕回京了。

他緩緩行於舊時居處，看著那未變的屋簷，曾經爬過的牆頭，偷過棗子的鄰家棗樹，依稀彷彿回到了童年時光，一代帝君，也不禁柔腸百結。

往事仍是歷歷在目，可他已從一個孑然一身，提一條棍子走出家門闖蕩天下的漢子，變成了九五至尊，中原人主。無數眾臣環繞，身處人世之巔，心中卻有無限寂寞的感覺。

在一條陋巷中站住，若有所思半晌，趙匡胤微笑起來：「朕記得，小時候曾經得到過一匹小石馬，愛逾珍寶，常被玩伴所竊，所以就埋在這裡，也不知它如今還在嗎？」當即就有禁軍大漢上前刨挖，在他所指之地附近掘出好大一個坑來，果真找到一匹小小石馬，趙匡胤接在手中，也不顧上面滿是泥土，輕輕地撫摸著，臉上露出無限溫馨的神情。

他深深吸了一口氣，說道：「走吧，走吧……」

車轆轆，馬蕭蕭，大隊人馬又一次去了他父母墳前，向二老辭行。哭祭雙親之後，趙匡胤登上陵園角樓，四處觀望，只見南有少室、太室諸山；東有青龍、石人諸峰，西臨伊河、洛水，北靠滔滔黃河。

「多好的地方呀，就算關中凋蔽，至少也該選擇這裡做我帝都，這裡，我是不會放棄的！」

他忽地喚過一名禁軍侍衛，取過他的勁弓，搭一枝箭，向西北方奮力射出一箭，振聲吩咐道：「此箭所停處，即朕之皇堂。朕千秋之後，當葬於此！」

他取出那匹小石馬，令人埋在落箭處做為記號，立即有親信大將接過石馬，率百餘名侍衛急馳而去，尋那箭落之處。

趙匡胤再望一眼這青山綠水，慨然說道：「走吧，回京！」

*　　*　　*

此時，楊浩正在北行路上，帶一千八百禁軍，招搖北向，直驅上京。

昨日朝會，晉王趙光義忽然稱病，未來上朝。這是尋常小事，初春時節，人反而易生病，朝中文武大臣們這些時日偶患小疾的並不少，誰也沒有放在心上。

本來以為今日朝會無甚要事，正要例行結束的時候，忽然收到軍情急報，雁門關外有北人打草穀，劫掠燒殺一番，禍害百姓無數，雁門守軍聞訊趕去，雙方一場大戰，各有死傷。

百官聞之譁然，楊浩也大為驚詫，他正準備安排人在雁門關外製造摩擦，為自己赴契丹出使製造機會，可是葉大少的消息還沒傳遞出去，不可能是他的人幹的。如今北國政局渾沌不明，只怕宋國干擾，他們還會來招惹宋人嗎？

朝中文武議論紛紛，有人認為北人此時還敢生事，當予嚴懲，有老成持重者則認為我朝連番作戰，征南伐北，此時宜修養生息，積蓄國力，此事說不定只是某個窮苦部落初春時節沒有食物，舉族都要餓死，迫於無奈這才行險劫掠，當和平解決。

楊浩抓住這個機會，請求出使契丹，用外交手段解決爭端。趙匡胤正打算回京之後便派皇子去伐北漢國，這是一定要摘到手的一枚桃子，雖然預料契丹正鬧內亂，不會派兵阻撓，若能藉此事派使者對契丹安撫一番，顯然更加妥當，於是與楊浩一拍即和，當即應允。

朝會之後，趙匡胤祕召楊浩，面授機宜，兩人敘談良久，次日趙匡胤再次祭掃祖宗陵墓，回返汴梁，而楊浩則率隊趕赴契丹。

出關在即，楊浩懷揣國書一封，這一封國書是趙匡胤親筆寫就，卻非他來草擬的，國書中軟硬兼施，要求契丹休管漢國之事，則契丹平亂，宋國亦予支持，內有豪語：「河東逆命，所當問罪，若北朝不援，則親和如故；不然，唯有戰耳！」

趙匡胤，真豪傑也。為了你，也為了我自己的兄弟，我就冒險對付對付那位晉王千歲吧。不過，此事並非眼下就可圖謀的，我要出使契丹了，此一去，先接回那苦命的冬兒再說。

「冬兒，冬兒……」

楊浩默念著她的名字，想起兩人相識以來種種，雙眼漸漸溼潤，輕撫懷中的那封國書，楊浩在心中暗道：「冬兒我妻，理當攜回。若蕭后玉成其事，則萬事皆休。不然，我一定大鬧上京，擾妳個焦頭爛額，不得嬌妻，誓不回頭！」

三百七八　三面埋伏

到了雁門關稍作休整，早已候在那裡的穆羽等幾名貼身侍衛趕來與楊浩會合，一行人出關向東北進發。

此時的塞外，是另一個帝制文明。如果說此前的匈奴、鮮卑、突厥都被中原貶為蠻夷，既沒有規範的國家體制，也沒有完善的組織結構，更沒有成熟的思想體系，其組織架構只是一個部落聯盟，但是當契丹建國的時候開始，情況已然發生了變化。

契丹八部統一，繼而將奚、室韋、烏古、回鶻、女真等部落和渤海等國納入治下，廢除了部落體制，建立了學自中原的帝國體制，設宰相、三省六部的府臺官僚體制和州、郡、縣等行政單位，建立了一套類似於漢唐帝國的國家系統，大力招納漢民，鼓勵農耕和工商，引進漢文明，興建孔廟……

一國兩制，以燕雲十六州的漢人為子民，而不是視作奴隸，這種帝制文明，正是契丹、西夏、女真等強大帝國在日後能夠超越前代游牧部族，成為漢民族最強對手的關鍵因素。當中原仍在戰亂不休的時候，契丹這個國家正在漸漸成熟，以致北方草原、西域、阿拉伯世界甚至歐洲，都感受到了契丹帝國的文明影響力，許多西方民族都誤以為契丹帝國就是傳說中的中華帝國。

然而中華文明畢竟有著數千年底蘊，雖然經歷了長期的混亂和戰爭，但是當它一統之後，馬上重新煥發了強大的生命力，宋國後來居上，如今已具備了與契丹分庭抗禮的能力，而且大有超越之勢，開始漸漸奪回中原在世界眼中應有的地位。

楊浩一路行去，發現這裡的百姓多以耕種為主，放牧為輔，和宋境內的邊民大抵相同，如果走近了去交談，會發現他們也穿漢服、說漢語，與中原一般無二。在石敬塘把這裡拱手奉與契丹人之前，這裡本就是漢人領土，如今生活在這裡的，大多仍舊是漢人，你幾乎看不到他們和關內的漢人有什麼區別。

只不過五十多年的分隔和契丹的統治，人為地在彼此間樹立了一道屏障。打著大宋的旗號，楊浩看不到某些宋代宣傳資料留給後人的畫面：北方漢人激動流涕、歡呼瞻仰他們日思夜盼的祖國使者，他們的目光是警惕而冷漠的，甚至還帶著一絲敵意，看到他們，你就會明白，彼此間的那道隔閡，不止是重兵與關隘的阻隔，而是存在於他們心裡。

五十多年前，正是中原各路諸侯以天下百姓為魚肉，自相殘殺的時候，燕雲十六州的百姓那時便已被契丹統治，此後中原又歷經許多朝代，始有今日之宋國。對宋國，燕雲十六州的百姓並沒有什麼歸屬感和親熱的感覺，宋國對他們來說，是一個記憶中完全陌生的國度。

天下九塞，雁門為首。依山傍險，高踞勾注山上。東西兩翼，山巒起伏。山脊長城，其勢蜿蜒，東走平型關、紫荊關、倒馬關，便可直抵幽燕；如果是從汴梁直接出發，那麼逕出居庸關，過石門關，走可汗州赴雞鳴山更快一些，只不過他們是從洛陽出發的，楊浩先行派的人正在雁門關外等候，所以楊浩便藉口先去雁門關了解一下情形，掌握更多的有利情報，再從那裡赴上京，所以選擇了另一條路，不過殊途同歸，最後還是要到歸化州的。

出關之後，他們已經與契丹方面的守軍取得了聯繫，契丹守軍派了支五百人的隊伍護送他們一同上路，並已快馬傳報南院和上京。

這支守軍隸屬南院，屬五州鄉軍，軍中戰士八成都是漢人，派來護送的守軍統領也是漢人，叫馮必武，和他們在語言溝通上不成問題。

一路行來，楊浩常尋機與馮必武攀談，了解各方面的信息，得知自上京內亂之後，契丹南院宰相嚴格約束所部不與宋人發生衝突，這次宋人邊寨受到侵擾，他們也是驚詫莫名，不知是哪一路人馬違犯禁令。

楊浩還了解到，慶王在自己的部族老家被南院官兵襲擊之後，已經放棄久攻不下的上京城，向女真人領域遷徙，但這只是一個佯動，在吸引了勤王之師撲向女真方向之後，他們已經拋棄老弱，迅速向西穿插，向這一面逃來。

雖說這面是南院統治範圍，但是因為地廣人稀，可供活動的領域更廣闊，而且不是契丹主力專統的活動區域，南院又無法調動足夠的人馬阻擋他們的去路，所以他們像歷史上每一支爭權失敗的草原部落一樣，試圖穿越大草原，殺到契丹控制力較弱的西北方去，在那裡建立自己的領土，南院宰相此刻正派出探馬，四處打探他們的西遷路線，盡最大努力阻擋這支叛軍。

楊浩聽了心中暗喜，契丹和宋國站在一起，就像一個滿臉橫肉的褸衣大漢和一個深衣玉帶的翩翩公子站在一起，說到侵略性和威脅性，他們明顯比其他任何人都強，如果慶王這支人馬能夠成功地突破重圍，在西北建立一個與上京對抗的政權，則可以牽制整個契丹軍團無力南下，那麼無論對中原漢人來說，還是對他將來在西北的生存，明顯將更加有利，他現在已經有些期盼慶王的成功了。

這一日，仍行於西京道上，前方漸至荒涼少有人煙之處，馮必武用馬鞭一指路旁白茫茫一片的地方，說道：「楊大人你看，這種草就是我們關外馬匹喜食的牧草，叫『息雞草』，息雞草根大而肥美，對馬兒來說最是可口，我關外戰馬膘肥體壯，多賴此草，馬兒一頓吃上十根也就飽了。」

楊浩聞聲看去，那草與關內的蘆葦倒有八分相似，想不到這貌不驚人的野草就是北方戰馬的主要食料。北方民族有水草豐美適合大規模放牧的草場，生長在這片草原上的遊牧部落擁有強大的機動能力可以隨時南下侵掠中原，一旦遭遇反擊，則可退守沙漠草原，使漢人難以深入，待漢人兵鋒稍減，又可重出江湖，可謂是進退自如。

他們的蒙古馬種比起阿拉伯馬種和北歐馬種來說要遜色許多，但是容易繁殖、容易飼養，所以很容易建立一支數量龐大的騎兵隊伍，漢民族一旦失去可靠的馬源，不能組建一支更強悍的騎兵軍團與之抗衡的話，僅靠步兵，正面作戰很難取勝，即使戰勝也很難追擊以擴大戰果，只能坐等他們集結再次反擊，直到力竭而敗為止。

不知兵則難為將，不重農耕難成中原人主，而他若想掌控西北，對畜牧業便也不能不予重視，楊浩正要不恥下問，多了解一些這方面知識，忽地空中一聲尖銳的呼嘯攸然掠過，馮必武一怔，已然提馬向前馳去。

馮必武衝上前方一個矮坡，向遠方眺目張望片刻，喝道：「原地停下，防禦，護住宋使。」

五百員契丹騎兵立即散開，把一千名宋軍護在中間，宋軍見這些契丹兵只有區區五百人，卻把他們像婦人孩子一般護在中間，他們也是胯下有馬、掌中有槍的英雄漢子，豈肯如此受人輕視？統兵指揮使張同舟立即提馬上前，對楊浩道：「大人，他們區區五百人便想護住咱們嗎？既有敵情，卻不許咱們動武，未免太過目中無人了吧？」

楊浩笑道：「張指揮稍安勿躁，這是他們職責所在，我等是朝廷使者，如今情勢不明，自然不須動刀動槍。」

他睨了張同舟一眼，微笑道：「你們在內圈再布一道防禦，以策安全便是。」

「是！」張同舟得令，立即大聲下令，宋軍緊急行動，這些訓練有素的士兵迅速布了一個圓陣，舉止進退，整齊畫一，一時刀槍林立，弓弩上弦，軍容之齊整，尤勝那五百契丹兵，這可都是禁軍精銳，雖只千人，千人如一，威勢自然不凡，這一小小還以顏色，立即引得那些契丹士兵紛紛側目。

「發生了什麼事？」馮必武大聲向快馬馳回的斥候喝問。

「馮大人，前方發現一哨人馬，至少千人上下，正向這裡馳來，屬下放響箭示警，他們來勢不減，速度反而更快，看來不懷好意。」

「來人打的什麼旗號？」

「旗號五花八門，很難揣測來路。」

馮必武聽了不禁一皺眉頭，這時前方蹄聲如雷，一支騎兵已快速衝來，馮必武大喝道：「示警，再不停下，報明身分，弓箭侍候！」

看著前方人馬，馮必武扭頭又對楊浩道：「楊大人不必擔心，來者旗號散亂，隊形不整，看來兇悍，彼此間卻很難配合照應，不會是軍隊，也不會是強大部落的族兵，真若懷有歹意，某必教這支烏合之眾有來無回！」

眼見來敵只在前方，他大聲下令，契丹兵隊形又變，留兩百人護住宋軍側翼，另外三百人已策馬向前，布成了個銳利的箭頭陣，馬上騎士紛紛摘弓搭箭，箭簇上揚，做好了戰鬥準備。

示警的響箭射出，前方撲來的人不見絲毫停頓，反而呼喝著開始衝刺起來，馮必武臉色微微一變，看著那支張牙舞爪的隊伍，咬著牙根獰笑起來：「是馬賊，他們好大的膽子，放箭！」

一排利箭射出，狂奔而來的馬賊隊伍登時一陣混亂，有的忙取皮盾遮擋，有的來了個鐙裡藏身，有的中箭落馬，隨即他們便還以顏色，無數枝利箭呼嘯而來，宋軍士兵立即舉盾護身，楊浩自護衛手中接過皮盾，凝神看著前方來敵。

對方來人雖眾，但是不過是馬賊而已，對付尋常部落和商旅固然驍勇，馮必武這樣的正規軍卻未必把他們放在眼裡，眼見來敵迅速，只射三撥利箭，對方就要衝到馬前，馮必武立即大喝道：「衝上去，叫他狗娘養的不長眼睛，屠光他們！」

三百名契丹戰士立即呼喝著衝了上去，雙方靠近不足百步的時候，他們以刀背拍著馬股，陡地加快了速度，雙腳踩鐙，屁股半離馬鞍，快馬如箭，鋼刀雪亮，看那衝勢，若是被他們當頭一刀，只怕連人帶馬都要劈成兩半。

雙方轟然撞擊在一起，鮮血和破碎的骨肉激揚於半空，契丹兵已經像一柄鋒利的刀，突出了馬賊的隊伍。騎兵要快速的衝鋒才能顯示他們的威力，即便殺入敵陣也是馬不停蹄，一往無前地往前衝，如果勒住韁繩原地纏鬥，那他們的威力還不如步卒作戰。雙方都深諳此理，馮必武率人揮舞鋼刀將馬賊劈分開來，像一枝離弦之箭般向前衝去，他們要衝過馬賊隊伍，回轉身來再往回衝殺；被撕裂成兩半的馬賊隊伍也是片刻不停，與他們錯身而過，一路兵器交擊，鏗鏘作響地撲向原地待命的契丹兵和楊浩所部。

眼見他們衝到近前，那兩百名契丹兵就像受到挑戰的狼狗，咆哮著撲了上去，就在這時，一陣號角聲起，嗚嗚嗚直衝蒼穹，自後路又有一支隊伍殺出，人數至少也有千人，一個個張牙舞爪，呼嚎而來。

如果不能發揮自己騎兵的優勢，任由來敵撲到面前，那就只能任人宰殺了，張同舟一見，立即喝令後隊戒備，準備待敵兵衝至近一箭之地時，便也如契丹兵一般發動反衝鋒，楊浩見了，心中忽地覺得有些不妙。

馬賊唯利是圖，襲擊自己作啥？如果他們是誤把自己當了商隊，此時也該知道不是好捏的軟柿子了，為何還是如此亡命？尤其是這支馬賊隊伍竟然分兵兩路，先行引開契丹兵，繼而突襲自己本部，顯然是有備而來，甚至連他們的行蹤路線、人數多寡都已打探明白，恐怕他們不只是馬賊那麼簡單。

就在這時，蘆葦般茂盛的息雞草叢中忽有無數利箭射出，將正屏息嚴陣以待後敵的宋軍射翻了多人，然後一支人馬猛地殺了出來，頭前一人，手中提一枝雪亮的三股鋼叉，身材魁梧，一隻眼睛戴著黑色的眼罩，卻是一個獨眼龍。

他揮舞著鋼叉，遠遠地就大聲咆哮道：「殺宋使楊浩，殺！殺！殺！」

「果然是為我而來！奶奶的，別人做使節，那是優差，怎麼我接的差使總是離不了打打殺殺？」

楊浩嘆了口氣，霍地拔出利劍，大喝一聲：「全軍，殺！」說完率領親兵，便搶先衝了出去。他衝的不是後路，也不是側翼，而是前方正與契丹兵纏鬥在一起的那股馬賊。

三百七九　親仇契丹

一見三股馬賊有合圍之勢，楊浩立刻察覺不妙。這些馬賊分明是有備而來，雖說契丹這位千夫長馮必武馮大人一見是馬賊就嗤之以鼻，但是這些馬賊明明知道他們的底細還敢打他們的主意，這說明他們對自己的武力也甚有信心，絕非一股烏合之眾那麼簡單。

再者，他手中有一千名禁軍侍衛，馮必武有五百契丹兵，前後左三方殺來的馬賊總數至少有四千多人，這不是戰陣對決，只要兵精將勇，配合得當，照樣以少勝多，如今的情形是混戰，混戰的情況下，軍隊訓練有素、整齊畫一的調度派不上用場，也就發揮不出該有的戰鬥力，面對數倍於己的敵人很難取勝。

於是楊浩當機立斷，突然喝令全軍對後方和左翼放棄戒備，集中全力殺入前方戰團，前方敵我雙方正在膠著之中，在另外兩支馬賊隊伍抵達之前，他做為一支生力軍殺進戰團，可以讓其餘兩支疾馳而來的馬賊投鼠忌器，不敢放箭，同時一路衝過去，可以脫出包圍圈，至少不至於三面受敵。

至於右側的山嶺，楊浩根本沒考慮，馬賊既然早已有備，選定這個地點發動攻擊，那麼這座山嶺就算沒有埋伏也是一個死亡陷阱，楊浩可不相信馬賊也會像普通的草原部落一般嚴守禁忌絕不縱火，此刻風向正向山坡吹來，如果他們放火燒山，就算不被火燒死，也得被煙熏死。

楊浩異於常人的舉動大出馬賊的意外，略一遲疑間，果然令他們錯過了最佳的絞殺時機，楊浩全軍殺進了前方戰團，而且義無反顧地向前衝去。那獨眼頭目怒火沖天，大聲咆哮著指揮所部追了上來。

這個獨眼龍正是盧一生，盧一生自從得了契丹官方的默許之後，在關內關外的中間地帶混得風生水起，一時聲望無兩，許多小股馬賊聞訊紛紛趕來投靠，很快成為這一地區勢力最大的一股馬賊。

可是契丹與宋國出於各自的考慮暫且休兵之後，他這支名義上仍是馬賊、事實上也是馬賊，只是暗中得了契丹皇帝一個封號的盧大將軍就無法像以前一樣如魚得水了。人多了在劫掠的時候更具破壞力，可一旦閒下來幾千號人要生存可大不易，契丹人不曾撥發軍餉給他們，他們一向是自給自足的，慶王謀反後上京被圍，他與契丹官方的祕密聯繫也被迫中斷，這一來處境更是艱難，於是盧一生只得冒險劫掠雁門關一帶，獲取大批財物。

他這幾天正打算再幹一票，不料派出的細作卻給他帶來一個意外的消息：宋國朝廷派遣使者趕赴契丹，使者是鴻臚寺卿楊浩。

盧一生此前曾派心腹手下潛赴宋境，打聽他兄長盧九死的消息，他知道兄長要遷往開封，不料得回的消息卻是兄長慘死、姪兒失蹤。而始作俑者就是丁浩，如今已易名楊浩，還做了宋廷的官。

盧一生聞訊之後，恨不得立即趕去取他首級。可是他如今的隊伍太龐大了，手下山頭林立，各有首腦，只有他才鎮得住，輕易離開不得，只得暫時隱忍，一面派人赴宋境打探姪兒消息，一面為了山寨的生存苦苦掙扎。

如今仇人自己送上門來，盧一生豈肯輕易放過，讓他從自己眼皮子底下溜掉？於是便告訴手下大大小小的頭領，宋國派了一位使者攜大批財寶出使契丹，這筆買賣只要做成了，人人都可以金盆洗手做富家翁去了，於是一群亡命徒欣喜若狂，立即打起了打劫宋國使者的主意。

他們派人打探了來使和護送的人馬數目，衡量了敵我雙方的兵力多寡，仔細計畫一番，本來有八成勝算，但是楊浩的反應實在出乎他們的意料，楊浩率人向前一衝，絞殺進混亂的戰團之後，原本萬無一失的合圍獵殺就失效了。馮必武率人殺開一條血路，正要圈馬回來往回絞殺，楊浩領著人便衝了出來，馮必武的「尖刀」已經把迎面殺去的馬賊屠了一遍，撕開一道口子，楊浩的人馬殺出重圍時對他們再度進行絞殺，待他們蹚開一條血路突出重圍的時候，那迎面而來的千餘馬賊已被殺得七零八落。

楊浩急道：「馮大人，快走，馬賊有埋伏。」當下也不及細說，便率隊向前馳去，那片緩坡上的樺木林中果然也鑽出七、八百人，一見敵人沒有如預料般往山坡上逃，便也衝了出來，四路馬賊合兵一處，在後苦苦追趕。

這些馬賊裝備雖然差些，但是他們幹的是打家劫舍的營生，搶的快，逃的也要快才有生存的可能，所以這些馬賊不但騎術精湛，胯下戰馬也極好，俱都耐於長跑，這一路追下來，馬賊一邊追一邊放箭，前方的契丹兵也在馬上不斷回射阻敵，雙方邊打邊走，跑了半日工夫，那些契丹兵還好些，楊浩所部的馬匹可比不了他們，速度便越來越慢。

馮必武的使命就是護送宋國使者安全抵達上京，如果讓他們在這裡被馬賊殺掉，那他馮必武的性命也就走到頭了，萬般無奈之下，忽見前方山勢蜿蜒一拐，有一道陡峭的山坡，再看看宋軍越來越慢的速度，馮必武把牙一咬，大喝道：「楊大人，棄馬上山吧，咱們倚仗地利與馬賊耗著，以待援軍。馮虎，你率些人速去西京搬取救兵。」

他身邊一名部將答應一聲，策騎率領少數騎兵繼續向前，加快速度穿過山坳向前衝去，馮必武與楊浩則急急甩鐙離鞍，開始往山上爬，這片山坡都是風化的岩石，對面是一片曠野，岩石層的山坡上面是茂密的矮松林，歷經千年，這些松樹密密匝匝的，鑽都鑽不進去，他們迅速爬上山去，背倚青山，居高臨下，以弓弩碎石為武器，嚴陣以待。

追來的馬賊試圖攻山，迎面被利箭大石一砸，死傷枕藉，寸步未進。見此情形，盧一生匆匆一看山坡地形，一面令人用弓箭壓制山上人馬，一面令人繼續強攻。馮必武則一面指揮人馬抵擋，一面計算著此地距西京的路程和援兵趕來的時間。

這一番攻防，山上的守軍占了地利，但是山下馬賊數倍於他們，分散開來一面以弓箭壓制，一面使人從較遠處爬坡，分散了防守的力量，情形也是險象環生，馮必武為安全計，趕到楊浩身邊道：「楊大人，這些馬賊顯然是為大人而來，本官負有守護之責，不敢令貴使受到傷害，可是如今情形，萬一守不到援軍趕來，恐對大人不利，依本官之計，貴使還是更換衣衫，帶些貼身侍衛，劈林開路，自這密林中潛到高處去暫且躲藏。」

楊浩看看守在山坡上苦戰的宋軍將士，不禁有些猶豫，張同舟聞訊亦回首叫道：「馮大人所言甚是，山下馬賊志在大人，大人還是換身衣衫暫且潛隱為是，此處有下官在，縱然戰至最後一兵一卒，也絕不容他們登山的。」

就在這時，只聽轟隆隆一陣殷殷風雷聲起，張同舟大喜道：「莫非要下暴雨了？」如果暴雨一起，大雨傾斜如注，山下的馬賊們俱是一身皮靴皮袍，被雨一淋，沉重無比，平地走路都嫌艱難，要想爬山更是萬萬不能，那時他們只須在樹下躲藏，卻不似如今這般辛苦了。

楊浩詫異地道：「如今草木方有青意，塞外會下暴雨嗎？」他看看天空，著實不像。

馮必武喜形於色道：「這不是雷聲，這是馬蹄聲，有大隊人馬趕來，蹄聲轟鳴山谷所致，莫非西京遣人來迎了？」

馮必武說著，扭頭看向那片突出的山崖，楊浩和張同舟也不約而同地向那裡望去。轟鳴如雷的馬蹄聲，同樣引起了盧一生的戒備，他猶疑地看著崖口，卻不相信會有援兵來得這麼快，正困惑間，就見一騎絕塵，飛馳而來，馬上那人正是剛剛離去不久的馮虎，他肩頭後背中了三、五枝利箭，猶自張開雙臂大呼：「將軍快走，將軍快走，慶王的人馬，慶王的人馬來了……」

大呼未了，他便一頭仆倒在馬上，腳仍踏在馬鐙裡，被戰馬拖著在碎石嶙峋的山路上磕碰前行，就像拖著半截麻袋，片刻工夫便已血肉模糊。站在山坡上尚看不太清楚，可是山下的盧一生等人可是看得一清二楚，當那匹馬拖著馮虎的屍體衝進他們的隊伍時，就是這些殺人如麻的悍匪，看了那具血肉模糊的屍體都有些想吐。

「慶王？慶王的人馬殺到這裡來了？」馮必武驚駭地抬起頭來，只見前方山崖下突如洪水決堤般冒出無數人馬，戰馬奔騰，刀光雪亮。

突見前方出現一支人馬阻路，那支大軍仍是片刻不停，他們洪水般滾滾而來，與此同時，一片黑壓壓的箭雨像一片烏雲般從他們的隊伍中飛起，看那架勢，真是人擋殺人、佛擋殺佛，要把盧一生這一支人馬硬生生輾碎在山路上……

戲劇性的一幕出現了。

楊浩和馮必武等人在山坡上看著，方才還耀武揚威、不可一世的馬賊，在那支強大的騎兵隊伍攻擊之下，就像燒紅的尖刀切牛油一般，迅速崩潰了。

慶王的人馬來得太快，而且不問青紅皀白，見人就殺，盧一生的人馬忙著下馬攻山，馬群都擁擠在一塊，一時來不及上馬逃命，登時被亂箭射殺大半，剩餘的馬賊見此情形慌慌張張地往山上逃，這時山上的守軍自顧尚且不暇，也不敢放箭抵擋，以免引火燒身，結果方才還殺得你死我活的兩支人馬，現在成了難兄難弟，各自占據了一段山坡。

山下的大軍停止了前進，一位頭領模樣的人把幾個未及逃走的馬賊傷兵帶到馬前，向他們問著什麼，不時還向山坡上望來，沒過多久，那位頭領忽然拔刀出鞘，向山坡上一指，仰天嘶吼一聲，立即有無數的士兵摘弓搭箭，向山坡上射來，同時有許多士兵紛紛下馬，藉著箭矢的掩護向山坡上爬，攻擊的正是楊浩一方。

山下人馬無數，利箭紛飛如雨，坡上守軍雖然占據地利，但是山下慶王的軍隊人多勢眾，箭雨呼嘯，山坡上仍然不斷有士兵中箭倒下。慘呼聲中，馮必武變色叫道：「快，退入林中暫避！」

這時山下的人向餘悸未消的盧一生等人高喊幾句，盧一生聽了把牙一咬，雖恨慶王人馬不問青紅皀白殺了他無數兄弟，可是眼下情形，不向他們低頭勢必要替楊浩陪葬，再者楊浩更是他必欲殺之的人，便大聲應喝著，帶領殘兵橫向朝楊浩他們攻來。

馮必武又驚又怒，一邊揮刀格架利箭，一邊大叫道：「慶王人馬自上京逃來，不自往他處逃命去，苦苦糾纏咱們卻是為何？我五京鄉兵與他族帳軍可是一向井水不犯河水，真他娘的混帳！」

楊浩揮劍撥打著如飛而至的狼牙箭，卻是心知肚明。折子渝殺死耶律文的事被他攬到了自己身上，慶王必然已經知曉，既知山坡上的人是自己，這支慶王人馬當然沒有就此放過的道理。

其中緣由，他也無暇與馮必武細說，山下慶王叛軍雖眾，一時還上不了山，可是盧一生的殘部卻已殺到面前，他立即挺劍衝了上去。

剛剛撲到面前的幾名馬賊被他們奮起反擊，在宋人的纓槍和契丹五京鄉軍的大刀攻擊下，不是被砍成兩段，就是被捅成了篩子。不過盧一生帶著更多的人衝了過來，很快又把他們殺得紛紛滾翻下坡，就在這時，楊浩率領親兵衝到了面前，一劍便向手使鋼叉、殺氣騰騰的盧一生刺去。

「鏗！」盧一生一叉壓住楊浩的長劍，獰笑道：「楊浩，今朝落在我的手上，你就要埋骨在這荒山野嶺之上了！」

楊浩喝道：「看你情形，並不為掠財，我與你這馬賊頭子無怨無仇，何故追殺不捨？」

盧一生恨聲道：「你去問我大哥盧九死！」說罷一叉刺來。

楊浩騰身閃開，大罵道：「混帳透頂的東西，什麼盧九死？老子根本不認識！」

盧一生站穩了腳跟，仗著鋼叉勢大力沉，根本不容楊浩近身，他一叉一叉狠狠刺來，恨不得在楊浩身上捌幾個透明窟窿，厲聲喝道：「我家兄長就是雁九，這一回你曉得了嗎？」

「雁九？」

在楊浩的記憶中已經漸漸淡漠的那個人突地重又躍現出來，楊浩又驚疑：「雁九名叫盧九死？你們到底是什麼人？」

「要你死的人！楊浩，你今天死定了！上天無路，入地無門，還有誰能救得了你？」

盧一生並未回答，他瘋狂地大笑著，在他眼中，楊浩已經與死人無疑了。

＊　＊　＊

人說無常的天氣，就像小孩的臉，說變就變，楊浩如今算是體會到了。

人說戰場上瞬息萬變，戰機稍縱即逝，如今盧一生算是體會到了。

山上山下，都在大戰，山下的慶王軍已經放棄攻山，和打橫從曠野上殺來的一支人馬在山坡下狹窄的區域內廝殺起來，雙方人馬總數不下兩萬人。

這支突然殺出的隊伍，打的是南院都監耶律縱橫的旗號，人數不在慶王那支人馬之下，又兼突然殺至，慶王叛軍措手不及，漸漸落了下風。

原來慶王聲東擊西，一路向西逃竄，此刻已然占領西京，擄奪食糧稍作休整，南院宰相聞訊派南院大王耶律斜軫親自領兵討伐，與自北追來的耶律休哥夾擊西京，慶王不敢久待，立即分兵數路，繼續北竄。這一路人馬，就是北逃的幾路大軍之一，統兵大將是他親族，聽說山坡上的人就是殺死耶律文的宋國楊浩，自然不肯甘休，眼見山坡上沒有多少人馬，便想殺了他去向慶王邀功，不想南院人馬反應如此迅速，有一支人馬已經從斜刺裡殺來，想要把他們全殲於此。

雙方在山下一場血戰，無數性命在頃刻間滾落塵埃，被一隻隻碗口大的馬蹄踏成了爛泥，山下的碎石路上已經塗滿了鮮血，無數破碎的血肉將石隙都塞滿了。他們都是善戰的軍隊，士兵間配合之嫻熟、殺法之狠辣，絕非常人可比。

耶律縱橫親率一路軍試圖把慶王叛軍切割開來，他選擇了隊伍中間為突破口，率大軍拚死衝殺，如湯潑雪般將迎面之敵化為腳下一片片血肉，慶王叛軍首領眼見再戰下去恐要全軍覆沒於此，這一支南院軍隊已非他所能敵，天知道會不會還有第二支人馬趕來？

他不甘地向山坡上看了一眼，咬牙喊出了一個字：「撤！」便率領殘部向西拚命地突圍出去。耶律縱橫沒有追趕，在他的切割之下，慶王叛軍只逃出了不到一半，如果他率兵自後猛追，另外的叛軍恐也要四下逃走。那支叛軍一走，他的人馬便迅速投入了剿滅叛軍殘部的戰鬥，眼見大勢已去，在又付出近千條生命之後，這支叛軍終於投降。

手下的將領清理著戰場，耶律縱橫勒韁站定，已向山上望來。馮必武歡天喜地，派人下山與他聯絡，片刻工夫，只見耶律縱橫把手一揮，許多士兵便迅速向山坡上撲來。

盧一生從天堂一步踏到了地獄，他怎麼也沒有想到，由生到死，竟是這般容易，變化竟是這般離奇。他手下的人已經不多了，見到山下大軍的威勢，所多馬賊已經全無戰意，而他許多兄弟死在慶王叛軍手下，他卻接受慶王叛軍的威脅，聽從他們號令行事，也令許多馬賊心生怨尤，肯予繼續抵抗的人已寥寥無幾。

眼見大勢已去的盧一生失魂落魄，幾乎拿不住手中沉重的鋼叉。

楊浩還劍出鞘，微笑著看著他道：「現在，足下肯告訴我你的身分了嗎？」

* * *

契丹上京，皇宮。

蕭綽展開雁門關守軍的奏報仔細看了一番，輕輕地嘆了一口氣：「宋國遣使來了，他們已經平定南唐，一統中原，這一回是向我契丹耀武揚威來了。」

羅冬兒輕輕走近，為她奉上一杯茶，好奇地問道：「宋國遣使來了？所為何事？」

蕭綽淡淡一笑：「說是為了雁門關百姓被我契丹人打草穀，哼，這麼多年來，我邊疆部族打草穀的事還少嗎？從不見他們遣使問罪，如今他們一統中原，氣勢正盛，又逢我契丹內亂，這麼一件小事也被他們大作文章了。」

她站起身來，緩緩踱步道：「唉，要是我契丹如今上下一心，朕何懼宋人威脅？可是如今不成啊，本朝開國以來，弱主當國，向來危險，謀逆之事屢屢不止。現如今皇帝病體每況愈下，慶王公開謀反，皇族中垂涎皇位的也大有人在，太宗一支，李胡一支，都在看著這位置，而耶律三明……」

她頓了頓，沒有說出耶律三明賄賂了蕭氏族人，遊說她過繼他的兒子為皇子的事，只是嘆道：「宋人此來，必定是有所求而來，絕非只為打草穀一事這麼簡單，挾危問罪，不過是手段罷了。唉，朝中不穩，人心難定，南朝皇帝也來趁火打劫，虧他趙匡胤自負一世英雄，欺負我一個弱女子算什麼本事？」

冬兒乖巧地道：「娘娘雖是女流，英勇不讓鬚眉，比起趙皇帝來毫不遜色。」

蕭綽展顏笑了，嗔怪地瞪她一眼道：「就妳會說話。」她略一沉吟，說道：「我朝的鴻臚寺卿在五鳳樓叛亂之中被殺，如今尚未選出新的鴻臚主事，再者……皇帝病體難癒，必然是要由朕來出面的，唔……宋國來使是鴻臚寺卿楊浩，妳是朕的六宮尚官，而且也是漢人，精通漢學，職位也相趁，就由妳來接待他吧。」

蕭綽說完不見回答，不禁詫異地抬頭，就見冬兒兩眼發直，正緊緊地瞪著她，蕭綽愕然道：「怎麼了？有朕給妳撐腰，不過是接待一位宋國來使罷了，妳害怕什麼？」

「不、不是……」冬兒嚥了口唾沫，結結巴巴地道：「娘娘說……宋國來使是誰？」

「鴻臚寺卿楊浩，此人殺了耶律文，讓慶王大受打擊，嘿！倒也算是幫了朕的大忙，對他嘛……不妨禮遇一些。嗯？冬兒，妳怎麼了？」

羅冬兒一顆心幾乎要跳出腔子，呼吸都不舒暢了，她趕緊說道：「哦……冬兒記起來了，這個楊浩就是上一回使無賴國書戲弄娘娘的那個宋國官，要是換了冬兒，此番見了他，一定不會饒他，也就是娘娘您，才如此寬宏大量，不計前嫌，宰相肚裡能撐船哇……」

蕭綽到底尚是一個少女，聞言得意地道：「呵呵，朕豈是宰相比得了的？宰相肚裡能撐船，那朕的肚裡該能撐……」

想想有些不像話，她不禁「噗哧」一笑，花容微暈地瞪了冬兒一眼：「去吧，好好準備一下，我們不可在宋人面前弱了威風，此時卻也不可觸怒他們，引致刀兵相見，其中如何拿捏把握，妳好好想一下。」

「是……」冬兒福身一禮，退出宮殿，站在階下呼呼地喘了幾口大氣，這才按著砰砰發跳的胸口舉步走開。

她越走越快，一俟離開內宮，便提起裙子，像一隻喜鵲似地飛奔起來。

「四哥，四哥！」一進院子，冬兒便雀躍地叫了起來。

羅克敵與彎刀小六、鐵牛如今做了將軍，已經有了各自的府邸，冬兒沒有回自己的住處，逕直來到羅克敵的住處，羅克敵聞聲走了出來，一見羅冬兒胸膛起伏，呼吸急促，臉蛋紅紅的，雙眸黑得發亮，從未見她露出過如此激動的神色，不禁奇道：「冬兒，出了什麼事？」

冬兒像條窒息的小魚似的，張著小嘴竭力地呼吸了一陣，這才強抑著激動的心情，說道：「浩哥哥來了，浩哥哥……做為宋使，出使契丹來了。」

一句話說完，她的眼淚已忍不住像斷了線的珍珠，撲簌簌地滾落下來：「四哥，浩哥哥……來了……」說著，她一頭撲到羅克敵懷裡，歡喜的眼淚止不住地流了下來。

* * *

羅克敵帶著扈從，一如往日地巡視京城，走在上京街頭，他不斷地四下觀望著，心事重重。

「一俟到了上京，楊浩馬上就要去見皇后娘娘，他不知道冬兒活著，一旦見到，難免露出馬腳，天知道蕭皇后會不會據此大作文章。可是要如何先行通知他呢？唉，難！實在是難。我一出來，前呼後擁的，楊浩就更不用提了，如今雖做了這將軍，可信可用的人卻一個也沒有……」

羅克敵緊鎖雙眉，正自彷徨，路旁忽有一個少女急急向他衝來，自五鳳樓之變後，上京重要官吏上街巡城都必須配備大批甲士以策安全，那人雖是一個女子，卻也毫無機會靠近他，要不是看那女子姿容俏麗，她這般冒失，那些甲士早就一槍把她搠翻在地。

「站住，幹什麼的，不許靠近！」

丁玉落急急站住腳步，她自趕回上京已有多日，始終沒有機會見到羅冬兒，羅冬兒只要出宮，必是陪同皇后鑾駕，侍衛如雲，別說靠近，遠遠地想看看她模樣都十分困難，把丁玉落急得寢食難安。這些日子她已經打聽得到朝中新近晉陞三員宮衛軍大將，俱是出自羅尚官門下的家奴，羅尚官雖只是六宮尚官，卻因此在朝中擁有了更大的力量，人人都說她是皇后娘娘身邊炙手可熱的第一紅人。

丁玉落自忖直接去見羅冬兒已絕不可能，打聽到這位巡城的大鬍子漢人將軍乃是出自羅冬兒門下，這才決定破釜沉舟，藉由他來引見，今日穿回女裝，就是來尋他的。是以一被人阻擋，立即高聲叫道：「將軍留步，將軍留步，民女……民女有話說。」

羅克敵正心事重重，忽聽悅耳的聲音傳來，抬頭一看，一眼瞧見她的模樣，雙眼頓時一亮：「好一個清麗動人的女子，想不到上京城中竟有這樣的女兒家。」

羅克敵急急一勒馬韁，抬手道：「讓她近前來。」

手下甲士急忙遵令，戒備地按刀押著那女子走到近前，羅克敵上下打量一番，神色更顯柔和，他扳鞍下馬，和氣地問道：「姑娘喚住本將軍，有什麼事嗎？」

「我……我想請將軍大人，帶我去見羅尚官。」

「哦？」羅克敵目光一凝，警惕地道：「羅尚官？姑娘是什麼人，為什麼要見羅尚官？」

「我……」丁玉落把心一橫，挺起酥胸道：「我……我是她的……妹妹……」

羅克敵一呆，驚詫地道：「妳說什麼？妳……是羅尚官的妹妹？」

「是！」一見他懷疑的目光，丁玉落再也沒有回頭路了，硬著頭皮道：「我……我自中原千里迢迢趕來投奔姐姐，可是……可是宮禁森嚴，無法見到姐姐，只好求助於大人。」

羅克敵目光閃爍了一下：「妳……真的是羅尚官的妹妹？」

「不錯，將軍如果不信，就帶我去見她，只要見了羅尚官，她……她自然認得……我是她的妹妹。」

羅克敵看著她，半晌不語。

丁玉落急道：「將軍，你還不信嗎？我一個弱女子，身無長物，又在將軍監視之下，還敢對羅尚官有什麼不軌舉動嗎？將軍如果不信，就綁了我去，只要見了姐姐，她……自然認得我。」

羅克敵意味深長地笑了笑，說道：「本將軍倒不是不信妳，只是……本將軍正在想，除了妳，我究竟還有幾個好妹妹呢？」

丁玉落一聽，漲紅了玉顏，薄嗔道：「出語輕薄，誰是你的妹子？我真是羅尚官的妹子，你若得罪了我，我……我姐姐須不饒你！」

羅克敵嘆了口氣：「好吧，那我……就帶妳去見她，妹妹……」

三百八十　上京

看到身邊的兄弟越來越少，許多宋軍和契丹兵張弓搭箭，將自己團團圍在中間，盧一生長嘆一聲，丟掉了手中的鋼叉。

「雁九是你的親兄弟？能告訴我，你們兄弟倆一個在豪門為奴，一個在塞外為匪，到底所為何來嗎？」

盧一生冷笑不語。

楊浩笑了笑：「這個悶葫蘆解不開，與我也沒有半點損失，你想保守祕密，那就把它帶進陰曹地府吧。」

楊浩一舉手，吱呀呀一陣弓弦顫響，無數枝箭簇瞄向了盧一生，盧一生目光一閃，忽地喊道：「且慢！」

楊浩搖頭道：「我不會饒你，我死了很多兄弟，你也是，不要此時討饒，他們會看不起你，要死，就死得像條漢子。」

「我不會討饒，早在三十年前，我就該死了。盧某九死一生，活到今天，全是撿回來的！」盧一生傲然挺起胸膛：「楊浩，我只想知道，丁承業怎麼樣了？他現在在哪裡？你可有他什麼消息？」

楊浩看著他，目中露出古怪神色，盧一生有些激動地道：「我就要死了，如今我只想知道他的下落，你若知道他的消息，還望不吝告知。盧某……盧某求你……」

楊浩緩緩問道：「丁承業……和你有什麼關係？」

盧一生閉口不答。

楊浩嘆了口氣道：「丁承業，已經死了。」

「什麼？」盧一生瞪起一隻獨眼，倉皇向前撲出兩步，嘶聲叫道：「你說什麼？你說什麼？他死了，他真的死了？」

楊浩淡淡地道：「是的，他真的死了，就在伐唐一戰前，他……死在金陵烏泥巷的一條溝渠之中……」

盧一生臉色慘白，痛苦地叫道：「他死了？他死了！我盧家最後的根苗，最後的根苗啊，是你殺了他？我盧一生做鬼也不放過你，姓楊的！」

盧一生咆哮一聲，猛撲上來，「嗖嗖嗖……」無數枝利箭射出，楊浩聽他嘶喊盧家最後的根苗，頓覺有異，連忙大喊一聲：「住手！」

來不及了，盧一生頃刻間就被射成了豪豬，一頭插著無數利箭的豪豬張牙舞爪，猶自撲到他的身前，楊浩身旁的兩名侍衛眼疾手快，他還未及近身，兩柄快刀已如疋練般揮出，五指箕張的兩條手臂在盧一生的慘叫聲中被劈落在地上。

鮮血噴湧，盧一生「噗通」一聲落在地上，雙臂齊肩而斷，身上插滿利箭，他喉中嘶吼著，蠕動著身子，怨毒的眼睛帶著無窮的恨意，掙扎著，使勁地向前蠕動，眼見無法再撲到滅族仇人的身上，他大叫一聲，忽地一探頭，一口咬住了楊浩的衣衫下襬，把牙齒咬得咯咯直響，彷彿那是楊浩的血肉一般。

楊浩沒有動，他緩緩蹲下身，輕輕地道：「丁承業……不是死在我的身上，是他姐姐親手殺了他的，殺了這個弒父害兄的忤逆子，清理門戶……」

盧一生的眼神有片刻的迷茫，他慢慢張開了牙齒，喃喃地道：「他沒有弒父害兄，他沒有……我大哥盧九死才是他的爹爹，我是他唯一的叔叔，除了我們兄弟，他在這世上再沒有一個親人了，再沒有一個親人了，他……是我盧家這一脈唯一的後人……」

一行眼淚順著他的臉頰緩緩流下，將濺到臉上的細密血點沖出一道淚痕。

「貍貓換太子！」楊浩頃刻間就明白了他們兄弟幹過什麼事，他目光一閃，突地問道：「丁家真正的孩子在哪裡？」

盧一生臉上露出一絲詭譎的笑容，說道：「他……早就死了，和他娘一起……被沉進了井底，早已……化成了一堆枯骨。死了，全都死了，我盧家也完了。繼嗣堂，七宗五姓，滅門之仇，再也……再也報不了了……」

楊浩萬萬沒有想到從這個塞外馬賊口中竟會聽到那個神祕組織的名字，他吃驚地問道：「繼嗣堂？七宗五姓，你到底是什麼人？」

盧一生雙臂血如泉湧，身上插著無數利箭，已經陷入彌留之際，外界的一切都已聽不見了，他自顧喃喃地道：「我范陽盧氏，自漢以來，一流高門……我們這一支……至此……而終了……」

「你們也是繼嗣堂中一支，是嗎？」

楊浩問而不見回答，定睛再看，盧一生圓睜獨目，已然氣絕……

* * *

從耶律縱橫口中，楊浩得知慶王叛軍已繼續西行，耶律休哥親率大軍追著慶王主力向西去了。得知楊浩身分，耶律縱橫不敢怠慢，又加派了人手，護送他一路往上京去。

楊浩曾聽崔大郎介紹過繼嗣堂的經歷，又從盧一生口中聽到一些消息，已經隱約掌握了丁家一場恩怨的來龍去脈，丁家……應該是受了無妄之災，被人當成了復仇工具，所以才落得如此下場。他知道丁承業雖然該死，但丁玉落手刃骨肉兄弟，心中一直落落寡歡，想著若把真相告知她，必能解開她心中的一個結。

這一路上，有耶律縱橫重兵保護，楊浩太太平平，再不曾發生什麼事故。

過了歸化州，就到了天嶺，這裡還屬於中原統治的時候，又把這裡叫作辭鄉嶺。辭鄉嶺東西綿亙，縱目望去，白雲黃草，不可窮極，到了此處，遠行之人都會心生茫然，不知這遙遙路途，自此下去，是否還有生還家鄉之日，不免念天地之悠悠，獨愴然而淚下。

楊浩卻沒有這許多感慨，什麼歸化州、辭鄉嶺，好像到了天涯海角似的，不就是張家口嗎？這才哪到哪兒啊，至於悲風傷秋的嗎？這一去，他可是要去接回冬兒的，早就恨不得插翅飛到契丹上京，又哪會在乎這樣的舟車勞頓。

在漫漫草原上又走三、四天，就到了黑榆林，儘管在楊浩心裡並不覺得這個地方有多遠，可是這時的地形地貌與後世大不相同，綿延萬里的不是無盡的草原，就是荒山僻嶺，人煙稀少，與後世到了荒涼的大漠裡沒多少區別，心裡的感受還是大不相同的。

再往前去，就是斜谷，翻過連綿五十多里的高崖峻谷，過璜水、黑水、麝香河，又走了五、六天，終於進入了契丹都城上京。

楊浩到了這裡，開始有些焦慮起來，一方面是因為很快就要見到冬兒，心中難免急切，另一方面，迄今為止，他還沒有和冬兒取得聯繫，如果逕上金殿見到冬兒，冬兒不知道楊浩就是丁浩，乍然見到了他，難免會露出馬腳。

雖說這並不是什麼見不得人的身分，也不致因此引來什麼殺身之禍，但是一旦讓蕭后知曉他們之間的關係，如果她肯放人也罷了，否則自己打算偷人的計畫勢必就難以施行，冬兒只要行蹤一失，那時自己就首當其衝成為懷疑目標了，還如何帶她離開？

可是他焦灼也沒有用，這一路上被契丹人護在中間，一舉一動都在他們的監視之下，如果突然派出一個人單獨離開去找玉落，必會引起他們懷疑，再者，玉落到底有沒有見到冬兒，他現在也沒有把握。

到了上京附近，人煙漸漸稠密，市鎮顯得繁華起來，待進了上京城，市井更加富庶，到處都是房舍，卻也不乏帳篷，這裡的建築集中了契丹人的本來特色和定居之後的中原特色，顯得異國風味十足。

這裡也有坊市，一如中原汴梁，人口稠密，商賈雲集，契丹武士、漢服士子行於街頭，相撲的、雜耍的在勾欄中賣力地表演著吸引客人，化緣的和尚、尼姑、道士也穿梭在行人中間。

自契丹立國之初，他們就有鑄錢，只不過以布為貨幣以物易物仍是坊市間交易的主流，這一點與此時的宋人常以絲綢代替貨幣來交易大體相同，都是為了彌補貨幣流通量的不足，而且絲綢和布疋的保值效果，比起貨幣來更加明顯一些。

還好，進了上京城，鴻臚寺、禮賓院趕來接迎，宋國來使們才發現契丹人的官制、禮儀與中原大體相同，並非毫不知禮的野蠻人。

他們並沒有馬上把楊浩帶入皇宮，而是先到禮賓院，更令楊浩等中原使節感到驚訝的是，禮賓院前竟還有契丹皇帝所派的使者，持束帛「迎勞」，和中原一般無二。

當下住進禮賓院，契丹通事舍人與楊浩笑吟吟地對坐了，說道：「貴使遠來，一路辛苦，今日且休息一天，明日本官會來接迎貴使入宮。我皇偶染小恙，病體不適，會由皇后娘娘接見貴使。」

這位契丹通事舍人是個漢人，姓墨，名水痕。由於契丹人崇尚漢文化，上流人物都以通曉漢語為榮，他這母語自然沒有擱下，所以雖然自他爺爺輩上就已定居上京，但是漢語仍是字正腔圓。

楊浩見沒有馬上入宮，心中稍定，微笑拱手道：「多謝墨大人。楊某一路行來，多承貴國護送照顧，乏倒是不乏的，不過一路風塵，既要謁見貴國皇后娘娘，總要沐浴更衣，以示隆重，那便明日再入宮遞交國書吧。」

墨舍人笑道：「如此甚好，那麼本官就先把明日皇后接見貴使的事情再與貴使說一下，以免屆時忙中出錯，失了禮儀。」

「有勞墨大人。」

墨水痕咳嗽一聲，說道：「明日一早，本官會來迎接大人，引大人過承天門，候於五鳳樓外，使者隨員捧幣、玉及『庭實』貢品。鼓樂齊奏，皇后娘娘升御座，面南背北，接見貴使。貴使登樓，大人向皇后娘娘稽首行禮。我朝六宮尚官羅大人宣讀制書，宣敕命，中書侍郎率令史等捧案至貴使面前，貴使遞交國書，侍郎將國書置於案內呈交皇后。貴使再將貢物交禮官收下，並率隨行人員再拜行禮。接見完畢，貴者及隨員行禮退出，回禮賓院。次日，我皇后再設國宴，宴請貴使……」

楊浩聽見是羅冬兒宣讀制書，宣敕命，心中不由一陣激動：「冬兒，我的小冬兒，妳為我真是吃了太多的苦，官人來了，官人來接妳回家，以後我們再也不分開……」

墨舍人說完了，見楊浩一臉詭異的微笑，好像正在神遊物外，不禁莫名其妙，他咳嗽一聲，問道：「楊大人，對這樣的安排可都了解了嗎？」

「了解了，了解了，」楊浩頻頻點頭，心花怒放，「大人說本官向貴國皇后娘娘行禮，然後貴國六宮尚官羅大人宣制書嘛，呵呵，對了，你還說啥來著？」

墨大人剛剛舉杯喝茶，聽這一問，一口茶水差點全嗆到氣嗓裡去，他咳嗽了半天，這才漲紅著臉道：「本官說，明日一早，本官會來迎接大人，大人著禮服，本官引大人過承天門，候於五鳳樓外，使者隨員捧幣、玉及『庭實』貢品。鼓樂齊奏，皇后娘娘升御座，面南背北，接見貴使。貴使登樓……」

他又詳細地說了一遍，問道：「貴使可都記得了嗎？」

楊浩在鴻臚寺廝混了許久，這些禮儀倒是了解的，他仔細想了一想，說道：「貴國皇后面南背北而坐，那本使就要向北而拜了？」

墨大人微笑道：「這有什麼不妥？」

楊浩道：「自然不妥，大國之卿猶如小國之君，我中原使節，怎麼可以向貴國皇后行下臣之禮？此應比照本使下江南之時，奉交國書時，與貴國之主一東一西，對面而立，奉交國書才對。」

墨舍人怫然道：「楊大人，這怎麼可能？我朝皇帝可不是貴國藩屬，兩國乃平等之國，國主豈可與你對面而立，這樣的要求太過匪夷所思。楊大人，我也是漢人，知道中原人的想法，天下中心，潢潢上國，四方皆蠻夷，這不是妄自尊大嗎？昔日之中國，與今日之中國縱然相同，但昔日之四夷，卻已非今日之契丹，我國立國久矣，已非昔日牧馬放羊的蠻荒部落，說起疆域之遼闊、國力之強大，尤甚於中原，貴使不覺得這個要求太過分了嗎？」

他微微一笑，又道：「說起來，當初石敬塘向我契丹稱子稱臣，乞我主出兵助其得帝位，那是向我朝稱臣的，石敬塘建晉國，晉國河東節度使劉知遠據其半壁而稱帝，是為漢國。其後，漢國天雄節度使郭威又裂其土而立國，稱為周。再之後，貴國皇帝得國而稱宋，敘起淵源來，我國便以藩屬之禮相待也不為過，如今以外國來使款待，難道還不夠禮遇嗎？」

孔老夫子說過「夷狄之有君不如諸夏之無」，歷代士大夫們也確實是這麼看的，可是孔子的時代的確是中國強大的時候，諸夷連刀耕火種都還沒弄明白了，簡直就像一群蠻荒野人，完全看不出一點文明的苗頭，這麼說自然沒有什麼不妥。

然而時過境遷，必須正視的是，他們在漸漸強大，時不時地還有異族入主中原。孔老夫子說過「夷狄之有君不如諸夏之無」，但是還說過：「君君臣臣，父父子子。」當異族成了君的時候，把孔子語錄奉若神諭的士大夫們就有些無所適從了，夫子說要攘夷，還說要尊王。如今蠻夷成了王，是該尊王還是攘夷？兩者以誰為重？

如果換一個使者來，恐怕會為了這個問題打破頭地去爭，堅決要求契丹奉宋國為正統，以上國待之，但是在楊浩這個後來人心中，卻沒有這樣的桎梏。莫說契丹政權如今並不弱於宋，就算是一個弱小的國家，他覺得也應該平等對待，而不應妄以天朝稱尊，在禮節上討些好處，卻以巨大的經濟利益去安撫人家。

更何況，這世界並不是天圓地方，唯我獨尊的，大帝國並不只有我們一個。遠的不說，經過幾千年的發展，如今第一個強大的，近在咫尺的，可以與中原華夏帝國抗衡的契丹政權就出了，如今的契丹再不是匈奴、突厥那樣的部落聯盟，他們已經是一個強大的國家，文化、行政、疆域、治理都已走上軌道，而且中原歷經百餘年戰亂，致使中原如今的影響力在亞歐地區的影響力遠不及契丹，要讓其主以臣國自居，那是不可能的。正視他國，平等對待，才是理性的行為。

楊浩先提出一個對方絕不可能答應的要求，只不過是想接下來的討價還價更容易讓他們答應而已，於是假作為難地想了一想，他才說道：「墨大人所言亦有道理，本使其實也並沒有輕視貴國之意。不過，貴國皇后升御座，本使覲見時，亦當鐘鼓齊鳴，奏禮樂相迎。這是對大國大使的禮敬之禮，萬不可廢。」

墨舍人思忖片刻，頷首道：「這個使得。」

楊浩又道：「本使雖是外臣，但是畢竟是代表我朝皇帝陛下來訪，外臣禮坐，是代表我國皇帝陛下與貴國皇后娘娘談話，豈可躬鞠於階下？貴國當設座相待，本使要坐著與貴國皇后陛下敘話。」

墨水痕相迎之前，對接待規格、禮制方面的事曾當面請教過皇后。自古以來，中原唯我獨尊，尊中國為正統，對四荒諸國來說也已成了習慣，如今的契丹雖然已經成為一個強大的國家，想要謀求一個國家的尊嚴和國格，但是能做到和中原平起平坐他們就沾沾自喜了，畢竟中原五千年的文化底蘊，可不是這麼容易就能趕上的，四夷諸國對中原文化還是懷著很深的尊崇、自卑和敬畏的，眼下還沒有力壓宋國一頭的想法，這一點蕭后也曾對他仔細吩咐過。

墨舍人也是個談判老手，假作為難半晌，才道：「好吧，此事本官會盡快呈報娘娘，請娘娘定奪，本官一定以最大努力，促使娘娘答應貴使的條件，呵呵，楊大人，你就不要再提其他的條件了吧，要不然本官可真要為難了。」

楊浩哈哈笑道：「那是自然，你我兩國已然建交，此來，本使也是抱著和平的目的，並不是脣槍舌劍地欲與貴國挑起爭端嘛。好，就這兩條，本使上殿、下殿，亦應如貴國君主一般奏樂相迎，殿上攀談時，當為本使設座。其他的嘛，就沒有什麼了。哦，對了，本使此來，見貴國都城十分繁華，百貨堆積如山，奇珍異寶無數，一會兒想去街上走走，可方便嗎？」

墨舍人見他沒有提出其他要求，暗暗鬆了一口氣，一聽他要逛街，忙道：「貴使請便，貴使請便，可需本官派人陪同嗎？」

楊浩微笑道：「不必了，千里迢迢趕來，難得看到許多中原不曾見過的異物，本使只是想採買一些，回去送與諸友同僚罷了。還是隨意些好。」

送走了墨舍人，楊浩與張同舟等人吃了飯，便帶了幾個親信侍衛上了街。他料想自己趕到上京的消息，玉落必然耳聞，找個機會離開館驛，她才有機會與自己碰面。

楊浩上了街便往熱鬧的街市走。上京城分為北城和南城，北城住的多是契丹人，而南城則多是漢人。漢人聚居區殿宇樓閣，雖不及開封、金陵這樣的帝都建築金壁輝煌，卻也比許多小城強上許多。

至於北城，則是契丹人和皇族的聚居地。比起南城，北城又是一番風光，皇城分內外，就算是內城之中，也有許多空地，專門用來搭建氈帳，一來是為了接迎各地已適應游牧生活的王公，另一方面，皇族也要時常入住，以免忘本。

所以他們的皇城與中原的皇城大不相同，根本沒有高高的宮牆，內城外城的界限，只是一道無形的界限，北城的契丹居民就像生活在草原上一樣，雖然彼此住處連一道籬笆牆都沒有，不該涉足的他人領地，卻絕不會踏進一步。

楊浩所住的禮賓院其實距皇宮極近，他想要找到玉落，卻是往漢人聚居的南城去的。南城不是難民區，相反，是上京最繁華的地方，南城內商肆林立，美酒、絲綢、蔬果、糧食、工具及各種珍奇貨色均有出售，而且這裡也有「夜市」。

平常許多契丹皇族、貴族也會穿上漢服，到這裡逛逛，就連那位被蕭皇后的父親蕭思溫行刺而死的睡王皇帝，以前也時常穿了漢服到這裡的街市間飲酒觀市，喝到酩酊大醉這才回宮。

街市上，玉珠、犀角、乳香、琥珀、玻璃、瑪瑙、兵器俱有出售，還有東瀛的銀器、高麗的人參、女真的貂皮，以及獵人們拿來販賣的蜂蜜、松子、乾蕈等等，人頭攢動，熱鬧非凡。楊浩一路行來，專挑身材單薄的男人和年輕的女子看，想著玉落會不會突然冒出來。

路旁幾個穿契丹人傳統皮袍的大漢推著小車，正在採買菜蔬糧食。契丹境內的漢人最初是低人一等的，契丹人惱將起來，當街殺人那是常有的事，不過歷經幾朝以來，面對龐大的漢人百姓，為了國內穩定和發展，契丹統治者漸漸嚴肅了律法，莫要說當街殺人，倚仗種族優勢強買強賣漢人貨物的也少多了，那幾個契丹大漢想要買些便宜貨，也要討價還價。

一身契丹傳統服裝，卻說著一口地道的中原北方話的肥胖漢子道：「劉老頭，我們可沒少照顧你家的生意呀，牢裡頭幾百上千口人的飯食，哪回不是在你這兒採買呀，你要是價太貴了，那我們可要另找人家了。」

賣菜的商販是個乾瘦的老頭，皺巴巴的一張臉，花白的頭髮，他點頭哈腰地向這胖子陪笑道：「王爺，您常買咱家的貨，老劉還能不給您便宜價？可是如今剛剛開春，這菜進的價格就高，再要便宜，老漢可要賠錢啦。王爺，老漢也有老婆孩子要養不是？聽說王爺最近喜得貴子呀，大喜的事啊，恭喜恭喜，王爺這麼大的喜事，還跟老漢計較這兩個小錢？得了，這一袋子乾菜，就當老漢孝敬您的，祝賀您喜得貴子的一份薄禮，這菜錢，王爺抬抬手，可就不要再跟老漢講啦。」

那位被敬稱王爺的人身材矮胖，短得幾乎看不見的脖子上頂著一顆碩大的腦袋，臉是圓的，嘴是扁的，眼睛也是狹長的，好像麵疙瘩上畫了個人頭，剛把麵發好，就被人一巴掌把饅頭拍成了燒餅似的，一笑起來所有的線條都往上挑，倒是喜慶，不用化妝，一整個就像福娃寶寶。

聽了這老頭的話，福娃的眼睛都笑沒了，他呵呵地笑道：「劉老頭啊，你的算盤珠子打得多精，當俺不知道？得了得了，看你這麼會說話，俺就不跟你計較了，就這價吧，兀術，把錢給他。」

劉老頭一聽，齜著牙花子笑道：「謝謝王爺，謝謝王爺，王爺是天牢裡的主事牢頭，那些犯官的家眷，誰不大把大把金銀地孝敬著您？哪會跟我這老百姓一般見識。嘿嘿，一看您就是菩薩心腸，瞧這福相，整個就是彌勒佛轉世……」

王爺笑罵道：「少他娘的拍馬屁了，這回便宜了你，等鮮菜下來，你可得給我算便宜點。」

他說著，笑吟吟地扭過頭去，目光無意間一轉，忽地看到在幾名侍衛陪同下正往這邊慢悠悠走來的楊浩，登時如遭雷殛，臉色變得慘白，整個身子都像秋風中的落葉，簌簌地發起抖來。

劉老頭正眉開眼笑地數著錢，忽一抬頭看見他臉色，不由吃驚道：「哎喲，王爺，您……您這是怎麼了？」

這時楊浩東張西望著已經走過來，那胖子急急扭過頭，淚流滿面，哽咽著嗓子嘶啞地道：「沒什麼，沙子……迷了眼睛……」

三百八一　當眾挑情

楊浩並未注意路旁那幾名契丹大漢，像這樣的人在上京城裡隨處可見，實在是太平常了。他從那人身旁逕自走過，那王牢頭的目光痴痴地追隨著他的身影，眼神中滿是掙扎的神色，直到身旁幾個人喚他道：「王頭兒，咱們該走了。」他眼中的光彩才驀地消失，又盯了楊浩一眼，這才一步一回頭地走了。

劉老頭心中納罕：「王頭兒這是看著誰了？莫非是哪家的漂亮大姑娘逛街來著？」

他伸著脖子往路上瞅瞅，只見一個青袍公子一步三搖，帶著幾個手下正招搖過市，目光再一逡巡，果見一個花不溜丟的小媳婦挎著個菜籃子正走在街上，瞧背影，模樣如何看不著，身段倒是窈窕，小腰肢一扭一扭的，扭得男人的心一蕩一蕩的。

「喲呵，倒是個風騷小娘子，常言說當兵三年，老母豬賽貂禪，何況是個這麼俊的小媳婦呢，王頭兒在牢裡整日見的不是兇神惡煞的獄卒就是血齜呼啦的囚犯，他那婆娘長得又醜，難怪一見了風騷娘兒們就饞得慌……」

劉老頭正咂著舌頭，耳朵突然被一隻肥胖的大手擰住：「你個老東西，一會兒不看著你，這心眼就不老實，盯著誰看吶？誰家的娘子這麼風騷啊？」

「冤枉啊老婆……」可憐的劉老頭耳朵被扯起半尺長，被自己兇悍的婆娘扯進屋裡去了……

楊浩到了丁玉落所說的那處客棧，見客棧一樓是個茶園，便大模大樣進去坐下，要了壺茶來，然後對穆羽耳語幾句，穆羽便起身離去，好像要找個地方方便一下。

過了一陣，穆羽走回來，四下看了看，在楊浩身邊坐下，低低地說著什麼。

楊浩只聽了幾句，身子就是一顫，手中一杯熱茶都濺到了手上，他驚訝地看向穆羽，穆羽肯定地點了點頭，楊浩激動得身子發顫，喃喃地道：「怎麼會？怎麼會？小六，鐵牛，羅……軍主……他們都活著，都在這裡？蒼天待我，何其厚矣！」

「大人，須防隔牆有耳，詳細情形咱們回去再說。」

「好，咱們馬上回去。」

楊浩立即付帳起身，在街市上隨意買了些土特產品，便急急趕回禮賓院去了。

＊　＊　＊

次日一早，通事舍人墨水痕趕到禮賓院，引著打扮停當的楊浩去五鳳樓見駕。禮賓院距內城極近，無需乘馬，一行人緩步走去，不一會兒就拐到了御街上，前方一座巍峨的城樓，城樓兩側兩道宮牆，這宮牆只是標誌性的建築，只延伸向兩側兩里有餘，成半圓狀護住內城，就像當初楊浩以党項七氏少主身分造訪五了舒的營寨，草地上搭一道轅門，兩邊插一道尺高的籬笆，延伸里許，就當作是城門了，並沒有完全把內城遮於中間。

楊浩衣冠整齊，就如同在宋國上大朝會，一襲緋色官衣，頭戴進賢冠，方心曲領，飾玉珮綬，腰間掛著銀魚袋，白綾襪烏官靴，衣冠楚楚，一表人才，與契丹官員迥異不同，許多侍衛、宮女經過他身旁時，都免不了好奇地側目觀看。

不一會兒，只聽鼓樂齊鳴，楊浩熱血沸騰：「蕭后上朝了，冬兒……冬兒現在就在殿中，她想我……一定想得望眼欲穿了。」

一個內侍走到了城階前站定，高聲唱禮：「皇后有旨，宣……宋使楊浩晉見！」

楊浩吸一口氣，強抑著激動的心情緩步登階，兩個捧著覲見之禮的隨員跟在他的身後。墨舍人在前頭引導，一進五鳳樓，就覺得這北朝的殿堂不算寬廣，尤其是剛剛經過慶王之亂，朝中官員七零八落，站朝的官員也不多。楊浩不及細看，遙見御階之上紅袍鳳冠，端坐一個娉婷女子，餘外卻無顯目的紅顏，卻不便四下張望去找冬兒，只得目不斜視，昂首挺胸，逕自走到御階前五步開外駐足停下，長揖一禮，朗聲說道：「外臣楊浩，奉我皇帝陛下旨意，朝見貴國皇帝、皇后陛下。」

御座上一聲輕咳，一個女子聲音道：「中原皇帝為兩國友好，遣使遠來，朕心甚慰。貴使長途跋涉，遠來辛苦，平身吧。」

那聲音聽來柔和悅耳，卻又不失威嚴，一口漢語說得十分地道，楊浩不敢抬頭多看，道一聲謝，直起腰來，微微退後一步：「敝國與貴國脣齒相依，敦睦無嫌。月前有我國邊民於雁門關附近受貴國族人劫掠燒殺，我皇陛下深感惋戚。為恐兵釁猝起，大局益形紛擾，特令下臣出使貴國，期盼貴國緝兇正法。」

蕭后微微一笑，莞爾道：「貴國雁門關內百姓受匪盜劫掠一事，朕已知曉。朕聞之震怒，貴國百姓深受其苦，朕亦為之悲嘆。邇來邊境匪盜日益猖獗，燒殺劫掠，無所不至。我國百姓亦深受其害。是時，因我國內慶王謀反，朕無暇顧及，俟後已然派兵圍剿，朕剛剛得知，貴使來此路上，便逢五千馬賊劫殺，適為我剿匪之軍滅之，詢其倖存，始知雁門關百姓受襲，便是這股匪盜所為。今這股馬賊已然伏誅，貴使親眼可見，當可回覆貴國皇帝陛下。」

楊浩稱諾，話風一轉，又道：「我皇帝陛下此番遣使前來，雖為雁門關百姓之故，亦有國事與貴國皇帝、皇后陛下商榷，今有我皇親筆國書一封，伏維敬啟。」

楊浩說完，身後隨使上前一步，契丹禮部侍郎親自上前雙手取過國書，高奉於頂，呈上御階，蕭后接過，放在御案之上，說道：「貴國皇帝國書，朕會與我皇帝陛下同覽，再作答覆。今貴使遠來，我皇陛下亦甚欣然，唯龍體不適，不便接見，故有諭旨，以慰貴使，冬兒，宣讀陛下制書。」

「冬兒……」

蕭后這一聲吩咐，如八音齊鳴，甘露灑心，楊浩身子一震，頭顱便要抬起來，他咬緊牙關，硬生生忍住，眼角微微向旁睨去，才見文官之首隱隱走出一人，袍裾微動，鹿靴纖巧，在他五步開外站定。

「朕聞邊匪襲擾宋境，掠奪無數，傷害無辜，朕甚怒之。貴國皇帝陛下不啟戰端，勞使遠來，見示交涉，朕心甚慰。當今天下大勢，唯我南北兩國峙立，雁門百姓受賊襲擾，實為不幸，若輕啟戰端，烽煙四起，則兩國無數子民俱受兵災因苦，何其大也？幸賴貴國皇帝陛下英明，易兵車以衣裳，化干戈為玉帛，和光普照，睦鄰友好……」

冬兒說些什麼，楊浩一字都沒有聽在耳中，他盯著冬兒的腳尖，聽著她熟悉的聲音，心潮澎湃，難以自已。冬兒的聲音一點都沒有變，還是如黃鸝一般悅耳動聽，耳畔響著她的聲音，佳人就在眼前，楊浩看著她曳地的衣裾，雙眼漸漸溼潤。

六宮尚官羅冬兒雖然行前得到羅克敵再三囑咐，要她千萬克制，不要露出半點蛛絲馬跡，但是見了朝思暮想的心上人，同樣是激動萬分，制書念來，期期艾艾，許久才平和下來，語聲得以流利。

蕭綽只道她頭一回承接這麼重大的使命，所以有些露怯，也未往心裡去，待冬兒念罷，楊浩深施一禮，緩緩抬頭，這才向冬兒注目望去，冬兒穿一件左衽圓領、窄袖細腰的灰藍色官袍，頭戴雙翅烏紗帽，面不敷粉，玉面珠脣，儼然一位美少年。

她雙手舉著制書，正緩緩抬起頭來，一雙盈盈美眸從制書上方望起來。兩個人的眼神一碰，心靈深處都似被重重地撞擊了一下，冬兒明亮的雙眸立即氤氳起一團霧氣，好在這兩年來久居帝后深宮，久經錘鍊，再也不是當初那個小村姑了，她急急低頭，雙眸眨了幾眨，這才恢復了平靜。

兩人這番眉來眼去，高踞御座之上的蕭綽沒有發覺，她見這位宋使衣冠楚楚、風度翩翩，眉目英俊，答對得體，較之草原男兒的粗獷另有一種剛柔並濟的味道，中原人物，果然不俗，心中便有幾分歡喜，於是和顏悅色地道：「來人，給宋使看座。」

楊浩收斂心神，裝作根本不識冬兒的模樣，向蕭后謝過後就座，蕭綽便微笑道：「宋使是頭一回出使塞外吧？宋使此來，一路觀我北國風土如何？」

楊浩這才仔細看看這位歷史上赫赫有名的蕭太后，只見這位在評書中喜歡找中原女婿的蕭太后，此刻頭戴花冠，身穿紅袍，麗顏如花，卻還是一副少女模樣，尤其那兩道又黑又亮的眉毛，勃勃英氣中不失嫵媚，煞是迷人。

楊浩微一垂目，舉手笑道：「塞外草原莽莽，風物與中原大不相同，路途雖然辛苦，外臣一路走來卻是心曠神怡，只覺風景瑰麗，美不勝收。尤其塞外人物，無論婦人兒童，俱精騎射，弓馬嫻熟，箭術如神，令外臣讚嘆不已，還曾賦詩一首以贊之。」

蕭綽蛾眉一挑，甚感興趣地道：「哦？中原人物最擅詩賦，貴使所做的詩詞，定然是不差的，朕可否與聞呢？」

楊浩笑道：「外臣本是武官，趕鴨子上架做了這鴻臚寺卿，常被同僚笑為棒槌。說起詩詞，比起我中原許多士子差了可不止一分半分，只是常聽他們吟詩作對，耳濡目染，一時興起而仿效。詩作拙劣，難經大家法眼……」

蕭綽莞爾一笑，說道：「貴使謙虛了，何妨說來聽聽？」

她這一笑，如雲開見月，嬌豔嫵媚，楊浩心頭怦然一跳：「好厲害，這一笑，風情萬種，娃兒自幼訓練，笑得如此嬌豔並不奇怪，若是讓她見了這種嫵媚天成的女子，怕是也要羨慕不已。」

蕭綽沒看出這小子就是當初在廣原程世雄府上，被自己一腳踢暈的那個廢物，子午谷兩軍陣前他單騎救人的時候，鬍子拉雜、蓬頭垢面，手中揮舞一件袈裟，遠遠只那一見，哪曉得這竟已是兩人第三次相逢了。

她可沒想到這位衣冠楚楚的禽獸一肚子齷齪，竟把她堂堂一國皇后和一位風月魁首比來比去，見他謙遜更生好感，便笑道：「呵呵，我國中人物也常好作詩，只因漢學淺薄，平仄不通、押韻不對，那是常見的事，貴使既是武人出身，能吟得出詩來，吟出神韻便難能可貴了，誰會笑你？」

一旁文武大臣紛紛點頭稱是，楊浩這首詩是昨夜興奮難眠，苦苦想來的，早已倒背如流，這時還裝模作樣，略一沉吟，才道：「那麼……見笑了。」

他咳嗽一聲，吟道：「我持旌節赴北國，鳥道雄關穹如蓋。想必塞外多豪傑，因見飛沙捲鏑來。冬去春來草青青，馬蹄方至上京城。兒童談笑張角弓，竟然射鵰向長空。」

楊浩吟罷，摸摸鼻子，乾笑道：「外臣這首詩……如何？」

「好！好啊！」兩旁書讀得少的官員率先稱好，尤其那不認識字的，喊的比誰都大聲，搖頭晃腦的，好像比誰都聽得明白。他們雖聽不出好壞，但是對中原文化有種盲目的崇拜，絕不相信楊浩的自謙，方才那一番致詞之乎者也的聽得他們頭暈，顯然這是個有大學問的，吟的詩能不好？

蕭綽展顏笑道：「好詩，的確是好詩。」

她聽楊浩這首詩，果然對仗不通，韻腳也不十分吻和，他說自己是武人出身，看來不假。不過其神韻倒是不錯，鳥道雄關，蒼穹如蓋，那是形容塞北地形險絕，易守難攻，讚揚北國多出英雄豪傑，人人都識武藝，卻不正面描述，而是用飛沙走石中會不經意地捲來幾枝利箭，在上京城外看到小孩子竟然張弓搭箭去射大雕來側面表現。還有那冬去春來方至上京，那是讚揚北國地域廣闊了。

蕭后一讚，懂詩的官忙也拍手稱讚，不懂詩的官洋洋得意，只覺自己實在是眼光獨到，更是喝采聲如雷，蕭后微微一笑，伸手自腰間解下一柄佩刀，滿面春風地道：「此詩朕很是喜歡，冬兒，把朕這柄刀，送與宋國使者做為賞賜。」

那刀是隨身小刀，用來切割牛羊肉食的，並非隨身武器。蕭后這柄刀，金鞘銀刀，寶石飾為七星，的確是珍貴之物。冬兒登階接刀，來到楊浩面前，只望他一眼，便覺心如鼓擂，急忙低下頭去。

楊浩伸手接刀，大聲道：「謝皇后陛下。」兩人手指一碰，楊浩忽地伸出小指在她掌心輕輕一撓，冬兒嬌軀一顫，急忙握緊拳頭，妙眸似嗔還喜，輕輕瞪他一眼。

這一眼就瞪酥了楊浩的骨頭，他又大聲道：「謝羅尚官。」聲音放輕，又低低跟了一句：「官人這詩，是做給妳的。」

冬兒芳心亂跳，退回班中站定，心中卻想：「這詩明明是讚揚北國風光，片言隻語都不曾提及我，怎麼是做給我的了？」

她反反覆覆默誦幾遍，忽地恍然大悟，心花怒放中再看楊浩一眼，淚光瑩然。

蕭后道：「冬兒，代朕親送宋國使節回館驛，明日，朕於宮中設宴款待宋使。退朝！」

「遵旨！」

「謝陛下。」

楊浩與羅冬兒四目相望，脈脈含情，剎那之間，恍若永恆。

＊　＊　＊

「楊大人，本官告辭了。」

「羅尚官，既已到了，何妨入內小坐？明日要赴皇后娘娘國宴，楊某還有些禮儀方面的事要就教。」

「這個……」羅冬兒回眸望一眼隨行的八名女兵，冷淡地道：「如此，楊大人，請。」

「羅尚官，請。」

進入室內，雙方謙讓一番，隔桌分主賓就坐，楊浩咳嗽一聲道：「爾等退下，本官有事要與羅尚官密談。」

穆羽等人躬身退下，羅冬兒「不情不願」地向自己的侍衛女兵擺擺手，幾名女兵也魚貫而出。

「浩哥哥……」

「冬兒！」

兩個人飛快地離開座位，忘形地擁抱在一起。

「浩哥哥，人家以為這一輩子都見不到你了。」

「冬兒，我還以為妳已被李家沉了河，天可憐見，讓我知道了妳的消息。」

「浩哥哥，你怎麼這麼快就做了宋國的大官？剛聽到時，我幾乎不敢相信是你。你現在怎麼樣，一切都好嗎？」

「世事難預料，妳還不是一樣？這次來，我一定要帶妳回去，對了，羅克敵沒有死？小六和鐵牛也跟妳在一起？大頭到哪兒去了。」

兩個人都有說不完的問題，各自問了一堆，互相看看，忽然緊緊擁抱在一起，心愛的人就在眼前，一切的問題暫且拋諸腦後吧，伊人就在眼前，這才是最最重要的。

「我的計畫本來是要把妳偷回去。想不到羅克敵、小六和鐵牛也在，這一來就有些麻煩了，我得重新計畫一下。」

「我們這些時日費盡心思打聽南下的道路，可是路途實在太遠，始終沒有把握能安然逃回去。機會只有一次，我們不敢輕舉妄動，誰知這時你就來了。浩哥哥，小六和鐵牛聽說你到了，都歡喜得不得了，可是羅四哥說，越是這種關頭，越要沉著冷靜，不可露出一點馬腳，便壓著他們，不許他們見你……」

「羅四哥？妳怎認了他做哥哥？」

羅冬兒破涕為笑：「不是認的，他……真的是我哥哥。」

……

「浩哥哥，我……我不能久待，還得趕回宮去。」

「冬兒，我真是捨不得妳再離開我半步了。」

「啊，親不得，浩……哥哥，門外……門外好多侍衛……唔唔……」

隱隱約約聽得房中動靜有點異常，站在門左的穆羽和站在門右的女兵侍衛互相睨了一眼，然後各自不屑地揚起下巴。

「浩哥哥……」羅冬兒嬌喘細細地坐在他的懷裡，兩條手臂緊緊地勾住他的脖子，身子軟得只怕一鬆手就要滑到地上去。

「冬兒，妳現在是六宮尚官，尋常要見妳一面著實不易，我有許多話想跟妳說，我晚上去見妳好不好？」

「不行不行，」冬兒慌忙搖頭，「很危險的，要是被人看到就壞了。再說，皇后娘娘時常會來，萬一被她撞見，那就大勢去矣。」

「那怎麼辦？」楊浩抱緊了她柔軟的身子，不捨地問。

「我……我……」看著楊浩灼灼的目光，偎依在他寬厚的胸膛上，感受著他有力的臂膀，嗅著他身上男人的味道，羅冬兒也是心中一陣蕩漾，那一雙水樣的眸子溼潤得幾乎要滴出水來。

「官人……官人暫且忍耐，待冬兒支走不相干的人，把府中安排妥當，打聽得哪晚娘娘不會來，就……就想辦法告訴官人……」

「好，那麼這些時日，我好好想想逃離的計畫。羅克敵他們要去妳那兒不會惹人生疑吧？那就好，找個機會叫他們過去，我也見見他們。」

「嗯……好……」

一言可決人生死的六宮尚官、宮廷女衛統領，在楊浩懷裡化作了一汪春水，如小鳥依人一般，不管他說什麼，都乖巧地應承著。

「哎呀……」忽覺臀下被硬邦邦的一根小棒槌一杵，羅冬兒大驚跳起，掩著臀後面紅耳赤地瞪他一眼，輕嗔道：「人家都被你教壞了，光天化日之下，門廊之外就有許多侍衛，竟然和你這麼……這麼親暱……」

她臉紅紅地又瞟楊浩一眼，依依不捨地道：「浩哥哥，我……我得回去了……」

「冬兒，我們幾時才得再見？」

羅冬兒看著腳尖，幽幽地道：「明天呀……」

「啊……」一聲嬌吟，她柔軟的臀肉又被郎君蹂躪了一把，楊浩壓低嗓門，沒好氣地道：「我是說……什麼時候才能私下相見。」

羅冬兒羞笑：「總要人家……安排妥當嘛。」

她看了楊浩一眼，忽然踮起腳尖，紅著臉蛋在他頰上輕輕一吻，未等他再環住自己柔細的纖腰，便翩然退開，含情脈脈地一瞟，大聲道：「楊大人請留步，本官告辭了……」

走在路上，眼見羅冬兒氣息不勻，腮泛紅雲，左右兩個隨身侍衛不禁把眼乜著她看，羅冬兒若有所覺，咳嗽一聲，搖頭嘆息道：「那位宋使，真的是個棒槌，教他禮儀……好累啊……」

一個女兵好奇地問道：「大人，棒槌……是什麼意思呀？」

「棒槌就是……傻瓜、笨蛋、一竅不通……」

冬兒說著，臉蛋越來越熱，越來越紅……

三百八二 宮闈

羅冬兒腳步輕快，就像一隻穿花蝴蝶似地一路飛到了月華宮，看得宮中內侍嘖嘖稱奇，這位一向坐不動、行不搖，言不高聲、笑不露齒的羅尚宮，如此步履輕盈、滿面春風，還是破天荒頭一遭呢。

到了月華宮外，羅冬兒停頓了一下，讓呼吸和神情從容下來，這才舉步走進殿去。黃綾帷幄，仙鶴焚香，穹頂正中下方，置著一條書案，書案上擺著文房四寶，和兩摞高高的案牘。蕭綽居中而坐，正在翻閱一封奏章，一雙黛眉輕輕鎖著，若有所思，冬兒見了忙放輕腳步，躡手躡腳地走到她的身邊。

蕭綽手中懸著朱筆，臉色陰霾，神情猶豫，朱筆一捺一懸，久久不能落下，過了半晌，她忽然輕輕一嘆，擱下毛筆，向御座上一靠，閉起了眼睛。

冬兒走到御座後面，輕輕為她揉捏香肩，蕭綽微微一動，隨即便放鬆了身子，過了片刻，她開口問道：「宋使回到館驛，對妳可曾交代些什麼？」

「並不曾說過什麼……」冬兒臉色微暈，眸波發亮，她抿了抿嘴脣，柔聲道：「他只說……宋國皇帝對他此次出使交涉的事情十分在意，希望娘娘早作決斷，給予答覆，以免路途遙遠，耽擱了他的歸程……」

蕭綽脣角一勾，似笑非笑地道：「哼哼，趙匡胤如此迫不及待嗎？」

她抬起手，輕輕按住冬兒的柔荑，輕輕嘆道：「朕已看過國書，心中猶疑難決，冬兒，朕該怎麼辦才好？」

冬兒遲疑地道：「趙官家……提了什麼要求為難娘娘嗎？」

蕭綽冷笑：「他能為難朕什麼？我契丹之患，從來不在中原，而在……而在我朝內部！」

她霍地站起身來，在殿中緩緩走動：「太祖於征渤海國歸途中病逝，太宗皇帝繼位，討伐中原途中，復於軍中病死，三軍擁立隨軍作戰的耶律阮為帝，是為世宗，然太后想立皇弟耶律李胡為帝，國內遂起戰亂，這是我朝第一次內亂，幸賴大將軍耶律屋質從中斡旋，太后深明大義，承認了世宗的皇位，國內始定。

「世宗皇帝幫助漢國攻打周國時，於睡夢之中被大將耶律察哥一刀弒殺於帳內，遂自立為帝。太宗長子耶律璟和大將耶律屋質又率兵討代，殺死察哥，耶律璟稱帝，是為穆宗。穆宗為帝時，我朝叛亂頻仍，蕭眉古、耶律婁國、耶律敵烈、耶律宛、耶律壽遠、楚阿不、耶律喜隱……先後起兵造反，大大削弱了我朝實力。此時，正是趙匡胤黃袍加身之時，若非我朝內亂頻仍，他怎麼會有機會坐穩帝位，一統中原？

「穆宗昏庸嗜殺，諸部離心離德，是以巡遊時被近侍暗殺於帳內，朝廷始立今上。今上重用漢官、整頓吏治、減輕刑罰、興修水利、發展農耕，短短兩年工夫，我朝已重現中興之象，今上實是一位難得的明君。可惜……今上龍體一向羸弱，遇刺之後更是纏綿病榻，時昏時醒，朕為此憂心忡忡……」

羅冬兒不知蕭后這番感慨因何而發，小心地籌措著說詞道：「皇上雖然龍體不適，幸有娘娘女中巾幗，文武雙全，治國有方，滿朝文武、天下百姓莫不交口稱讚，慶王利欲熏心，雖然謀反，但迅速被驅逐遠去，由此可見一斑，娘娘何以突發如此感慨？」

蕭綽落寞地一笑，幽幽地道：「朕做的再好，也是女子。天下，需要的是一位皇帝。帝為日，后為月，長生天保佑的契丹之主應該是一個大好男兒，月亮……永遠不會變成太陽的。朕就是渾身本領，單是這女兒身，就鎮壓不住這天下江山。」

她嘆息一聲，又道：「世宗、穆宗、耶律察哥，哪個不是勇冠三軍的人物？尚且有人謀反篡位，今上病體羸弱，旁人怎麼會不覬覦皇位呢？」

冬兒目光一閃，遲疑道：「慶王謀反，已然挫敗，娘娘何必太過擔心。」

蕭綽淡淡一笑：「內憂外患，豈止於此？」

她頓了一頓，指指那摞奏摺，說道：「喏，室韋（蒙古）說去年頻逢天災，國困民窮，今年的貢物實在拿不出來，祈求我皇寬宥，其實不過是看我朝自顧不暇，失了恭馴之心，可是如今情形，朕能不『寬宥』嗎？」

她冷笑一聲，又道：「女真人陽奉陰違，年前剛剛遣使納貢，向我朝稱臣，如今便又派人襲我邊寨部族，搶掠牛羊，擄奪女子。就像我邊塞部落去劫掠宋國一般，女真人也來打咱們的草穀了。富的，總被窮的搶。可是，如果我朝沒有內亂，國勢強勢，兵強馬壯，他們……敢嗎？」

蕭綽的聲音更加疲憊慵懶：「慶王謀逆失敗，一路西逃，如今已遁入橫山，以迅雷不及掩耳之勢強取銀州，據城自守。吐蕃、回紇諸部見他滅了自家的世仇，對他頗有親近之意。慶王得城中糧草財帛無數，又仗地利人和，耶律休哥勞師遠征，既無援兵、又無糧草，朕放心不下，已下令命他回師了。慶王一旦在銀州站住腳，再想討伐，便大大不易，他是太宗一脈，在我朝諸部之中不無煽動的能耐，這是我朝的心腹大患啊……」

冬兒微微凝思，沉吟說道：「冬兒曾聽娘娘論及天下大勢，曾說過銀州……是夏州李氏的地盤吧？慶王強占銀州，夏州李氏豈肯甘休？或許……不需要娘娘動手，夏州李氏就會收拾了他。」

蕭綽哂然一笑：「夏州李氏？今非昔比了。這兩年，夏州李氏內憂外患，焦頭爛額。朕依細作、探馬送回的消息分析，西北情形如今這般詭異，幕後一定有一隻黑手，正在打夏州李氏的主意。」

她的媚目中微微露出思索之色，說道：「每一次，李光睿費盡心思與吐蕃、回紇想要議和的時候，總會出現這樣那樣的變故致使和談不成，實在古怪。党項八部中，除拓跋氏一族，其餘諸部的反應也十分古怪，如今情形，夏州李氏對銀州已是鞭長莫及，慶王這個大便宜是撿定了。」

說到這兒，蕭綽苦笑道：「這個時候，宋國竟要伐漢國。漢國雖只剩下寥寥數城，人口稀少，對朕來說，不過是一塊雞肋，可是漢國對我朝稱臣納貢，向來禮敬有加，如果我朝不肯相援，那麼室韋、女真、東鞑鞨、斡朗改、轄戛斯、粘八葛看在眼中，必然對我朝失去畏懼恭敬之心。如果我朝發兵援漢，則勢必要與宋國直接開戰，以我朝如今情形，勞師遠征，未必就有勝算，宋國如果因此再予慶王資助，那就危險了……」

看著這個年齡與自己相仿，卻整日為了軍事大事操勞的皇后，冬兒心中不無同情，可是她如今既已登上皇后的寶座，就再回不得頭，這份重擔，誰能幫她分擔呢？

蕭綽發洩了一陣，心情平靜下來：「趙匡胤對漢國是志在必得，而朕……如今卻已沒有必保漢國的理由。漢國這枚棋子，是必須要棄掉的了，可是我朝的體面，也得盡量周全。冬兒，妳過來，朕有話吩咐於妳。」

「是。」冬兒連忙湊近了去，蕭綽附耳對她囑咐一番，冬兒先是一怔，既而頻頻點頭。

蕭綽剛剛說到一半，門口出現一名內侍，細聲細氣地道：「娘娘，耶律三明大人求見。」

蕭綽眉頭微微一皺，又對冬兒急急囑咐幾句，冬兒依命退下，蕭綽回到案後坐直了身子，頃刻間便又恢復了精神奕奕的威嚴儀態，她拿起御筆，一邊瀏覽奏章，一邊漫聲說道：「宣三明大人進見。」

契丹有資格繼承皇位的嫡系皇族如今有三支，分別源自太宗、世宗和李胡。當今皇上耶律賢是世宗之子，慶王是太宗一脈，而耶律三明則是李胡一脈。如今慶王叛亂，遠逃西北，朝中對李胡一派甚是倚重，耶律三明做為李胡一派的代表，最近也異常地活躍起來。

耶律三明進殿，一見蕭綽，便笑吟吟地施禮道：「娘娘實在勤政，正在批閱奏章嗎？」

蕭綽放下朱筆，勉強露出笑意：「三明大人來了，快快看座，三明大人此來，有什麼事嗎？」

耶律三明眉頭一皺，露出一副憂心忡忡的樣子，嘆道：「唉，還不是為了朝廷上的事嗎？娘娘，現在人心浮動，朝野不安，身為朝廷重臣，三明憂心忡忡呀。」

蕭綽黛眉微蹙，說道：「叛逆已逐，上京已恢復昔日繁華，有什麼人心浮動、朝野不安？朕怎麼不曾與聞？」

耶律三明道：「這些事情，旁人自然是不敢說與娘娘聽的。如今……民間傳言，說皇帝已然駕崩，皇上無後，女主祕不發喪，蕭氏有意篡奪皇權，許多忠於朝廷的部落也是人心惶惶，不時派人祕密赴京探問，這種情形持續下去必生禍患。」

蕭綽玉顏一寒，冷冷地道：「皇上好端端地在那兒，三明大人難道不知道嗎？昨兒皇上身子舒適了些，還著人扶出來在院子裡晒了晒太陽……」

耶律三明滿臉陪笑地道：「是是是，這個嘛，我自然是知道的，可問題是，上京百姓、諸部首領們信不過呀，咱總不能把他們都請進來，讓他們都來見見皇上吧？」

蕭綽淡淡地道：「清者自清，濁者自濁，謠言久而自去，怕它何來？」

耶律三明狡黠地一笑：「話是這麼說，可是慶王在外，正好藉此生事，說他是為了扶保耶律氏的江山，這種話著實蠱惑民心，吸引了不少部族投奔，如此下去，甚是堪慮。朝中大臣們都是憂慮萬分，身為耶律皇族一分子，三明更是寢食難安。」

他偷偷瞄了蕭綽一眼，拈著鬍鬚，慢條斯理地道：「三明和幾位王公大臣計議了一番，覺得首要之務是安撫民心，民心定則軍心定，討伐叛逆，方有成功的可能。而要安撫民心呢，就要平息朝野間不實的傳言。臣願將犬子過繼於皇帝、皇后膝下，好歹他也是我耶律嫡系皇族嘛，朝中有了太子，什麼國無幼主啊，蕭氏篡權啊，一切謠言自然不攻自破。」

「立其子為皇子？此議若果成真，恐怕皇上不死也要死了，就連我也難逃生天……」蕭綽冷笑，不過他說與幾位王公大臣計議……這幾位王公大臣都是誰？蕭綽心中驚疑，沉聲說道：「皇上春秋正盛，何慮無子？如今這個時候，如果倉卒過繼太子，才更會引得天下人疑慮不安，其中道理，三明大人難道不明白？」

耶律三明臉色沉了下來，冷冷地道：「臣一心為了社稷、為了朝廷，卻受皇后如此猜忌嗎？皇上若能龍體康復，皇后早誕龍子，那自然最好不過，只是……皇上一日不康復、皇儲一日不誕生，朝野諸部一日不得安生，慶王那裡也會有恃無恐，日久人心思變，上京再生禍亂時，恐怕就不會如此次一般容易平息了。三明言盡於此，告辭！」

耶律三明冷笑一聲，拂袖而去。

蕭綽鐵青著顏色看他囂張退去，氣得嬌軀顫抖：「如此情形，已幾近於逼宮了，朕一介女子，所賴者，就是皇族與蕭氏的支持，才能政令暢通，如果朝中文武果生異心……」

蕭綽心頭泛起一陣寒意：「我會不會像世宗、穆宗、耶律察哥一樣，就在寢帳之內、睡夢之中，被人一刀砍下頭顱？」

雖身在皇宮大內，重重護衛之中，蕭綽忽有種如履薄冰、如臨深淵的感覺，指尖都冰冷了起來……

＊　＊　＊

契丹的國宴設在一座氈帳之中，按照契丹人的傳統習俗。皇后蕭綽高踞上位，尚官羅冬兒侍候一旁，德王耶律三明、北府宰相、同政事門下平章事室昉，和趕回朝中述職的南院樞密使郭襲，這幾位重量級人物親自陪同款待，遼通事舍人墨水痕也赫然在列。

羅克敵、彎刀小六和鐵牛又莫名其妙地陞官了，昨日傍晚，皇后突下懿旨，擢陞羅克敵為都指揮使、彎刀小六和鐵牛為指揮使，執掌宮廷御衛，他們原本是負責上京安危的將領之一，頃刻間變成了負責皇城安全的侍衛統領，職權範圍雖然縮小了，實權卻大大提升了，如今皇城的內城侍衛由尚官羅冬兒負責，外城侍衛八名指揮，本來盡是皇族，如今羅克敵三個新晉權貴卻也躋身其間了。

席間，蕭后回饋國禮，雪玉貂皮一領、火紅狐狸皮一領、北珠一盆、駿馬十匹。室昉、郭襲兩位大臣殷勤勸酒，楊浩只得收斂心神，與他們談笑盡歡，偶爾注意到一雙妙眸幽幽投注在自己身上，微一抬頭，便見冬兒正含羞望來，一對夫妻，眉眼傳情，卻也樂在其中。

當然，他也沒有忘了正事，酒酣耳熱之際，楊浩猶自向那位嬌麗動人的皇后娘娘舉杯敬酒，又道：「昨日外臣已將國書奉上，皇后娘娘聖明，還望早做決定。若此事成，相信貴我兩國鄰邦交誼會益臻親密。仰託長生天降佑，貴我兩國定能永享昇平之福。」

人前的蕭后麗色照人、容光煥發，絕無半點寢宮之中的軟弱疲憊模樣，聽著楊浩的和平之語，想著趙匡胤國書中所言：「河東逆命，所當問罪，若北朝不援，則親和如故；不然，唯有戰耳！」心中不由冷笑，臉上卻笑顏如花，嫣然說道：「貴使遠來，雖負國命，何必倉卒而歸？不妨在朕的上京多住幾日，我上京城對貴使便是一座不設防之城，各處風物，任你往來觀賞。待國書修訂已畢，朕會著人護送貴使返國，斷不會耽擱了時間。」

「如此，多謝皇后娘娘。」

楊浩說著，瞟了冬兒一眼，心道：「上京風物，任我往來觀賞，毫不設防嗎？我只想去一個地方、只想觀賞一件妙物，不曉得皇后懿旨在手，是不是能來去自如？」

冬兒一見他目光，便曉得這傢伙不懷好意，她又好氣又好笑，又覺甜蜜無比，想起楊浩的懷抱，想起那丁家糧倉頂上的無邊風月，心中亦不覺蕩漾，連忙捧一大杯酒，狠狠地喝了一口，腹中頓覺火熱，眼餳耳熱，倒是更加媚豔如同一朵粉桃花。

新晉都指揮使羅克敵正悠哉悠哉地在皇城中巡遊，眉開眼笑，那因為一臉大鬍子本來顯得冷酷的臉部線條也柔和了起來。因為他身旁正伴著一位素衫少女，清麗動人，明眸皓齒。

丁玉落妙眸一轉，好奇地問道：「皇宮中，怎麼還紮著許多氈帳呀？」

羅克敵笑容可掬地道：「這個，就是契丹人的習俗了，有些王公大臣進京晉見，住不慣咱們漢人的房子，就要用這氈帳。而且，契丹人是馬上民族，皇帝也不可以生疏了騎射游牧，宮中設立氈帳，可以讓皇子皇女們從小熟悉……」

「羅四哥，這個女人是誰？」桃花叢中忽地閃出一個濃眉大眼的漢裝少女，滿臉妒意地盯著丁玉落，恨恨問道。

三百八三　偷香竊玉

「雅公主。」

一見耶律雅，羅克敵叉手施禮，禮數無缺，神態卻冷淡下來：「雅公主，這位是在下的朋友。」

「朋友？」

耶律雅冷笑不已，眼前的女子一身素白的衣裳，如一朵梨花般飄逸皎潔。修長的身材，纖腰盈盈一握，五官秀美，眸波清澈，英氣中不失柔婉，那種味道是自己無論如何也不具備的，心中登時又妒又恨，口不擇言地道：「朋友？我看是你的相好吧。」

丁玉落聽了，雙眉不由一挑，胸中湧起怒氣，羅克敵已然沉下臉色，冷冷地道：「公主，請自重身分。」

耶律雅見他對這白衣女子和對自己的態度有如天淵之別，心中一陣氣苦，漲紅著臉道：「身分？似乎羅將軍才該自重身分，這個地方什麼人都能來去自如嗎？」

羅克敵夷然一笑：「殿下，這裡是皇城，卻不是內城。勳卿權貴，官員仕紳，皆不禁足。丁姑娘是我羅某的朋友，宮衛都指揮使要帶自己的朋友遊覽一下皇城，這個資格還是有的吧？如果公主覺得羅某踰權，可以稟報皇上、娘娘，公主雖身分貴重，卻無權干涉我這朝廷命官的行為，雅公主，妳說是嗎？」

「你……你好……」

耶律雅氣得渾身哆嗦，眼淚不爭氣地湧了出來。她不想在丁玉落這個情敵面前丟臉，轉身拂袖而去。這番舉動，早落在不遠處一個有心人的眼中，見耶律雅離開，那人眼珠一轉，迅速向她前途截去。

丁玉落不安地道：「羅兄，你因為我而得罪了公主，於你恐多有不便……」

「這沒什麼，不日我們就要離開，怕她何來？」羅克敵展顏笑道：「再者，我對玉落姑娘一見……呃……如故，妳又是楊兄的妹子，於情於理，都當愛護，哪能讓妳受人欺辱？」

丁玉落伸出纖纖玉手，壓住眼前遮目的一枝梨花，看著雅公主遠去的背影，埋怨道：「你怎不說我是你妹子？那樣豈不少了許多麻煩？」

羅克敵脫口道：「我怎能認妳做妹子？」

「嗯？」丁玉落詫異地揚起了雙眉，好笑地道：「權宜之計呀將軍大人，你的兵書都讀到哪兒去了？」

羅克敵訕訕地道：「這個……妳那理由，因為知道我與冬兒的關係，才好拿來做託詞。我和冬兒是被他們擄來契丹的，哪有可能有個什麼妹子從中原打聽到我們的消息千里迢迢趕來投奔？一旦說出來，反會惹人懷疑，這個理由在雅公主面前根本經不得推敲的，她想猜疑，由她去好了，我不介意……」

丁玉落聽了，沒好氣地瞪他一眼：「大人，你不介意，可我介意好吧？」

羅克敵滿臉翡驥中泛起一抹可見的潮紅，乾笑道：「這個……不知道玉落姑娘什麼時候才會不介意呢？」

丁玉落伸手遙指，促狹地笑道：「等滄海變了桑田，等天荒地老，嗯……或許本姑娘會不再介意。」

羅克敵鬆了口氣，滿臉笑容道：「姑娘既許了我時間就好。天荒地老，滄海桑田，羅克敵等得……」

丁玉落妙眸斜睨，盈盈向他一瞥：「這個傢伙……真的是二哥口中那個殺伐決斷的羅軍主，率三百死士橫刀阻千騎的羅克敵嗎？看他猛張飛似的一張嘴巴，說出話來，卻比那些慣會吟風弄月的公子哥兒還要動聽呢。」

見她眼神，羅克敵惴惴不安起來，吃吃地道：「玉落姑娘，羅某……太過孟浪了，如果得罪了姑娘，尚望海涵……」

丁玉落心神一清，頰上有些發熱，她避開羅克敵的目光，漫聲說道：「你沒有得罪我啊，既然足下這麼有耐心，那……你就耐心地等吧……」說罷分花拂柳，疾步行去。

羅克敵使勁一拍腦門，懊惱地道：「小六說女孩子家喜歡說反話來著，她說沒有得罪，那我就是真的得罪她了。唉，怎麼這般笨口拙舌，從小只知舞槍弄棒，哪懂得哄女孩子家開心？早知會有今日，我當初該跟三哥好好學點風月本事才對……」

他一邊自怨自艾，一邊追著丁玉落去了。

雅公主甫一離開羅克敵視線，眼淚就像掉了線的珍珠，撲簌簌地滾落下來。這時前面突地出現一人，雅公主閃避不及，淚眼迷離中見那人是自己堂兄，德王耶律三明長子，皇宮八大指揮使之一的耶律楚狂，連忙微微垂目，恐他笑話自己。

「哎呀呀，這是哪個吃了熊心豹膽，欺負了我家雅兒啊？」

她臉上的淚光終究沒有避開耶律楚狂的眼睛，耶律雅微微止步，哽聲見禮：「楚狂將軍。」

「嗳，叫堂兄就好，什麼將不將軍的，雅兒，這是怎麼了？誰欺負了妳？」耶律三明笑咪咪地走近過來，向遠遠正在走開的羅克敵瞟了一眼，呶嘴道：「是為了那個南蠻子嗎？」

「堂兄，羅將軍與你同殿稱臣，分屬同僚，如此相稱，恐不妥當……」

「嘖嘖嘖，這時候還護著他？雅兒啊，堂兄真不知該說妳什麼好。」

耶律楚狂笑吟吟地道：「我知道，那南蠻……羅指揮呢，通文墨、精武藝，雖然一蓬大鬍子亂糟糟的，其實眉眼很是英俊，要是剃光了，肯定是個讓女孩子家喜歡的小白臉。如今，他又受今上寵信，前程似錦啊。這才多久，就已官至都指揮使，將來有機會放出去打上幾仗，立幾場大功回來，那還得了？說起來嘛，跟咱們家雅兒也算勉強匹配了……」

耶律雅頰上一熱，嗔道：「堂兄莫要亂講，雅兒和羅將軍之間什麼事都沒有。」

耶律楚狂嘿嘿一笑，說道：「雅兒，在自己大哥面前，還用得著掩飾什麼？妳對羅將軍的心意，皇宮上下誰還看不出來？」

他咂了一下嘴，說道：「不過……看這情形，羅將軍似乎無意做咱們契丹的駙馬呀。」

耶律雅臉色頓時一黯，耶律三明嘿嘿笑道：「不過……如果雅兒真有心想下嫁羅指揮的話，也未必沒有辦法，堂兄教妳個法子，包妳如意……」

耶律雅眼神一亮，脫口問道：「堂兄，你有什麼辦法？」

耶律楚狂為難地道：「不過……這個……法子……」

耶律雅擦擦眼淚，拉住他衣袖跺腳道：「哎呀，堂兄，你快說嘛。」

耶律楚狂鬼鬼祟祟地四下看看，附耳對耶律雅低語一番，耶律雅聽了，臉騰地一下就紅了，沒好氣地道：「堂兄這算什麼爛主意？雅兒堂堂一國公主，豈能……豈能這般下作？」

耶律楚狂翻了個白眼，不以為然地道：「不下套子，怎麼抓得住天上的雄鷹？不下夾子，怎麼捕得了兇狠的草原狼？不管用什麼法子，總要先下餌料啊。我看羅指揮已經被那位白衣姑娘迷住了，機會稍縱即逝，妳要是再猶豫不決，到手的獵物就要飛走嘍。只要能得到自己喜愛的男人，用些手段有什麼關係？雅兒，切勿自誤喔……」

耶律楚狂微微一笑，從若有所思的耶律雅身旁施施然走過：「要是想清楚了，妳就來找堂兄……」

耶律楚狂洋洋得意，走出不多遠，就見父親站在自己面前，把他嚇了一跳，連忙站住：「父親大人，您……不是正在飲宴嗎？已經結束了？」

耶律三明沉著臉嗯了一聲，問道：「跟雅公主說什麼呢？」

耶律楚狂咧嘴一笑，把自己方才所言說了一遍，耶律三明蹙眉道：「你怎麼給她出這種主意？整日不務正業。」

耶律楚狂急著辯解道：「父親大人，兒子怎麼不誤正業？這還不是為了父親大人的大業著想？」

耶律三明鬍鬚翹了起來，怒道：「這種事情和爹的大業有個屁的關係？你……

唔……我明白了……」

耶律三明目光閃爍，忽地若有所悟。耶律楚狂眼中露出陰鷙的神色：「父親大人，如今慶王在外扯旗造反，正好為我所用，機會難得呀，可是娘娘軟硬不吃，如今她大力提拔羅克敵、童羽、王鐵牛，擺明了對宮衛也不放心，想要安插自己人進去。如果咱們用手段把這三個人也掌握在手，你說……會不會成為壓垮駱駝的最後那根稻草？」

耶律三明捋鬚略一沉吟，說道：「你還不算太蠢。不過，你這步棋，只可做為閒棋，能不能派上大用場，不可抱太大的希望。陰謀詭計只是小道，不足為恃。要想讓強者屈服，必須要掌握能讓她低頭的力量，強大的實力，才是必勝的保證。」

他嘴角一撇，冷冷笑道：「今日設宴款待一個宋國使者，用得著北府宰相、南院樞密使一同出席嗎？她不過是想用這兩位大人對她的支持，向你爹施壓罷了。你去忙你的，如果雅公主不為所動，你不可再生事端。今晚，爹再去見見蕭展飛那個老狐狸，如果能爭取到蕭家人的全力支持，那時……娘娘還有何可恃？」

* * *

酒宴上，北府宰相室昉和南院樞密使郭襲兩位重量級人物勸酒殷勤，對國書中所言，少不了也要議論幾句，三人在蕭后面前脣槍舌箭一番，耶律三明意不在此，卻是早早地藉口身體不適退場了。

室昉酒勸得殷勤，說出來的話卻也如酒之烈：「楊大人，貴國皇帝的國書，本相亦已看過。漢國自立國之初，便向我契丹稱臣，年年納貢、歲歲來朝，以契丹屬國自居。如今貴國意欲攻打漢國，如果我契丹袖手旁觀，國中諸部會怎麼看？四方藩國會怎麼看？如果易地而處，換了你楊大人，會答應這樣無理的要求嗎？」

楊浩咳嗽一聲，板起面孔道：「大人此言差矣，如果貴國的乙室部落脫離契丹，向我宋國稱臣，年年納貢，歲歲來朝，那麼皇后興兵討伐時，我們宋國是不是也要理直氣壯地出兵援助呢？」

南院樞密使郭襲道：「楊大人這話從何說起？契丹八部本為一體，如果乙室部果然脫離我朝向貴國稱臣，那是叛國之舉，朝廷興兵討伐天經地義……」

楊浩拱手道：「郭大人說的有理，我宋國與漢國原本也是一體，後來雖一分為二，卻俱是漢人天下……」

蕭綽聽到這裡，嫣然插口道：「漢國劉氏，乃沙陀族人，什麼時候成了漢人？朕怎麼不知道？」

楊浩臉上一紅，心中暗罵：「你說你沙陀人跟什麼時髦，起什麼漢姓？害得我常常忘了你本來的出身。」

但他臉上卻是不動聲色，大言不慚地道：「今日之契丹，是匈奴、鮮卑融合而成。

皇后如今會將契丹八部分得那麼清嗎？漢國與宋國皆為漢土，且原本乃是一國，此乃不爭之事實。如今我宋國皇帝欲彌合國土，上合天理、下順民心，有何不妥呢？

「如今的漢國風雨飄零，搖搖欲墜，是一塊敷不上牆的泥，皇后何必為了這樣的漢國與我宋國為敵呢？皇后一國至尊，高屋建瓴，當能看清其中利弊得失。是否援漢，對契丹來說並不重要，契丹如要傲視諸國，只須契丹八部團結一心，同進同退，試問誰敢輕侮？如今慶王在外，蠱惑人心，對朝廷來說，這才是最大的禍患。如果皇后能夠答應袖手不理漢國之事，那麼我朝投桃報李，對貴國平叛一事必也給予最大的支持和幫助，這不是合則兩利嗎？」

冬兒在一旁看著自己的夫君在皇后面前侃侃而談，態度從容，眸中不禁露出傾慕歡喜之色，可憐蕭后的底線早已透過冬兒之口讓楊浩知道了，眼見楊浩寸步不讓、也不肯多做承諾，兩位大臣哪曉得自家的底牌早被人家掀開看了，還以為趙匡胤此番伐漢，已經把契丹出兵的可能考慮在內，室昉和郭襲暗嘆一聲，互相報以無奈的一瞥：「看來，從宋人口中是掏不出更多的好處了。」

蕭綽見兩位重臣也是鎩羽而歸，便絕口不再提及此事，賓主就此只論兩國風土人情，談笑盡歡，然後使羅冬兒將楊浩送出內城。

到了內城邊上，楊浩回身施禮：「羅尚官留步。」

羅冬兒止步，淺淺施禮：「楊大人慢行。」然後，放低了聲音，小聲道：「今晚，可去我那裡。」

楊浩登時大喜，機警地一掃站在冬兒身後不遠處的幾名紅衣女兵，喜動顏色地小聲道：「娘子，今晚得空了？天可憐見啊，自重見娘子，為夫仍是夜夜空床……」

羅冬兒臉色微暈，輕嗔道：「說什麼呢，羅四哥他們都去，一起商量事情。」

楊浩一聽，嗒然若喪：「喔……」提高嗓門又道：「承蒙款待，感激不勝。請羅尚官回覆娘娘，再致謝意。」

羅冬兒見他垂頭喪氣，神氣怏怏，心中不由一軟，一邊假意再致送詞，一邊兩腮發燙地小聲道：「不過……待……待四哥他們離去……」

楊浩一聽，一下子又來了精神，忙高聲笑道：「有禮有禮，留步留步。」然後一轉身，像一隻花冠大公雞般昂首挺胸地去了。

*　　*　　*

羅冬兒住處，閒雜人等早已支開，楊浩、羅克敵、彎刀小六、鐵牛幾人乍一相逢激動萬分，幾兄弟抱在一起又哭又叫，七嘴八舌，各自詢問不停，羅冬兒一旁含笑看著，不時輕輕拭去腮邊淚水。

過了好久，幾人心情才平靜下來，圍攏一桌坐下，商議逃離之策。

羅克敵道：「這些時日，我們無時無刻不想著逃回去，也費盡心思弄到了南返的地圖，從如今情形看，如果強行逃離，十分不易，這一路上險關重重，俱有重兵，我們只消離開上京，消息就會先行傳報下去，漫說只有我們幾個人，就算是跟我們一支大軍，想要衝關也不容易。契丹對宋國方向駐紮的軍隊一向是最多的，慶王西逃，也是因為他們的重心不在那裡，才有喘息餘地。」

楊浩點頭道：「這一路行來，我用心觀察，如果憑我們幾個人就能過五關斬六將，硬生生殺回宋國，那的確是天方夜譚……」

「浩哥哥，什麼是天方夜譚？」

「別打岔，我這正……哦，冬兒啊，等有機會，我單獨、仔細說給妳聽。」

羅克敵幾人互相抱以一個曖昧的眼神，彎刀小六一臉麻子都笑開了花，促狹地道：「大哥，今晚就可以。」

他這一說，冬兒立即紅了臉，卻幸福甜蜜地瞟了楊浩一眼，默不作聲。楊浩也是臉上一熱，咳嗽一聲道：「說正事，說正事。強行闖關，是行不通的。那就只有偷渡了，我的計畫，是利用我的宋國欽使身分，把冬兒偷偷帶走。當時，我還不知道你們在契丹，如果契丹朝廷不知道我和冬兒的關係，他們突然丟了個人，也未必就疑心到我頭上。做為使節，我的車駕儀仗，他們是無權檢查的，我要帶她離開，倒也容易。可如今卻有些為難，你們四個人如果一下子全部失蹤，恐怕蕭后那隻母老虎要發了瘋，就算這車駕中坐的是趙官家，她也要搜上一搜了。」

冬兒默默地坐在一旁，忽閃著一對大眼睛靜靜地聽著他們說話，這時忽然插嘴道：「浩哥哥，如果……咱們直接對娘娘言明如何？娘娘對我很好，說不定……她會成人之美。」

羅克敵嘆了口氣道：「如果，冬兒妳只是宮中一個侍婢，我和小六、鐵牛，都是妳府上的奴隸，那麼蕭后的確有可能賣這個好，把妳我交予楊兄。可是，如今妳是誰？六宮尚官。我們是誰？宮衛軍都指揮、指揮。

「當初拚命做這官，本來是想掌握更多逃離的本錢，如今反成了負累，蕭后會把一位女官、三位將軍交出來？這事一旦傳開，皇后重用的人竟然是……她能容忍嗎？如果我們不肯向她效忠，那她唯一的選擇，就是狠下心來，把我們全部除掉。」

冬兒聽了默然不語，她知道，蕭后雖然對自己情同姐妹，可是……如果自己的存在成為動搖她統治的障礙，她未必不會把自己殺掉。她像一隻溫柔的貓，利爪是藏起來的，但當需要的時候，她會變成一頭猛虎，她和自己是完全不同的兩種人。

鐵牛忽然一拍桌子，惡聲道：「一不做，二不休，咱們把皇后給綁架了吧，奶奶的，擄人這差使，許她做，不許咱們做？咱們綁了她，以皇后為人質，一路逃回宋國去，誰敢阻攔？」

「我敢！」羅克敵瞪他一眼：「不動腦子。劫掠契丹皇后，咱們逃回去了，契丹的大軍也不顧一切地追上來了，兩國一場大戰，再也不可避免，就算把她放回去也無法平息。何況，如今契丹是個什麼情形？蕭后在位上，她是皇帝一般的存在，一旦她落到咱們手中，多少權貴會盼著她死，我們會給蕭后陪葬，一個也別想離開上京城。」

鐵牛一聽，一屁股坐回去不說話了。

小六煩惱地道：「軟也不成，硬也不成，難道我們就在這兒待一輩子？」

他看看眾人，忽道：「其實……如果大哥也來，在這待一輩子倒也不錯。可是以大哥的身分，是絕不可能留在這兒的。羅四哥的父母雙親都在宋國，也是一定要趕回去的，只是這離開的法子……」

楊浩沉吟良久，緩緩說道：「我看，只有我原本的計議還靠點譜，不過還須再做變通。不如這樣，到時候我先起行，留四名侍衛潛伏於上京。你們四人隨後逃離，暫且匿地隱蹤。契丹北地，多為游徙部落，又兼上京附近商賈往來，找個地方暫且隱藏想來不難。

「我那四名侍衛扮作你們的模樣另擇道路離開，如今京中情勢詭譎，你們做為她最為重用的人突然失蹤，蕭后一時半晌未必猜到你們是逃走了，她的第一反應必是有人要對她下手，勢必做出應對，待她騰出手來查找你們的下落，這就已經一段時間了。

「之後，我那四名侍衛招搖南逃的消息當可傳入她的耳中，她必派人追查。我的親信侍衛俱精契丹語，任務完成可以扮成普通牧人，遁跡民間，再無可尋。這樣一來，她的線索也就中斷了。」

羅克敵截口道：「這個辦法行不通，她不會不疑心你，也不會不搜查你。」

楊浩微微一笑：「不錯，只是，我們一直想的是怎麼逃回南面，如何一起逃回南面，為什麼不換一個思路？你們根本不往南逃，我那四名侍衛完成任務後不來尋我，反而返回，與你們約定一個地方會合，八人一齊往西北去，你們從那裡繞回來，無論她怎麼查我，都不會有問題的。你們循草原西行，既無必行的關隘，人煙又稀少，逃離的希望會大增。只是……」

他望向冬兒，低聲道：「只是終究不能親自帶著妳離開，我實在有些放心不下妳。」

「浩哥哥，我沒事的。」冬兒臉頰緋紅，握緊雙拳道：「這兩年來，冬兒勤練騎射，再加上有駿馬在手，不會輕易被人捉到，浩哥哥不用為我擔心。」

楊浩道：「嗯，我之所以這樣決定，是覺得這樣成功的可能實也不低，這樣丟臉地丟了自己的心腹人手，蕭后就算怒火萬丈，也不會大張旗鼓地捕人的，何況，在她孤立無援的時候，身邊最為倚重的幾個人紛紛叛逃，蕭后一定會抓狂，思慮還能否如此清晰周詳，很難講。」

冬兒忍不住又道：「什麼叫抓狂？」

羅克敵拍案而起道：「就這麼辦了，能否成事，盡人力聽天命而已。至於什麼叫抓狂……」

他瞟了二人一眼，似笑非笑地道：「一會兒，讓他單獨、仔細地說給妳聽吧。」

這樣一說，羅冬兒又是臊得臉蛋通紅，猶如一朵石榴花開。

送走了羅克敵、彎刀小六和鐵牛，兩人立在廊下，羅冬兒偷偷瞟他一眼，含羞低頭，拈著衣角靦腆不已，全沒了人前的大方模樣。

楊浩牽起她的手，輕嘆道：「真是不容易啊，我自己的娘子，還要費盡如此周折，才能與妳親近，倒像是偷人一般。」

冬兒輕輕打他一下，嬌嗔道：「什麼偷人？說的這般難聽。」

楊浩嘿嘿笑道：「偷香竊玉，其實滋味倒也不錯，妳有沒有覺得？」

冬兒心如擂鼓，面紅耳赤，羞答答地道：「人家……人家不知道，官人說不錯，那就是不錯了。」

「這才是我的好娘子。」楊浩笑著，忽然一彎腰，將她打橫抱了起來，冬兒哎呀一聲，趕緊環住了他的脖子：「浩哥哥，你做什麼？」

「抱我的娘子入洞房啊。」楊浩微笑著踏進門去，用腳把門輕輕掩上，冬兒躺在他懷裡，痴痴地看著他，忽然吁了口氣，將紅紅的臉蛋偎進了他的懷中。

繞過屏風，往臥室一看，楊浩不由呆住。桌上燃著小兒手臂般粗的一對紅燭，繡床上帷幄低垂，臥几上美酒一壺，獸香裊裊，一室溫馨。為了今夜，冬兒顯然也是早已做了精心的準備。

楊浩忍不住輕嘆道：「娘子，今晚，是妳我最像樣的一次洞房。」

「傻瓜！」懷中的可人兒嗤的一聲笑，一雙玉臂摟得更緊了些，暱聲道：「人家早把身子都給了你，哪裡還來的洞房？」

「自己的老婆都要用偷的，哪還不快活如同洞房呢？」

冬兒輕輕張開眼睛，柔軟的小手輕輕撫摸著他的臉頰、鼻子、嘴脣，歉疚地道：「委屈了浩哥哥，官人若是喜歡用偷的，那冬兒就給你偷，給你偷一輩子……」

楊浩聽著情話，心神蕩漾，偏偏這時好奇寶寶又想起了一個問題，忙又問道：「對了，浩哥哥，什麼叫抓狂？」

楊浩呼吸粗重地答道：「過一會兒，妳就知道什麼是抓狂了……」

三百八四　設計

楊浩分開緋羅帷幄，將冬兒輕盈的嬌軀放在床上，替她寬了外衣，就像一個初嘗洞房滋味的男人，激動地脫去自己的衣衫。

冬兒紅著臉拉住了他的手，嬌聲道：「浩哥哥，吹熄了蠟燭。」

楊浩道：「吹什麼蠟燭嘛，燈光亮著才得趣。」

「好官人，吹熄了燈嘛，燈亮著，人家臊得慌……」

美人軟語央求，楊浩不免心軟，只好不情不願地往回走，一邊走一邊嘟囔：「既然要熄燈，還點一對大蠟燭做什麼？」

冬兒「咭」一聲笑：「這樣，官人不覺得有情趣嗎？」

「我家冬兒在契丹朝堂上熬煉了兩年，果然長了見識，閨房之中也敢說些情趣話了。」楊浩頭一回見識到冬兒的另外一面，不禁又驚又喜，回頭望去，只見冬兒此時斜斜倚在繡著鴛鴦戲水的錦榻上，猶如一尊臥玉美人。

一手支著下巴，鵝黃色的薄紗袖管稍稍褪下，露出一雙白玉削成似的細嫩手臂，羅衫單薄，肩臂纖細，線條潤致如水，絲毫不見骨感。窄袖短襦、尖領微敞，露出胸口雪白誘人的一抹溝壑，優雅含蓄中透出無限嫵媚。

燈光下，美人蛾眉淡淡，一雙眼睛明媚如春水，紅潤而嬌小的檀口帶著一抹羞意，見他回望，冬兒羞澀地將一隻秀氣的玉足縮回裙下，姿態無聲，無比撩人。楊浩心中一蕩，一口吹熄了蠟燭，無限美好的一榻春光藏進了夜色當中，卻也深深地映入了他的腦海。

粉汗溼羅衫，為雨為雲情事忙。兩隻腳兒肩上擱，難當。顰蹙春山入醉鄉。

忒殺太顛狂，口口聲聲叫我郎，舌送丁香嬌欲滴，初嘗。非蜜非糖滋味長。

兩年的塞外生涯，不只鍛鍊了她的意志、增長了她的見識，而且時常跟隨蕭綽狩獵演武、騎馬射箭，使得她的腰身更加柔韌有力，雙腿更加結實渾圓，可是比起酒色財氣呂洞賓的開山大弟子來，可憐的小冬兒當然不是對手。

如初綻筍尖般的傲乳粉瑩瑩、顫巍巍，含珠帶露，酥酥潤潤，被楊浩掌握於手中，揉拈出一聲聲似水若夢的嬌吟。呻吟聲若有若無，細若簫管，哪怕再是銷魂，天生的羞澀終究不能盡去，冬兒依舊不敢高聲。

一雙修長結實的大腿緊緊地夾住自己的郎君，一雙小手卻蜷在胸前，似有還無地推著他結實的胸膛，抗拒著他一波接一波毫不疲倦的攻擊，也抗拒著自己心中一波接一波海潮般襲來的快感，以免尖叫出聲，被夫君看作放蕩。

兩年相思，一腔情苦，都化作了今夜的恩愛纏綿，浪潮來了又退，退了又來，直到冬兒香汗淋漓，體軟似酥，氣若游絲，星眸一線，再承受不得一星半點的伐撻，楊浩才不再克制，與自己的愛妻在顫慄中同至極樂巔峰，然後撫著她軟綿綿的身子娓娓敘起情話……

「丁承業作惡多端，終於在江南遭到報應。只是……我沒想到此番來到塞北，仍然會聽到他的消息，他竟是雁九李代桃僵的親生兒子。丁承業壞事做絕，這輩子做的唯一一件好事，就是把妳的消息告訴了我，要不然夫君還不曉得妳仍然活著，正在上京城日夜期盼著與我相會……」

楊浩憐惜地在她柔軟的脣上輕輕一吻：「我的小冬兒，這兩年我沒在妳身邊，沒有人欺負妳吧？」

冬兒低聲道：「賴得娘娘賞識，將我收在身邊，誰還敢欺負我呢？只有你，大壞蛋，欺負得人家好像死了一般難過……」

楊浩笑了：「難過嗎？快不快活？」

冬兒幸福地抱緊了他的身子，甜蜜地道：「又快活，又難過。可是冬兒願意被官人欺負，欺負一輩子……」

兩人擁在一起，又纏綿親熱了一陣，楊浩撫摸著她圓潤的肩頭，柔聲道：「我聽說妳得蕭后賞識，官居六宮尚官時，也料想沒有人敢欺負妳，可是契丹權貴們就沒人打妳主意嗎？」

冬兒偎在他懷裡，低聲道：「有呀，有一個，契丹的大惕隱耶律休哥。」

「什麼？我家冬兒如此美麗，就只有一個人看上妳了嗎？」

冬兒輕輕打了他一下，嬌嗔道：「你還嫌少呀？唉，就因為有他在，不知幫我嚇退了多少契丹權貴。他是大惕隱，皇族司法，位高權重，沒人敢與他爭嘛。置身於此，一個不慎，就不知會落個什麼下場，奴家雖對他不假詞色，卻也沒有太過得罪他，因為有他在，我便不知少了多少麻煩。休哥雖是個契丹人，卻也是個光明磊落的君子，不肯對我相強，只盼我回心轉意，若非如此，就算娘娘對我再好，為了籠絡這位手握重兵的大將軍，也會強迫我嫁給他的……」

楊浩抱緊了她，歉疚地道：「冬兒置身在這虎狼窩中，為了保住自己，與他們虛與委蛇，真是費盡了心思，幸好天從人願……」

他剛說到這兒，冬兒嬌軀忽地一顫，驚呼道：「哎呀，不好！」

楊浩忙問道：「怎麼？」

冬兒緊張地抓住了他的手：「浩哥哥，休哥大人快回京了。」

「那又怎樣？」

冬兒急急地道：「這裡的人雖然都不知道宋使楊浩就是奴家的夫君丁浩，可是……當日耶律休哥大人一路追殺，卻被你把數萬百姓成功帶過逐浪橋，令他空手而歸，此事一直被他引為奇恥大辱，他曾繪就你的畫像，把你列為對手。

「雖然他瞞著我，可是有一次他來不及藏起，這幅畫像還是被我看到了，只是以我的身分，只能佯作不知罷了。他當初雖距你甚遠，所繪畫像並不十分相似，卻也有七、八分神似，我擔心旁人認不出你，他對你耿耿於懷，卻未必不會認出你的模樣，萬一……」

楊浩聽了也不禁微微色變，他摸摸自己臉頰，遲疑說道：「我當時的模樣與現在大有不同……不過……確是不可不防，如果一時大意，栽在這件事上，那就悔之晚矣。蕭后什麼時候會簽署國書？我看還是盡快拿到國書，搶在耶律休哥趕回上京之前離開為妥。」

冬兒道：「就在這兩日吧……娘娘如今內憂外患，也是無心與宋國再生事端的，只是……她得給自己設個臺階下，要不然朝中一些有異心的臣子難免會以此事攻訐……」

說到這兒，冬兒幽幽一嘆道：「人人都盯著這個皇位，可我看娘娘高高在上，卻並不快活。娘娘是位真正的女中豪傑，睿智英明，不讓鬚眉，可惜偏偏是個女兒身，要不然，一定會成為一代明君。」

楊浩淡淡一笑，若有所思地撫摸著她的秀髮，低聲道：「就算她是女人，只要沒有太多的變化，她一樣會成為一代明君。將來的人們，也許記不起這一朝的皇帝是誰，卻一定會記得她。」

冬兒道：「官人也看出娘娘了得了？娘娘雖比奴家歲數還小些，卻是天下少有的奇女子，殺伐決斷，常人難及。慶王謀反，兵困上京時，她上朝理政、下朝掌軍，徹夜巡城，衣不解甲。

「她巡視街坊，偶然看到一個小孩子因為缺醫少藥而病死，也會黯然淚下。可是偶見一人在街頭說皇上已經駕崩，哪怕他只是一個無聊閒漢，並無歹意，只是隨口吹噓，娘娘也會毫不猶豫地下令屠他滿門，就連襁褓中的嬰兒、年逾八旬的老婦都不放過。

「娘娘對身邊的人很寬厚，曾經有個新入宮的內侍不小心打碎了她心愛的一隻玉鐲，她也不生氣，只是叫人把他拖下去打了幾板子了事，可是有一晚，兩個侍候皇上的宮人因為過於疲憊倚在榻邊睡著了，被娘娘看見登時勃然大怒，任憑她們頭都叩出了血，娘娘還是下令把她們活活打殺，毫不手軟……對娘娘，宮裡的人都是又敬又畏，又愛又怕……」

楊浩道：「這才應該是蕭太后……」

「什麼？」

「我說……這才是真正的蕭皇后，高高在上、曠世無雙的一位『女皇』，她根本不在意旁人怎麼看她，她所做的一切，都是有的放矢，而非喜怒無常、率性而為。她的確很厲害，只希望，我們能成功地從她掌心逃脫出去，否則後果不堪設想……」

＊　＊　＊

楊浩發現羅克敵近來對自己的妹妹表現出了異乎尋常的熱情，這個表面冷酷的羅大將軍一旦陷入情網，就像一個毛頭小子一般毛躁。

妹妹早年許配了夫家，如果不是因為命薄早死，現在的玉落早已成親，她的孩子都該會打醬油了。妹妹雖然看著面容偏嫩，實已過了雙十年華，這個年齡的女孩還不成親，在這個時代絕對是個敗犬了。

妹妹已經不小了，青春還能蹉跎多久？這個時代女孩子家沒有自己找婆家的道理，自己這個做兄長的當然該為她操操心。羅克敵年輕有為，一表人才，對妹妹又是一往情深，如果能與他結為良配，對妹妹來說，未嘗不是一生的幸福。

可是自己這一番回去，是要回蘆嶺州的，一旦回到蘆嶺州自起爐灶，縱然無心與宋廷對抗，彼此的關係恐怕也要十分尷尬，羅克敵官宦世家，一門上下都在朝廷，如果和自己的妹妹攀上親事，很難說朝廷對羅家會不會有所猜忌。羅家可不比麟州楊家，楊業扶保漢國，麟州楊家是一方藩鎮，朝廷一時還干預不到，若換了羅家，羅公明會答應嗎？恐怕連冬兒這個姪女都不敢相認。

思來想去，楊浩還是把自己的顧慮說給玉落聽了，要她早做抉擇。丁玉落芳齡漸長，在羅克敵的熱情追求下，漸漸對他也有了情愫，卻把這一層關係忘在了腦後，楊浩開誠布公地與她一談，丁玉落方才恍然大悟。如何抉擇，委實難下，丁玉落漸漸心事重重起來。

羅克敵確信自己愛上了丁玉落。

他原本相信一見如故，卻並不相信一見鍾情那麼荒唐的事，現在他相信了，原來緣分是如此奇妙，當你對一個人有了好感，你會很快地把她裝在心裡，裝得滿滿的。他感覺得出，玉落對他也有了情意，可是誰知才幾天工夫，她突然變得落落寡歡起來，對自己也變得若即若離了。

羅克敵想不出自己哪裡惹得她不開心了，只好陪著小心，時常邀她出來一同遊玩，只希望能弄明白她的心思，可是以他這情場菜鳥的本事，又哪裡猜得到玉落的心事，直把個羅大將軍愁得寢食難安。

當然，羅克敵更沒有想到，自己與玉落出雙入對，卻落到一雙時常懷著妒恨追隨著他們的眼睛，那雙眼睛的主人，這些時日來何嘗不是寢食難安。

耶律楚狂的胃口卻好得很，他敞著懷，大馬金刀地坐在門廊下的毛氈上，身前一個泥爐，爐上白銅盆中羊肉翻滾，散發出陣陣肉香。耶律楚狂一手抓著酒罈子大口喝酒，一手使刀叉出肉來嚼得滿嘴流油。

院中，兩個摔跤手正在角力，耶律楚狂一面喝酒，一面拿刀指指點點，對二人的功夫笑罵不已。

忽然，一個摔跤手一招失誤，被對手重重地摜在地上，圍觀的家僕家將們頓時轟笑起來，耶律楚狂扔下酒罈，把刀往肉上一插，用掌背一抹嘴上的油漬，站起來大剌剌地道：「真是蠢物，閃開、閃開，看你爺爺的本事。」

耶律楚狂張開雙手，矮了矮身子，便向那個摔跤手逼去。耶律楚狂的功夫果然不賴，踢、絆、纏、挑、勾，十多個技巧、一百多種變化使得出神入化，才只十幾個回合，他便發一聲喊，一把抓住了那人的衣帶，依樣畫葫蘆，把那人也重重地摔在了地上。

「大人好本事！好本事……」家將奴僕齊聲歡呼，耶律楚狂咧開大嘴笑了起來。

「啊，公主殿下，公主殿下來了。」

兩個家僕偶一回頭，忽地瞧見雅公主站在一旁，連忙趴伏於地行大禮。耶律楚狂聽到聲音，回頭一看，忙把頭髮向肩後一拂，推開幾名家將，迎上去道：「雅公主，妳怎麼來了？」

耶律雅捲著衣角，期期艾艾地小聲道：「堂兄，你……你上回說的那件東西，現在……現在手中有嗎？」

「嗯？」耶律楚狂先是一呆，繼而一拍額頭，哈哈大笑道：「有有有，當然有，呃……」

他四下一看，急忙一拉耶律雅，走到一處僻靜處，自懷裡寶貝似地摸出一包東西，笑咪咪地道：「這東西可是堂兄花了大價錢買來的，只需佐酒服下，當有奇效。」

耶律雅一把搶在手中，漲紅著臉道：「堂兄……你……你可不許……」

耶律楚狂瞭然，忙拍著胸脯道：「妳只管放心，堂兄絕不會對旁人吐露隻言片語。」

耶律雅點了點頭，忽地把牙一咬，轉身就走，耶律楚狂呆了一呆，喚道：「噯，妳給堂兄留一點呀，妳又用不了這許多，那東西很貴的……」

看著耶律雅已走得人影不見，耶律楚狂嘴角露出一絲得意的笑，他招手喚過一個心腹家奴，對他低低耳語幾句，那家奴聽了連連點頭而去……

＊　＊　＊

一雙瑩白如玉的手，穩穩地握著一尊方方正正、螭龍為紐的大印。

遲疑半晌，這雙手的主人才深深吸了一口氣，將璽印提了起來。

國書上印下了八個鮮紅的大字：「昊天之命皇帝壽昌」。

這枚國璽來自晉國。昔日，契丹太宗皇帝提兵南下，滅晉國，得其國璽，從此奉為契丹的傳國玉璽。

晉之餘孽衍生了漢國，漢之一支誕生了周國，而周又易幟變成了宋，如今，她，高貴的契丹皇后，卻不得不屈服於宋主的威脅，放棄自己所庇佑的藩國，任由宋國去滅了它。遙想昔日威風，蕭綽心中怎不暗恨。

但是從她俏美的臉上，卻看不出絲毫的情緒波動，她收好玉璽，淡淡地道：「冬兒，把國書收好，明日……再交付宋使。」

「是。」

冬兒見官人日夜期盼的國書終於寫就，心中十分歡喜，忙小心地將它收入匣內。

蕭綽嘆了口氣，長身而起。不管多少委屈、多少屈辱，她現在只能忍耐，再忍耐，一切，都得待她穩定了國內再說。她輕輕一展袍袖，又道：「今晚，朕要宴請室昉、郭襲兩位大人，妳去安排一下。」

「是。」

冬兒遲疑了一下，又問：「今晚宴後，娘娘可要去冬兒住處嗎？如果娘娘要去，冬兒可先預備醒酒湯，以備娘娘之用。」

蕭綽猶豫了一下，擺手道：「罷了，今夜就不過去了，妳去準備飲宴吧。」

冬兒答應一聲退了出去，到了院中站定，冬兒左右看看，隨手喚過一名女兵：「脫兒果果，娘娘今晚要宴請兩位朝中重臣。妳去，讓羅大人今晚多調兩都兵馬來，以備護送大人回府之用。還有，就說我說的，叫羅將軍注意身體，少喝點酒。」

「是！」

那個頗具幾分姿色的女兵雙眼彎成了月牙。契丹人少有不飲酒的，不但男人嗜飲，女人也嗜飲，羅指揮那樣位高權重的大將軍，卻連喝酒也要被堂妹約束，怎不令她們感到好笑？

冬兒是她們的直接上司，如今的宮衛軍都指揮使羅克敵是羅尚官的四哥，她們同樣很熟悉。對這位午門救駕，一槍迫退慶王的羅大將軍，許多崇尚英雄的女兵都對他心生愛慕，還曾有過夜間休息時，一名女兵在夢中深情呼喚羅指揮的笑話來。不過人人都知道雅公主喜歡羅指揮，她們可不敢染指雅公主的禁臠，儘管如此，有機會接近自己心儀的英雄，仍是一件求之不得的事，脫兒果果興沖沖地便去傳令了。

脫兒果果按著腰刀，甩開長腿到了羅克敵的住處，羅克敵正巧站在廊下，手中托著一只酒罈子，脫兒果果看了不禁抿嘴一笑：「難怪羅尚官特意吩咐呢，羅將軍當真好酒。」

羅克敵愁眉不展地舉著酒罈子正要走進廳去，一見來了位宮中女兵，便立住腳步問道：「什麼事？」

脫兒果果撫胸施禮，大聲說道：「啟稟將軍，皇后娘娘今晚在宮中設宴，宴請朝廷重臣，羅尚官請將軍大人今晚多調兩都士兵，以備宴後護送朝臣返回府邸。」

羅克敵道：「知道了。」

他轉身欲走，脫兒果果又道：「羅尚官還說，請將軍大人愛惜身體，莫要飲酒過度。」

「哦？」羅克敵聽了微微一頓，眸中閃過一抹古怪的笑意，應聲：「知道了，妳回覆尚官大人，就說本將軍從命便是，哈哈哈……」

原來，冬兒的吩咐另有玄機，那最後一句囑咐，是楊浩和堂兄約定的暗號，只要聽到這一句，就是今夜平安無事，楊浩可以過去她的府中。冬兒生性靦腆，雖然也想與朝思暮想的郎君夜夜廝守，可是哪怕明知皇后今夜不會去她那裡，她也羞於說出這個暗號，這還是頭一回用。羅克敵只道堂妹思念夫君了，卻不知是因為今日蕭后已簽署了國書，冬兒急著第一時間把消息告訴他。

「唉，人家兩夫妻就恩恩愛愛，我長這麼大好不容易喜歡了一個女子，前兩天還好好的，怎麼突然就對我不冷不熱了呢？」

羅克敵把那罈酒放在桌上，無奈地搖了搖頭。

這罈酒是雅公主送來的。雅公主對他忽軟忽硬，喜怒無常，其實還不是因為放不下他，羅克敵心中清楚。可是他知道生也罷，死也罷，都要離了上京城，和雅公主不可能有結果的，又怎會對她假以詞色。再者，喜歡就是喜歡，不喜歡就是不喜歡，感情事也實在勉強不來。只是她好意送酒，又不能推卻，這太傷了她的面子。

想想堂妹與楊浩的恩愛，再看看自己的情場糾葛，羅克敵忽地心中一動：「玉落是楊浩的妹子，她有什麼心事，說不定楊浩知道，我何不向他討教討教？」

與故國人物交往，本來是該避嫌的事，不過旬日間就要離此而去，為了自己的心上人，羅克敵也顧及不了許多了，羅克敵一拍額頭，便喚過管家道：「你去禮賓院，請宋國使節楊浩大人過府，本將軍久離故土，想請楊大人赴宴，問問家鄉風物。」

那家奴是個契丹人，叫鈕祿割，一聽羅克敵吩咐，忙答應一聲，羅克敵又道：「對了，準備一桌齊整些的酒菜，喏，把這罈御酒搬到席上備用。」

鈕祿割稱諾，捧著酒罈子畢恭畢敬地退了出去。

三百八五　酒是短橈歌（哥）是槳

楊浩得到邀請，滿腹納罕地來到羅克敵府上，羅克敵在門外相迎，一見他便含笑長揖道：「楊使者，今日冒昧邀請，承蒙賞光，羅某感激之至，來來來，大人裡邊請。」

楊浩見他身邊站著幾個頭頂光光、四周結辮的契丹家奴，也只好裝作初次相識一般微笑還禮道：「羅將軍客氣了，不知將軍今日相邀本官，所為何事？」

羅克敵道：「羅某本中原人，離別家鄉久矣，今楊大人自故鄉來，羅某思念故土故人，特置薄酒與大人飲宴，詢問一番家鄉風物，別無他圖，呵呵，大人儘管放心。」

二人並肩入廳坐下，打發了家奴出去，楊浩便微微皺眉，低聲道：「你我如此堂皇相見，不怕惹人非議嗎？」

羅克敵瞟了一眼門口侍立的家奴，低聲道：「反正這兩日咱們就要離開，還怕什麼非議？再說我是中原人，邀故鄉人見面飲酒，原也合乎情理，若是一味避嫌，恐怕反而惹人懷疑了。」

楊浩搖頭苦笑：「你自有你的道理，那你找我來，到底有什麼事？」

羅克敵道：「冬兒自宮中傳來消息，說今晚蕭后不會去她那裡。」

楊浩臉上一紅，咳嗽一聲道：「就為這點事，還勞你把我請來才說嗎？再說……這個……如今情形，還是小心一些，以免一時大意漏了馬腳。以後終要長相廝守的，也不差在這一時半刻……」

楊浩說得冠冕堂皇，羅克敵聽得直翻白眼：「得得得，你們兩夫妻那點破事，莫要跟我說。邀你來呢，確實有點私事想要向你請教……」

他剛說到這兒，總管紐碌割走進門來，畢恭畢敬地行禮道：「大人，酒宴已經準備好了。」

羅克敵起身，暢然一笑道：「楊大人，請吧……」

酒宴上，羅克敵吞吐半晌，方才說道：「這個……楊兄，你我是生死之交，彼此之間，沒啥不能說的，我就開門見山吧……」

楊浩心中隱隱已猜出幾分，卻佯作不知地笑道：「你這門開了很久了，山可一直沒見著，到底什麼事？」

羅克敵臉色微赧，忸怩道：「楊兄，實不相瞞，羅某長這麼大，從未對一個女子動情，如今……如今卻真心喜歡了令妹……」

楊浩默然，見他神色，羅克敵忙道：「羅某對令妹……的確是一見鍾情，羅某迄今尚未娶妻，論起家世身分，自忖與令妹也算匹配。本來，我想博得令妹的歡心，再向楊兄當面提親，可是說來奇怪，前幾天令妹對我還是有說有笑，這兩天卻是心事重重，對我若即若離，羅某百思不解，不知道做了什麼失禮的事情、說了什麼不得體的話惹惱了她，楊兄是她兄長，我想她有什麼心事或許會對你說，如果楊兄知道，還望不吝見告……」

這一番說完，羅克敵已是面紅耳赤，窘出一臉汗來。

楊浩不置可否地拍碎酒罈泥封，為他斟上一碗酒，打個哈哈道：「女人心，海底針，雖說我是她的哥哥，卻也不見得了解她的心事啊，來來來，咱們喝酒，先喝酒……」

羅克敵急不可耐，端起碗來一口喝乾，抹抹嘴巴，都沒品出來灌進去的是什麼，就央求道：「楊老兄，楊大人，兄弟待你可不薄啊，你可不能見死不救呀，這個時候你不拉兄弟一把，那兄弟可就死定了。我就是納悶，令妹怎麼突然對我像換了一個人似的，這個結鬱積在心裡，我寢食不安吶。」

楊浩給自己也倒了一碗酒，只見碗中酒液色如琥珀，濃香撲鼻，不由雙眼一亮，讚道：「啊呀，葡萄酒？自打到了……唔，我還從來沒有喝過葡萄酒呢。」

他端起碗來抿了一口，品評道：「入口芬芳，回味無窮，果然是好酒，羅兄你……羅兄已經喝光了？」

羅克敵微怒道：「楊兄，我在說正經事。」

楊浩又喝了口酒，愁眉苦臉地放下了酒碗。如果不是自己的特殊身分給他們的關係造成了阻礙，自己那情路坎坷蹉跎至今的妹妹，能有羅克敵這樣的良配，楊浩是非常樂見其成的。可是如今不行，政治聯姻最是敏感，如果他們結合，恐怕不是好事，反而會釀成悲劇。

宋國朝廷會坐視朝中大員與西北一藩結為姻親嗎？羅公明會因為一個媳婦毀了他羅家前程嗎？正所謂長痛不如短痛，既然如此，不如早早了斷。可是內中苦衷，他卻不能對羅克敵直言。他也拿捏不定，就算羅克敵把他視為生死之交，如果獲悉真相，知道他欲自立於西北，會不會大義滅親，一到宋境就把他斬殺於馬上？

羅克敵見他神情猶豫，情知必有緣故，急得口乾舌燥，也不用楊浩相勸，他提過酒罈為自己倒了一碗，然後一口喝乾，全當作潤喉的涼水，眼巴巴地等著楊浩解釋。

楊浩猶豫再三，方沉吟說道：「這個……其中確實有一個緣故……」

羅克敵急問道：「什麼緣故？」

楊浩苦笑道：「問題是……不可說……」

羅克敵瞪起了眼睛，楊浩誠懇地道：「羅兄，以這樣的英雄人物，能垂青舍妹，楊某是十分歡喜的，在楊某看來，如果你們能結成連理，那是舍妹的福氣。至於舍妹，舍妹一向清高，能讓她看得進眼去的男子屈指可數，而羅兄就是其中一個，如果你們好生相處下去，我想舍妹也會真心喜歡了你。」

羅克敵急得抓耳撓腮：「楊兄，那為什麼……」

「我說過了，不可說。正因為我與羅兄是生死之交，我不忍瞞你，所以才告訴你不可說，否則隨便找些什麼理由不能搪塞於你？」

楊浩抿一口酒，又道：「不過，我不會瞞你太久，等我們平安回到中原，我會告訴你真相，最長不會超過三個月，好嗎？三個月之內，我一定告訴你其中緣由，如果你有辦法解決這個難題，有勇氣應對這個難題，仍然願意追求我的妹妹，我這做哥哥的絕不阻撓……」

他這最後一句，已是洩露了天機，說出了他才是造成丁玉落對羅克敵忽生冷淡的元兇，可心煩意亂的羅克敵哪裡品味得出來，他暗自思忖：「三個月嗎？屈指算來，三個月也不過是一路逃回中原，返回汴京，再應付了朝廷和家中諸事之後剛剛得以清閒的時候。我對她說過，滄海桑田、天荒地老，我都等得，還等不了三個月？」

於是，他重重地點了下頭，楊浩便微笑端碗道：「那麼，羅兄現在可以放下心事，開懷暢飲了嗎？」

羅克敵沒好氣地瞪了他一眼，提起酒罈，又復放下，牢騷道：「這酒甜甜軟軟，哪有什麼味道？紐碌割，給我取一罈烈酒來。」

紐碌割站在門檻外，見二人對坐席上豪飲，片刻工夫兩大碗酒已進了羅大將軍的口中，不禁心中暗喜，他急忙喚過一個心腹家奴，對他耳語幾句，那人便應命去了。

紐祿割看著那人背影眉開眼笑：「這一下公主殿下的賞錢可要到手了。」

忽聽房中傳來羅克敵一聲吩咐，忙又答應一聲，便一溜煙兒地奔了酒窖。

*　　*　　*

氈帳中寬敞明亮，四角燃著手臂般粗細的巨大紅燭，蕭后居中而坐，室昉、郭襲分坐左右，兩隊宮廷舞伎正在他們中間翩翩起舞。契丹的宮廷舞蹈沒有中原舞蹈的綺麗，卻充滿了草原風情。兩隊少女載歌載舞，動作整齊畫一，隨著羯鼓的節奏，歡快地跳動著舞步。

室昉和郭襲笑容滿面地舉杯，向蕭綽道：「娘娘待老臣寬厚賞識，老臣銘感於內。今借娘娘的美酒，敬獻娘娘，祝我皇龍體早癒，娘娘青春永駐。」

蕭綽舉杯，朗聲說道：「皇上自登基以來，因身體虛弱，國事盡付於本宮，本宮一介弱質女流，自輔國以來，多賴室昉、郭襲兩位大人鼎力相助，方才得保我契丹江山穩固、諸族恭馴，這杯酒，應該蕭綽敬兩位大人，兩位大人，請。」

蕭綽說罷，舉杯一飲而盡，一旁侍立的冬兒忙又為她滿上。

蕭綽酒量不高，平素酒不沾唇，今夜不知為何，卻是興致甚高，酒來杯乾，談笑風生。見娘娘乾了杯中酒，兩位老臣自然不敢怠慢，忙也一口喝乾杯中酒。

蕭綽放下身段，與兩位老臣杯籌交錯，述起二人一生功績，絕無半句錯誤疏漏，兩位老臣想不到這位年輕的皇后對自己一生自矜的許多功業都瞭如指掌，不由感激涕零，油然生起知己之感。

賓主攀談正歡，一位女官悄悄走進大帳，這名女官名叫塔不煙，是蕭綽未嫁時候就在蕭家侍候她的貼身丫鬟，和冬兒一樣，都是她眼前最得寵的女官，只是塔不煙不識字，所以一直擔當不了什麼重要職務。

塔不煙對蕭綽耳語了幾句，蕭綽便放下酒杯，向冬兒一招手，把她召到面前，低聲道：「他們已經到了，朕叫妳準備的東西呢？」

冬兒一摸腰間，回稟道：「娘娘，東西一直帶在冬兒身上。」

蕭綽頷首道：「甚好，妳和塔不煙馬上帶人出城，去路上伏擊他們，切記，不留一個活口。」

冬兒一呆，失聲道：「現在？」

蕭綽道：「不錯，他們連夜趕來，還有兩個時辰就到上京了，夜間正好動手，一旦出了疏漏，他們也不易摸清你們的身分。」

冬兒暗想：「糟了，本約了浩哥哥來見我，今夜只怕要委屈浩哥哥獨守空床了。」

蕭綽見她神情，還以為她是有些緊張，便微笑道：「妳不用擔心，就按照平素朕教給妳的狩獵之法，把他們當成飛狐野兔便是。他們遠來，早已疲憊，將到上京時候又是戒心最低的時刻，出其不意之下，一定可以將他們全殲。」

她略一沉吟，又道：「事關機密，朕不想讓太多皇族中人知道。這樣吧，讓妳堂兄帶幾個心腹也一起去，以他的武功和戰陣經驗，當可保你們萬無一失。」

她扭頭又對那名女官道：「塔不煙，妳挑些忠誠可靠的女衛，再把羅將軍叫上，其他人皆不可驚動。」

讓心腹參與機密，是比賞賜更能讓他效忠的手段，蕭綽自然深諳其中道理。

塔不煙聽了答應一聲，一拉羅冬兒，便把她扯了出去。

他們此去，是要伏擊粘八葛使節。

粘八葛是契丹西陲的一個部落聯盟政權，漢朝時這一帶是鐵勒族的游牧地，隋朝時屬於西突厥，唐朝時屬於北庭都護府，唐朝中央政權急劇萎縮，連中原各路節度都無力控制時，這裡便重又自主，待契丹立國，越來越形強大時，他們便向契丹稱臣了。

北漢國因為最為倚賴契丹，所以漢國使者常駐於上京。去年粘八葛使節來上京時，曾經與北漢國的使節發生糾葛，性情粗野的粘八葛人酒醉之中不計後果，當場拔刀斬殺了漢國副使，北漢國如今國力衰弱，誰也得罪不起，在契丹和稀泥之下，對此只得忍氣吞聲，不過這也算是雙方結下了梁子。

蕭綽迫於形勢，無奈之下只得暫時向宋屈服，但她又恐此事有損契丹國威，更會成為別有居心的契丹皇族們攻訐自己的一個理由，所以便要找一個拒援北漢的堂皇理由。這個理由就是利用北漢國與粘八葛部結下的舊怨，製造一起襲殺事故，從而為契丹拋棄北漢找到一個理由。

為此，她已令冬兒從常駐上京的北漢使節館驛弄到了一件足以栽贓的身分信物，只等粘八葛使節進京，便以北漢人的身分在路途上伏擊，以此嫁禍北漢。到時契丹便可以此事為因由，驅逐漢國使節，宣布兩國斷交。

如此嚴厲的制裁，一來可以撇清契丹與漢國之間的關係，為他們拒援漢國找到一個冠冕堂皇的理由，還可以藉此拉近與粘八葛部之間的關係。慶王如今逃到了銀州，與地處西北之西的粘八葛部建立更親密的關係，有助於孤立慶王，這個計畫可謂一石二鳥。

塔不煙對蕭綽忠心耿耿，對她的命令奉行不渝，當即拉了冬兒就走，冬兒暗暗叫苦，卻是無可奈何，也找不到機會告訴自家官人。當下只得隨塔不煙去換了衣裳，內著軟甲，外罩勁服，披風一裹，再暗暗喚起一些心腹女衛，便悄悄潛出宮去。

羅克敵剛剛送走楊浩返回府中，一壺熱茶才喝了兩杯，塔不煙和冬兒便到了。羅克敵莫名其妙地迎出府來，塔不煙屏退左右，口宣密旨，羅克敵無從拒絕，只得披掛整齊，帶了幾名心腹侍衛，隨著她們跨上駿馬飛馳出城，在城門口與那些殺氣騰騰的女衛會合一處，往西去了。

羅克敵剛走，雅公主便到了，聽說羅克敵隨塔不煙、羅冬兒兩人離開了，雅公主不禁兩眼發直，再想細問端詳，紐碌割卻是一問三不知。

雅公主大急，喝了藥酒的羅克敵一旦藥性發作……塔不煙倒也罷了，羅冬兒可是他的堂妹，一旦他們有了悖倫之事，自己造的這個孽……

雅公主越想越是心慌，她有心找到羅克敵制止悲劇，可是羅克敵今夜所做的事太過機密，紐碌割只看到他飛騎往西城去了，哪知他的確切去處。雅公主有心去詢問皇后，可是自己無端打聽他們去處，若娘娘問起，如何解釋？如果被人知道她堂堂公主向一個男子暗下春藥，就算以契丹人粗獷奔放的作風，她做為一個皇室子弟，從此也沒臉見人了。

雅公主又驚又怕，心中天人交戰，徘徊在羅克敵府宅外面，不知該何去何從。

受耶律楚狂之命，監視雅公主行蹤的人帶了隸屬耶律楚狂的一隊宮衛官兵，悄悄埋伏在暗處，他本想按耶律楚狂吩咐，來個捉姦捉雙，到時再請主子出面打圓場，收伏這個羅大將軍，誰料……

他也弄不懂這位雅公主在門廊下面打什麼轉，心中莫名其妙，又不敢露出形蹤，只得帶著人很耐心、很耐心地伏在草叢裡邊，靜靜地潛伏著……

＊　＊　＊

冬兒自幼清苦慣了，不喜歡被人服侍，再加上她性情恬靜，又時常在宮中住宿、歇息，因此府上沒有什麼人，只有一對十分木訥的老夫妻充當門子，灑掃庭院，打掃房間。

楊浩從羅克敵府上出來，路上就經過冬兒的住處，他從後院外經過時，便潛進了冬兒的宅院。這時正是夜晚，這裡又是北城，皇城區住的都是權貴勳卿，高宅大院的，一到夜晚街上沒有什麼行人，沒有人注意他的行蹤。以他高明的身手，自然登堂入室，輕而易舉。

楊浩進了臥房，見冬兒還未回來，他也不敢掌燈，便脫了外裳，只著小衣摸黑躺在她那帶著女兒體香的床鋪上，雙眼半闔不闔地養著精神。

這葡萄酒還真的有催情作用呢。楊浩覺得腹中漸漸如燃烈火，不由暗笑。本來嘛，酒為色之媒，再加上這紅酒後勁綿長，只不過……似乎作用太明顯了些，難道這個時代的葡萄酒是純綠色產品，效力竟然這麼大？

楊浩忽然發覺身體的反應似乎有點太過強烈，只道是自己久曠的身子，雙修功法又修練太久，一朝被冬兒引燃了欲火，卻又不能盡情發洩，所以心魔滋長，因此也沒有疑心他想，便盤膝坐起，用意志和自己的心魔抗衡起來。

尋常修道人講究滌清俗念，太上忘情而鞏固道心。但是另有一派修道人別出蹊徑，以本來會阻礙修道的凡人之欲，反為成道之階石，亦即佛家的歡喜禪，道家的雙修功法，即帶淫入定，以克制心魔堅定道心，最終出離欲界，而生於色界。

這種修行得臻大成者，在道家被稱為魔師，在佛家被稱為上品魔王，帶一個魔字，是因為在承認他們具備相當高深的功夫同時，認為他們始終有一個大缺陷，也可謂之為罩門。因為這種功法雖然更容易修成，卻是道長魔亦長，定力越強，則淫欲越熾，即便得至大成者也不能免俗，所以以呂洞賓的道行，年逾百歲也離不了女色。

楊浩的功法本有這種副作用，所以絲毫未起其他疑慮。他的意志力漸漸起了作用，粗重的呼吸也漸漸變得綿長，楊浩對自己的控制力很滿意，他雙手交叉按在小腹上，徐徐吐納，煉精還虛地修煉起來。

他怎知道自己今天竟是誤服了上品春藥，以他的禪定力，再加上適當的宣洩，本來足以壓制心魔，但是他喝了摻了春藥的葡萄酒，卻如在火上澆了一瓢油，此刻藥性還未發作，便如烈火尚未燃起，便被他隔絕了空氣，如果一旦意志失守時，便如燜住的爐子突然透進一縷空氣，那時發作起來，後果可想而知，可他卻是渾然不覺，還道自己定力越加深厚，心中有些洋洋得意。

此時，一路疾馳出城，埋伏在上京城外六里處海勒嶺上的羅克敵，趴在一群宮廷女衛中間，卻有些克制不住，心猿意馬起來。

嶺上野草叢生，還有些零落的樹樁，嶺下一道小溪繞過，溪水潺潺。羅克敵伏在嶺上，漸漸感覺身體起了異樣。他喝的葡萄酒不及楊浩多，可他的定力也不及楊浩深，雖說他是一位大將軍，殺伐決斷，泰山崩於前而不變色，但那是在戰場上。在情欲戰場上，他不過是個血氣方剛的毛頭小子罷了。尤其是這一路疾馳，渾身氣血散開，臥在那兒，他感覺體內生起一陣一陣陌生的、難遏的情欲浪潮，讓他心生恐慌。

他俯臥在那兒，雙手緊緊攥著一團草，身子繃得像一桿標槍，平時根本不會多看一眼的那些女兵，此刻似乎對他有著莫大的吸引力，他的感官好像比平時敏銳了不知多少倍，哪怕是她們的淺淺呼吸、低低的幾聲話語，甚至月色下很難看得清曲線的一身勁裝下的身軀，都在觸動著他的呼吸、撩撥著他的耳朵、吸引著他的眼睛……

「不對勁，不對勁……」羅克敵喃喃自語。

「將軍大人，什麼事不對勁？」一旁的脫兒果果爬近了些，悄聲問道。

羅克敵扭頭四顧，噴著灼熱的呼吸，低聲道：「這裡……叫海勒嶺是吧？本來長滿槐樹的？傳說槐樹性陰，常聚陰魂之氣，我好像中邪了……」

脫兒果果「咭」的一聲笑，低聲道：「大人，在我們契丹語裡，海勒是榆樹的意思，不是槐樹啊，這裡能聚什麼鬼魂？將軍的殺氣那麼重，真有什麼孤魂野鬼也要……誰摸我……啊！」

脫兒果果低呼一聲，趕緊摀住了嘴巴，她正靠近羅克敵說著話，忽地察覺一隻手摸上了自己的屁股，還以為哪個姐妹跟她開玩笑，剛剛使手拍開，隨即就發覺那隻大手的主人竟是羅克敵，不禁捣住嘴巴，吃驚地瞪大眼睛。

羅克敵藥性發作，本來就心旌搖動，不克自持，待她「咭」的一聲笑，聽在耳中竟如天籟一般，一隻手不知不覺就撫上了她的臀部，待一觸到那柔軟而富有彈性的豐盈臀丘，初次品味到異性魅力的羅克敵澈底迷失了意識，他的手再度撫摸了上去。

脫兒果果芳心亂跳，又驚又喜：「羅將軍……竟然……竟然喜歡我……可是這地方……將軍大人的膽子也未免太大了些……」

脫兒果果一把抓住那隻在她臀部上大吃豆腐的鹹豬手，羞答答地垂首道：「這裡可使不得，將軍若是喜歡果果，待回去之後……」

她剛說到這兒，忽然感覺一團灼熱的呼吸噴在臉上，驚訝抬頭，就見羅克敵圓睜雙目，像一匹狼似地縱身撲到她的身上。

脫兒果果先是一呆，隨即就聽「嗤啦」一聲，胸前一涼，衣服被撕開了，脫兒果果嚇哭了，哭著叫道：「快來人吶，羅大人他……他中邪啦！」

四周的女兵吃驚地瞪大了眼睛……

＊　＊　＊

大帳中靜悄悄的，室昉和郭襲慢慢站了起來，離開座位。

一見蕭緯屏退左右，他們就料到皇后必有機密事務相議，不禁心懷忐忑地站了起來。

蕭緯緩緩離座，兩行眼淚忽然流了下來，室昉和郭襲一見大驚，倉皇道：「娘娘，這……這是何意？」

蕭緯突然哭拜於地，泣聲說道：「兩位大人，我父早亡，又無兄弟，族中無親信的助力。如今皇上體弱，難理朝政，諸王宗室擁兵自重，虎視眈眈，蕭緯雖有今日風光，卻是無根之樹，族屬雄強、各懷異心，邊防未靖，四方覬覦，蕭緯真不知該如何是好了。」

一見她跪下，室昉和郭襲便已嚇得跪倒在地，連連叩首，一聽蕭緯所言，兩個老臣把頭叩得砰砰直響，激動地道：「只要有老臣在，誓死保皇上、娘娘周全，斷不容奸佞作亂。老臣雖年邁，甘為娘娘馬前驅策，但有所命，老臣莫不遵從。娘娘快快請起，莫要折殺了老臣。」

蕭緯被他們扶起，含淚凝噎道：「兩位大人，實不相瞞，慶王雖反，畢竟已露出爪牙，朕可予以防範，可是朝中……卻另有一班人，覬覦皇位，對本宮明槍暗箭，施展手段。他們見本宮重用似兩位愛卿這樣的賢臣，便說本宮疏遠皇族，重用異姓，拉攏黨群，對本宮軟硬兼施，本宮……真是承受不住了。」

室昉和郭襲聽了不由色變，他們不是皇族，如今能把持南北兩院的大權，全賴皇后寵信，他們早知皇族中人對他們占據如此高位心生不滿，卻不料鬥爭竟已到了如此地步，他們持政這兩年來，忠心耿耿為朝廷辦事，著實得罪了不少違法的權貴，如果皇后一旦抵受不住，放棄他們，那他們的處境，真是生不如死了。

蕭綽又道：「可是本宮素知兩位大人忠良，豈肯割捨？今本宮有意肅清朝中奸佞，兩位大人可願與本宮共進退？」

室昉和郭襲聽了，由不得他們多想，在蕭綽含淚雙眸凝視之下，兩個老臣胸中不禁生起一團少年豪氣，當即以手撫胸，沉聲說道：「老臣向至高無上的長生天起誓，皇后但有所命，無不遵從，誓為娘娘效死！」

蕭綽擦擦眼淚，說道：「好，耶律休哥將軍對朕一向忠心耿耿，他不日就要回京，朕有心意以雷霆手段肅清朝中奸佞，光憑休哥將軍恐難如意，還需兩位大人鼎力相助。」

二人一聽掌握十萬宮衛軍的大惕隱也為娘娘效力，心中更篤定，沉聲道：「但憑娘娘吩咐。」

蕭后大喜，立即取來九只大海碗，親手注滿美酒，取出佩刀劃破手指，便在碗中逐一滴下血液，室昉和郭襲見了，知道娘娘是要與他們歃血為盟，於是雙雙拔出佩刀，劃破手指，依樣逐碗滴血。

蕭后捧起一只大碗，振聲道：「今日朕與兩位大人歃血為盟，今後同生死，共富貴！」說罷捧起大碗一飲而盡。

室昉和郭襲兩位老臣忙也捧起一碗酒來，咕咚咚飲盡。

一海碗烈酒下肚，蕭后已是臉頰緋紅，目生迷暈，她再捧一碗酒，又道：「事成之後，朕當加封兩位大人為大于越，子孫後代，永享蔭佑。」

說罷又是一飲而盡，室昉和郭襲聽了大喜。

大于越本是契丹官職，契丹立國初官職簡單，于越就相當於宰相，總攬軍政大權，等後來學習中原設立了詳細的官職體制，于越就成了一個爵位，僅授予功勳最大的貴族，地位顯赫，猶在百官與王爵之上，禮儀上與帝位平等，亦稱「並肩王」，這是何等榮耀。

室昉和郭襲大喜過望，漫說他們一身富貴安危盡皆繫於蕭綽一身，就只為了這分無上榮耀，又何惜赴死呢？

蕭后又捧第三碗酒，嬌軀搖晃，臉頰酡紅，醉意可掬，卻是英氣迫人地道：「這第三碗酒，為朕與兩位大人預先慶功，預祝我們大計得成，為我契丹謀百年太平！」

「乾！」三人將酒碗一碰，將滿滿一碗酒大口喝了下去。

強自支撐著送了兩位大人乘馬離開，蕭綽欲謀的大事可期，雖是醉意上湧，不克自持，卻是滿心喜悅，只恨不能與人傾訴心中歡喜。一旁宮人趕緊上前攙起蕭綽，大醉之中的蕭綽渾然忘了派遣冬兒去做的祕密使命，她醉眼矇矓地倚在一個侍女身上，含糊吩咐道：「去……去羅尚官府上……」

三百八六　女皇之怒

兩個女衛扶著蕭綽到了羅冬兒房前，輕喚道：「羅尚官……」

「不必……喚她了。」蕭綽臉頰酡紅如彩霞，醉眸迷離地擺手道，說著掙脫她們的手，搖搖晃晃地推門走進房去。

斜月高掛，清輝透窗而入。床帷微微地抖動著，隱約聽到一陣急促的呼吸。

「這丫頭，又在修習我傳授給她的功法嗎？」

蕭綽迷迷糊糊地想著，一陣倦意襲上心頭，她打個哈欠，走到桌前，摸到一壺冷茶，順手拎起來喝了個痛快，然後半閉著眼睛褪去了衣裳，穿著及身小衣搖搖晃晃走到床邊，一掀床帷，便頭重腳輕地一頭扎了進去。

「唔……不要……練了……早些……早些……」一句話沒說完，蕭綽便迷迷糊糊地睡去，她的頭仍在暈眩，感覺一陣陣天旋地轉，伸手觸到旁邊的人兒，便伸開雙臂去抱，想讓自己睡得更踏實一些。

楊浩的神智已經完全陷入混亂之中，只憑著長期修行的本能，猶自苦苦支撐。身旁那柔軟的嬌軀一偎近來，誘人的肉香沁入鼻端，感覺到那柔軟嬌嫩的女體，楊浩苦守的最後一線心智便如大河決堤，全面失守，他低吼一聲，便向蕭綽俯壓下去。

他現在就像一塊燒紅了的鐵胚，需要浸進清冽的泉水裡才能釋放他透骨的高溫；他的腹內就像奔湧著憤怒咆哮的巨浪，需要一個宣洩口，來釋放那滔天的兇焰。他需要一個女人，他敏銳地感覺到，身邊正有一個女人，而且是一個香噴噴的年輕女人，他撲過去，一把便撕開了那薄薄的褻衣……

蕭綽做了一個夢，一個羞於告人的春夢。夢中，朦朦朧朧的，她似乎回到了自己的初夜。夢中的夫君比起那時病懨懨、文弱無力的模樣勇猛了一百倍，這個夢太真實了，她的雙眼雖在酒精的麻醉下連睜開的力氣都沒有，可是那種撕裂般的痛楚還是那麼真實、那麼清晰地傳進她的腦海……

楊浩縱情奔放著，纏在腰間的大腿是那麼修長豐膩，手感比象牙更細膩，比美玉更溫潤，比細瓷更光滑，在自己的衝刺下嬌軟蠕動的胴體，是那般柔軟無骨、玉潤珠圓。在他身下的絕對是一個極品尤物，可是此時的楊浩卻是無暇細品了，他像牛嚼牡丹一般，急吼吼抄起那兩瓣豐潤飽滿的玉桃，便將自己的亢奮刺入最幽深的地方，換來她天鵝中箭般一聲嬌啼……

痛苦並沒有持續太久，漸漸地，床榻的吱呀聲中開始揉合了蕭綽搖魂蕩魄的呻吟，從未體驗過的兇猛伐撻勾起了她深埋心底的欲望，延頸秀項、粉彎玉股，諸般妙相漸呈緋紅，在暴風雨下情欲之花悄然綻放……

房中異樣的聲響，不可避免地傳到了守在門外的女衛們耳中，幾個女衛聽到房中銷魂如泣的呻吟不禁大駭，宮闈中的祕辛她們縱然不曾見過，卻也聽過太多了，她們不知道房中是深受娘娘寵愛的羅尚官在和娘娘玩些假鳳虛凰的把戲，還是春閨寂寞的皇后娘娘在這裡私會情郎，她們只知道這種事情知道多了，對她們來說絕不是一件好事，於是不約而同地，她們遠遠地退開了去，退到她們聽不到聲音的遠處。

蕭綽從來沒有發過這樣的春夢，不但真實無比，而且縱情宜興。她想睜開眼睛，想讓意識清醒，可是酒精的效力卻讓她的神智飄忽不定，顛顛倒倒中，蕭綽只覺自己嬌軀酥酥麻麻難以動作，四肢百骸卻欲潮湧動，情欲如漣漪般蕩漾，一圈圈地衝擊著她的身心……

忽然，她一聲尖叫，猛地抱緊身上的男人，一口咬住他的肩頭，腥甜的血沁入口中，她的嬌軀像打擺子似地哆嗦起來，她平生第一次體驗到這樣的快樂，竟是這般銷魂蝕骨，讓人欲仙欲死，她急促地喘息著，只盼著這一刻就是永恆，永遠不要醒來。

美夢沒有醒來，它還在持續。一次又一次，楊浩就像一頭不知疲倦的雄獅，一遍遍地發洩著自己熾如熔焰的欲望，直到在一次暢快淋漓的宣洩之後，一頭撲在那早已癱軟如泥的嬌軀上沉沉睡去……

* * *

天亮了，楊浩眼皮一眨，神智微醒，立即憶起了昨夜的古怪。猶如夢境般的記憶一一湧上心頭，楊浩心頭立時一驚：「糟了，我昨夜心魔反噬，神智喪失，不知會把冬兒折磨成什麼樣子？」

他心中一急，霍地一下坐了起來。他只一動，晶瑩玉體滿是瘀青，披頭散髮、淚痕滿面地蜷縮在床角的人兒立即發覺了。

楊浩剛剛張開眼睛，就見一條玉腿凌空飛至，「噗」的一聲狠狠頂在他的咽喉處。楊浩兩眼發直地看著橫亙胸前的那條玉腿，緊緻光滑、筆直修長，肌膚晶瑩剔透、粉光緻緻，足踝纖秀，就連膝蓋都沒有一點突出，唯一破壞了它美感的，是酥若羊脂、嫩若豆腐的大腿上一串深深的吻痕……

他只看到這裡，然後兩眼一翻，仰面倒了下去……

＊　＊　＊

王鵬坐在陰森森的大牢裡，自得其樂地喝酒，面前一碟羊頭肉，還有一碟豬耳朵。

他曾有一個綽號，叫大頭。現在，他被人敬稱為王爺，在這一畝三分地上，他的確稱得上是王。

小六和鐵牛拋棄他獨自追趕契丹軍隊走後，大頭就像一隻沒頭蒼蠅似的，在附近找了他們許久，最後沒有找到小六和鐵牛，卻撞上了一支契丹的散兵，被他們裹挾著回了上京。

那支散兵護送著一位將軍，這位將軍官名叫耶律翰，他在子午谷一戰中被砍去一條左臂，稍作救護保住性命之後，便由百餘名親衛護送他回國，大頭被抓來侍候他的寢食飲居。

回到上京以後，耶律翰因為失去一條臂膀不能再任軍職，便被調入夷離畢院，擔任右夷離畢，執掌刑獄司法。大頭則在耶律翰家做家奴，這個家奴本來做得也還安分，直到有個女人漸漸春心驛動，不再安分起來。

這個女人就是耶律翰的長女，守寡回了娘家的一個婦人，就這麼著，大頭走起了桃花運。雖說這朵桃花體態痴肥，比他還壯，而且比他大了三歲，可是自打交上了這桃花運，他的好日子就來了，從一介家奴，搖身一變成了耶律老爺家的姑爺子，老丈人還給他活動了這個天牢大管事的職位。

儘管婆娘老了些、醜了些，可是對這個小女婿卻很溫柔，一門心思地跟他過日子，眼下，兩人又有了孩子，大頭也就斷了其他念頭，死心踏地地在這兒定居下來。

他本來只是霸州的一個潑皮，如果不是仗著兩個很能打架的兄弟，那他就是個受人欺負的傢伙。可是如今，這牢裡百十個獄卒，都得恭恭敬敬叫他一聲王爺，不管原來是個多大的官，但凡進了這天牢的犯人，更得尊稱他一聲王爺。

在這裡，他手操生殺予奪的大權，哪怕是一個統兵數萬的大將軍、一個皇族權貴，進了這地方都得向他屈膝。前些日子慶王謀反，送進牢裡的權貴政要著實不小，直接死在他手裡的，卻也有那麼幾個，進了天牢的人，能生返人間的屈指可數，虐死了犯人，只消報備一聲因疾去世，就像拈死一隻螞蟻，不會有人真心過問的。

在這座大牢裡，他當然就是王，獄王。

前幾天，他看到楊大哥了，他早知道小六、鐵牛他們做了大將軍。他猜到楊大哥這一次來，不管是不是真的為了宋國出使，他一定會想辦法把大嫂接走，以後，再想偷偷看他們一眼也不可能，可是他知足了，知道嫂嫂無恙，沒有因為自己臨危怯懦而死去，他就知足了。知道兄弟們俱都無恙，他就知足了。

唯一的遺憾是他再也沒有機會和大哥、小六、鐵牛他們一起喝酒了，就像在霸州時候一樣，四兄弟坐在一起，喝的暢快淋漓，這樣的日子再也不會有了。可他不能去見他們，兄弟們不會原諒他的怯懦，他更無顏去見自己的大嫂。當他們做了大將軍的時候，他大頭不能去攀附，這個時候，更不能去見他們。

但願大哥大嫂他們能平平安安地回到故土吧，而他，只能永遠留在這兒，昔日霸州結義的大頭，早在子午谷前就該死了，大頭……已經死了。

「滋溜。」

又是一杯酒下肚，大頭輕輕地嘆息了一聲，這時「匡啷」一聲，牢門打開了，強烈的光線投射進來，大頭輕輕瞇起了眼睛，還未等他呵斥，便看到門外閃進幾個人影，紅襖、藍帶、及膝的長靴，腰板紮得細細的，胸口挺拔豐隆。

大頭怵然一驚，連忙站了起來，他認出了來人的身分，這些人都是宮中禁衛，宮衛中的宮衛。因為如今把持國政的是皇后娘娘，所以這支禁衛軍是清一色的女兵。

「幾位侍衛姐姐親至，可是帶來了什麼重要犯人？」

大頭已經看到那幾名女衛帶著一個五花大綁的犯人，犯人臉上戴著面罩，口中勒著一根繩子，這樣的陣仗，他以前還從未見過。

一個女衛首領冷冷地看了他一眼，斥道：「不該你問的就不要問。」

「是是是。」大頭搓搓手，瞟了一眼聞訊趕來的幾名獄卒，揮手讓他們站到一邊，點頭哈腰地道：「那麼，幾位侍衛姐姐有什麼吩咐呢？」

那女衛首領沉聲道：「擇一間安靜的牢房。」

「是。」

「周圍牢房全部清空。」

「是。」

「一日三餐我們會送，你的人不許靠近。」

「是。」大頭不笑了，他忽然意識到這個犯人一定不簡單。

「這個人你要好好看守，誰看見了他的臉，挖眼。誰聽見了他的聲音，去耳。誰敢與他攀談一句，拔舌。」

大頭的臉色變了，有些卑微地哈了哈腰：「是。」

女衛首領淡淡地又說了一句：「觸犯以上規矩者，挖眼去耳拔舌之後，還要射鬼箭，你曉得了？」

射鬼箭。是契丹特有的一種刑法，就是把人吊起，亂箭穿心，活活射死，聽了這樣嚴厲的吩咐，大頭不禁色變，那些獄卒們也都心驚膽顫起來，再看那蒙面囚犯時，簡直如見瘟神。這個人到底是誰？上一次慶王謀反，有一位附逆的王爺被囚入天牢待罪，也沒有這樣獨特的待遇呀。可是儘管滿心好奇，這時誰還敢問？

女衛首領說罷，杏眼一瞪，喝道：「還不快去準備？」

「是是是……」大頭忙不迭地領著那些獄卒走進了大獄。

「這個瘟神是誰呀？直接處死不就完了嗎？送到我這兒來幹什麼呀？挨著死、碰著亡，他簡直比閻羅王還可怕呀。」

大頭一邊叫苦，一邊張羅起來，什麼「安排一個僻靜的牢房」，「周圍牢房全部清空」，他把整整一側的牢房全騰出來了，一里多地的牢房，一間一間地全騰了出來，把最裡邊一間當作囚室。至於其他的犯人，全押去另一側的牢房，大家擠擠就好，擠死一個少一個。

待他收拾妥當，那名女衛首領親自進去巡察了一圈，滿意地點點頭，這才叫人把犯人送了進去，此時，大頭和他一眾手下早就逃之夭夭了。

＊　＊　＊

本來被塔不煙和羅冬兒做一大臂助的羅克敵給她們惹了不小的麻煩，險些暴露了她們的行蹤，幸好危急關頭終被制住，確保她們順利完成了任務，

羅克敵「中邪」之後力大無窮，幾個女兵一齊動手也制止不住，廝打之中羅克敵滾下山坡，落入溪水，被冰冷的溪水一激似乎清醒了些，這才被一擁而上的女兵們把他摁倒在地，四蹄攢起，殺豬一般綁了起來。

待綁好了羅克敵，那些女兵俱都累出一身汗來，恰在此時粘八葛的車隊到了，若是早到一刻，恐怕就要聽到山坡後的廝打動靜。

塔不煙和羅冬兒立即行動，幾撥突如其來的箭雨將車隊中人射殺大半，又催馬向前剿殺倖存者，最後逐一檢查，不留一個活口，待一切檢查停當，又在死屍堆裡丟下一件漢國使者的信物，這才急急離開現場。

可憐的羅克敵被綁在那兒，飽受情欲煎熬，身邊一群母老虎卻都趕去殺人了。待她們結束戰鬥趕回時，羅克敵已經不再如痴如狂，卻變得昏昏沉沉、意識不清了。羅冬兒等人不敢給他解開繩索，只得把他搬上一匹馬，由他的侍衛照料。

所有的女兵一致認為羅大將軍中了邪，才會做出這樣荒唐的事來，塔不煙還拍著胸脯向羅冬兒保證，回城之後一定幫她找個道行高深的薩滿大巫師，給她堂兄跳大神驅驅邪，羅冬兒實在想不出別的理由，只得答應下來。

女兵中不少人或多或少地也帶了傷，她們不敢即刻進城，怕落入有心人眼裡，只是匆匆包紮一番，便策馬繞到上京城東門外不遠處的一座山坳中候著，等著天亮後人流稠密時，再掩飾一番混回城內。

待到第二日中午時分，她們才出了山坳，自東門回城。宮中侍衛時常出城狩獵演武的，身上縱然有血跡，也可以充作獵物的鮮血，只是受傷重者須作一番掩飾，免得被人看出破綻。羅冬兒她們一路回城，先把羅克敵送回府中著人好生看護，這才趕往皇宮。

臉色蒼白的蕭綽此時正坐在六宮尚官署政辦公的偏殿裡，高高的豎領、收緊的腰身，盡顯她婀娜動人的體態，也掩住了她頸項間瘀青的吻痕。她展開搜出的幾份密札，正在仔細地看著。這是六宮尚官署衙辦公的所在，做為皇后，她還是頭一次走進來。

密札是契丹派駐在中原的細作送回來的，從行文對答的語氣來看，這應該是羅冬兒以六宮尚官的身分指令派駐中原的細作做的調查，幾封密札調查的對象只有一個人：楊浩。儘管密札中順便報告了有關中原朝廷的一些動向，但是報告的主題都是涉及楊浩的，有關他的身世、來歷，在中原的所作所為，每一樣都十分詳盡地記載在上面。

蕭綽展閱著密札，似乎又感覺到了那個男人恣意侮辱自己的情形，眸中漸漸燃起憤怒的火焰。昨夜，是她最屈辱的時刻。她，母儀天下的一國皇后，執掌契丹權杖的一代女主，竟被楊浩如此汙辱，當她醒來時真是五雷轟頂，驚得不知該如何是好了。

當她發現那個該死的臭男人要醒過來時，她想也不想便奮起一腳，將他踢暈在床上。當她含羞帶忿地穿好衣裳跳下地時，一個趔趄幾乎跌倒，雙腿又痠又軟，渾身的骨頭都像是散了架，異樣的感覺令她又羞又忿，清清白白的身子就這麼沒了？她不甘心，真的不甘心，更可恨的是，那個帶給她屈辱的男人竟是迫使她低下高貴的頭顱，簽下不平等國書的宋國使節楊浩。

那如夢似幻的一夜風流，帶給了她不可磨滅的記憶，她忘不了那連靈魂似乎都在吶喊的極樂快感，那是她以前從未體驗過的感覺。可她不敢去想，不敢去回味，生理上的極樂，並不能壓制她高傲的自尊。

尤其教她難以容忍的是，她無法面對自己的軟弱。她記起了自己受到欺辱蹂躪時的嬌啼呻吟和腰肢不由自主做出的迎合，那個陌生的、沉溺於肉欲的女人真的就是自己嗎？她不敢想像，她一向引以為傲的自制力竟是如此不堪一擊。

當時，她把楊浩綁了起來，封了他的口，蒙了他的面，又親手替這個她恨不得千刀萬剮的男人穿起衣衫，一切收拾停當，這才平抑了情緒，令人進來把這個五花大綁的神祕人投進了天牢。

驟逢大變，她卻很快冷靜下來，宋國使節楊浩為什麼會出現在羅冬兒的房中？這件事馬上讓她嗅出了不同尋常的味道。果然，在這裡，她搜到了幾封羅冬兒還未及銷毀的書信，從書信反覆的摺痕來看，她應該不止一次地閱讀過這些密札。

「娘娘，羅尚官和塔不煙回宮了。」

蕭綽緩緩抬起頭來，臉頰酡紅如血，目中卻瀲灩著刀鋒一般的寒芒，她不動聲色地點點頭，將那幾封信納入袖中，緩緩地站了起來。

進入月華殿，一見蕭綽，塔不煙便興奮地道：「娘娘，事情已經辦妥了，沒有半點紕漏。」

蕭綽抿了抿嘴脣，瞟了羅冬兒一眼，淡然問道：「羅指揮怎麼沒有一同來向朕覆旨？」

羅冬兒面有難色地道：「娘娘，羅指揮他……不知怎麼回事，在海勒嶺上突然像中了邪似地喪失了理智，我們費盡了周折才控制住他，因怕他在娘娘駕前失儀，所以現在把他送回府中歇息了。」

塔不煙也證實道：「是啊娘娘，羅大人當時神智盡失，如癲似狂，看起來著實嚇人……」

蕭綽黛眉微微一蹙，徐徐說道：「知道了，冬兒，妳去安頓一下受傷的士兵，然後便回去照料令兒吧。塔不煙留下，朕有話問妳。」

羅冬兒答應一聲，返身退了出去，蕭綽一直盯著她的背影，直到她消失在殿門口，才返身看向塔不煙，寒聲道：「塔不煙，近前來，朕有要事吩咐！」

塔不煙湊到蕭綽面前，只聽了兩句話臉色就變了，她詫異地看向蕭綽，喃喃道：「娘娘，這……這是為什麼？」

蕭綽森然道：「什麼都不要問，只管依令行事！」

* * *

羅冬兒安置了受傷的女兵，延請了宮中御醫為她們診治，一切安排妥當，立即出宮先返回了自己的家，她料想楊浩見她徹夜未歸，應該早已溜掉，卻還是想確認一下。如果官人還在，正好和他說說發生在堂兄身上的蹊蹺事，讓他拿個主意，如果他不在，那就只好去羅克敵府上，等塔不煙請來薩滿巫師再說了。

她匆匆趕回自己府邸，拍拍門扉，不見有人應門，詫異地輕輕一推，門竟然開了。羅冬兒走進院中，喚了一聲道：「王伯。」

門房中不見有人出來，羅冬兒見門房的門虛掩著，走過去推開一看，只見門子王伯夫婦穿著小衣躺臥在血泊之中，竟然已經身死，羅冬兒不由大駭，急忙拔出佩刀小心地走進去，只見地上的血跡呈凝固狀態，顯然死了已經有相當長的時候。

羅冬兒驚得芳心亂跳，心中只想：「怎麼回事？難道這皇城圈裡，還有匪盜敢來行竊殺人？抑或……抑或是官人行蹤不祕，被王伯夫婦發現，便殺人滅口？可是……不像啊，王伯夫婦穿著小衣，分明未出房門，怎麼會發現官人？哎呀，官人會不會也……」

羅冬兒大驚，返身就跑，剛剛衝出門口，就見五、六名紅襖藍帶佩腰刀的女禁衛面沉似水地站在那兒，羅冬兒詫然止步，問道：「耶律普速完，妳們怎麼來了？」

耶律普速完一揮手，兩個早已有備的女衛攸然貼近，舉刀逼住了她，耶律普速完緩緩走近，奪下她手中腰刀，淡淡地道：「奉懿旨，拘捕尚官大人，羅尚官，得罪了。」

「什麼？娘娘要抓我？」羅冬兒心中一沉，莫非我們的計畫已被娘娘偵知，口中卻沉著地道：「到底出了事情？娘娘一定是誤會了什麼，普速完，妳快告訴我……」

耶律普速完眼皮一抹，向她一抱拳，沉聲道：「卑職什麼都不知道，只是奉命行事，羅尚官切勿反抗，否則……格殺勿論！」

一個頭套落下，遮住了羅冬兒驚愕的眼睛，然後她的雙手便被緊緊縛起，羅冬兒被推搡著，感覺出了府門，上了一輛馬車，便向難以預料的地方行去……

* * *

「大人醒了？」

一見羅克敵醒來，紐碌割便欣喜地道。

「嗯，我……醒了，這是……怎麼回事？」

藥力已退，飽受情欲煎熬、不得陰陽調和的羅克敵元氣大傷，這時候委靡不振，氣色極差，好像剛剛生了一場大病。他口中問著，已經漸漸想起了昨日經歷，怎麼回事？難道自己真的中了邪？

紐碌割齜著黃板牙笑道：「小的也不曉得，羅尚官把大人送回來時，就說大人中了邪，要小人小心侍候著，一會兒會請御醫和大巫師來看看，想不到大人竟自己醒了。」

就在這時，只聽院中有人道：「所有的人都到前院裡來，有要事吩咐你們，快點，快點。」

羅克敵挺腰欲起，這才發現自己被牢牢地綁在一塊門板上，有點像對付瘋子的手法。他又好氣又好笑，吃力地抬起頭道：「還不給我鬆綁？院子裡在幹什麼？」

紐碌割趕緊替他解繩子，同時說道：「小人也不曉得，待解了大人……」

他剛說到這兒，就聽院中有人驚叫道：「你們要幹什麼……啊！」

慘叫聲頻頻傳起，紐碌割嚇了一跳，也來不及給羅克敵解開，他跳起來衝到門口一看，便怪叫一聲跌跌撞撞地往回跑：「大人，不好啦，我們的人全被……」

「啊！」他一語未了，便一跤仆倒在地，背後插著明晃晃的一柄腰刀，緊跟著，外面走進幾個人來，羅克敵驚訝望去，那些兵士大多陌生，只有一人有些面熟，似乎是北府宰相室昉身前的侍衛長。

羅克敵又驚又怒，喝問道：「你們幹什麼，作反嗎？」

那人冷冷一笑，也不回答，只把手一揮，立即衝出一名兵士，從紐襻割衣上揮刀割下一段衣襟，團成一團塞入羅克敵口中。隨即扯過一條床單往他身上一蓋，便連門板一起抬了起來，大步走了出去……

*　　　*　　　*

「娘娘，羅冬兒、羅克敵、童羽、王鐵牛，全都抓起來了。」

「可曾被人看見？」

「沒有，除了羅冬兒、羅克敵是逕赴府中，殺盡一切活口，其他兩人都是被奴婢派人引出來祕密拘捕的，沒有落入旁人眼線。」

「好，朕已下詔令室昉大人親自接掌宮衛，掌控上京兵力，從現在起，妳負責禁衛，負責皇宮安危，小心戒備，提防生變。」

「是！」塔不煙遲疑了一下，又問：「述律統領……還有幾名女衛怎麼不見了蹤影？」

述律是蕭綽的貼身侍衛，昨晚護送蕭綽去冬兒住處的就是她和她的手下。

蕭綽眸光微微一閃，淡淡地道：「她們……奉朕旨意，另有差遣，她們的行蹤，妳不必過問。」

塔不煙連忙答應一聲，唯唯地退了出去。

蕭綽又叫過一個人來，吩咐道：「立即通知耶律休哥，甩開大隊，率輕騎三千，日夜兼程，務必在三日之內趕到上京！」

「遵命！」那宮人答應一聲，快步走了出去。

蕭綽據案坐下，提起筆來，一邊急書寫著什麼，一邊又道：「宣郭襲大人入宮晉見。」身邊的人都嗅出了某種不同尋常的緊張氣氛，那內侍乖巧地答應一聲，大氣也不敢喘，便也忙不迭地逃了出去……

「耶律三明大人求見……」

蕭綽的筆尖一停，將已寫了幾頁的東西收入几案之下，傳報聲未止，耶律三明就急匆匆地趕了進來，強抑著幸災樂禍的笑容，大驚小怪地道：「哎呀呀，皇后娘娘，老臣聽說，粘八葛使者在京郊遇刺了？這……這……天子腳下，外使遇刺，京師治安也太不安靖了。」

蕭綽淡淡地道：「朕已經知道了，正在著人調查，一旦查出真兇，必會給粘八葛人一個交代，將行兇者繩之以法，以正視聽。」

耶律三明嘿嘿笑道：「那是，那是。」他瞟了蕭綽一眼，又神祕地湊近了道：「娘娘，臣還聽說……羅尚官府上家人被殺，羅尚官剛剛回府就失蹤了，還有羅將軍也是本人失蹤，滿門屠盡，另外……宮衛軍中童羽、王鐵牛俱都下落不明？」

蕭綽鎮靜的神情終於消失了，攸然色變道：「德王已經聽說了嗎？消息……消息竟然已經傳開？」

耶律三明見她恐慌的模樣，心中大快，卻痛心疾首地頓足叫道：「是啊，如今已是謠言四起，此事非同小可啊，這幾個人任一個拿出來，都是跺一腳上京城亂顫的人物，一夜之間同時失蹤，豈非咄咄怪事？從羅尚官和羅將軍府上的血腥來看，恐怕……有人要對皇上和娘娘不利啊。」

蕭綽聽了更加驚慌，強自鎮定，卻聲音發顫地道：「朕正覺得奇怪……難道……難道上京城中尚有潛伏的慶王餘孽？」

耶律三明也不知道是哪個有野心的王爺搶先下手了，反正貪戀皇位的不只他一個，如今有人搶先發動，倒更利於他以忠臣身分肅清反叛，把持朝政，便道：「不無可能啊，如今敵勢未明，簡直無一處安全，娘娘應該早早應變才是。」

一向鎮靜的蕭綽，逢此變故也有些手足無措起來，遲疑反問道：「那麼……朕該如何應變？」

耶律三明道：「先使親信拱衛皇城，再使心腹控制上京，然後大索全城，尋找幾位失蹤大人的下落，緝拿兇手才是呀。」

蕭綽動容問道：「三明大人可有什麼人選推薦？」

耶律三明道：「我兒楚狂，對皇上和娘娘忠心耿耿，可令他擔任皇城八大指揮之首，至於宮衛嘛，老臣或許……」

蕭綽截口道：「三明大人一向處理文案之事，調度兵馬，恐難得心應手。」

耶律三明忙道：「是是是，老臣的確不是合適的人選。唔……娘娘覺得蕭展飛如何？他是娘娘的叔父，對娘娘和朝廷一向忠心耿耿，又是戰功卓著的武將，彈壓上京之變還不易如反掌？」

蕭綽欣然道：「不錯，叔父可以助朕一臂之力。」

耶律三明見她答允，不禁暗暗冷笑：「到底是個方過二八的女娃，平時看來一副睿智英明的模樣，如今禍起蕭牆，終於亂了分寸。」

他立即打蛇隨棍上，又道：「太平王罨撒葛也不錯，罨撒葛對今上最是忠心，又是娘娘的姐夫，如果讓他領兵，必定效忠娘娘，他是先皇之弟，在朝中許多老臣中頗孚人望，如果對他委以重任，必可安撫軍心民心。」

蕭綽猶豫半晌，方道：「一切都依三明大人，朕擔心……擔心宮闈之中也有人欲對朕不利，如今真是不知該如何是好，一切有賴皇兄輔佐。」

耶律三明滿口應承道：「臣敢不以死效命？」隨後又勸道：「皇上久不臨朝，難免奸佞宵小起了異心，娘娘，這皇儲若不早立，今日平了一叛，明日難保不再起一叛，娘娘應該早作綢繆啊，先在皇室宗親中擇一子立為皇儲以安天下人心，以後娘娘有了親子，可以再改立嘛。」

蕭綽遲疑半晌，推託道：「這個……朕會考慮的。」

耶律三明心道：「這時不可逼得太緊，先掌握了軍權，殺掉幾個對我有威脅、有野心的皇族，一旦站穩腳跟，怕她不屈服嗎？」於是不再提起此事，催她下了聖旨，便喜孜孜地出去了。

「蕭展飛、罨撒葛……原來你的盟友就是我的堂兄和姐夫……」望著他得意洋洋的背影，蕭綽脣角露出一絲冷笑，眼中漸漸泛起殺氣。

這時一個女衛悄然閃了進來，抱拳稟道：「娘娘親口交代嚴加看守的那個人犯，早午兩餐尚未進食，如今將至傍晚……」

「哪個人犯？那個……」

蕭綽忽地明白過來，登時眼神攸變，頰酡如桃：「一兩頓不吃，餓不死的，明日擇一死囚給他送點吃的，然後立即把那死囚殺掉！」

那女衛惶然應道：「是！」

「慢著。」聽她一提，蕭綽忽然省起自己從早至今也是不曾進食，遂恨恨地道：「傳旨御膳房，給朕送點吃的！」

三百八七　血腥瑪麗

牢房裡已是人滿為患，好在，關進來的快，拉出去處死的更快，方能保證天牢沒有爆滿。

午後，風已帶起了暖洋洋的意味，牆角的薔薇綻放了美麗的花朵。天牢院落裡，大頭和一眾獄卒沏了壺茶，話著家常，人人談笑風生、神態安然。在血雨腥風、人人自危的上京城裡，此刻只有這裡是最安全、最太平的地方，儼然就是一個世外桃源了。

「王爺，聽說漢國使節帶人埋伏於郊外，暗殺了粘八葛使團全部人馬。」

「唔……」大頭心神恍惚地應了一聲。

「王爺，聽說宋國使節楊浩也在那一晚失蹤了，現在都懷疑是漢國使節把他暗殺了，你說漢國使館的人真有這麼大本事、這麼大膽量？」

大頭臉頰抽搐了一下，又唔了一聲。他正在為楊浩擔心，楊大哥真的失蹤了？還有大嫂、小六、鐵牛，據說全都被人殺了，可是如今卻死不見屍，他們真的遭了不幸？到底是誰下的手？

一個老獄卒嘆了口氣道：「死就死了，不管是粘八葛人，還是宋人，死了又能如何？娘娘不是已經與漢國絕交了？還在國書上向宋人致歉，他們還能怎麼樣？倒是咱上京城，啥時候才能太平呀？宮衛軍三個大將軍同一晚失蹤，羅尚官人影全無，府上奴僕全部被殺，一定有個不怕死的傢伙，和慶王一樣……反了。」

另一個獄卒道：「可是，現在連他們的屍體都找不到，如果說他們是被人殺的，殺死他們的人迄今卻又沒有別的什麼舉動，你說這事奇不奇怪？」

老獄卒嗤之以算：「有什麼好奇怪的？你也不看看咱們皇后娘娘的手段、氣魄，娘娘應變如此迅速，誰還敢有進一步的舉動？這三天，抓進幾個王爺來了？」

那獄卒接口道：「如今牢裡關著的還有四個，這兩天一共拖出去砍了九個。」

「就是嘛，耶律三明大人如今把持著朝政呢，太平王罨撒葛、北院大將軍蕭展飛把持軍權，可上京城的殺人，一殺就是把院門一堵，殺個雞犬不留啊，殺得上京城血流成河……」

那年輕獄卒道：「我說齊頭兒，你說耶律三明殺的這些人，真的都是叛逆？」

老獄卒似笑非笑地道：「怎麼不是？不是連兵器甲帳都從他們府上搜出來了嗎？那還有假？」

年輕獄卒哼了一聲道：「我看著不像，要是這麼多王爺都反了，還會等到今天？依我看吶，這是三明大人公報私仇，藉機剪除跟他不是一條心的朝中權貴，想要一家獨大。齊頭兒，你數數手指頭，這幾天殺的哪個不是位高權重，平時連皇上、娘娘都要敬畏三分的大人？」

老獄卒咳嗽一聲，緩緩說道：「飯不能亂吃，話不能亂講。小子，禍從口出啊。要是讓三明大人的手下聽到，下一個派去給那瘟神送飯的人，說不定就是你了。」

老獄卒這樣一說，那年輕獄卒登時臉色一變，他四下看了看，縮了縮脖子不應聲了。

另有一個滿臉絡腮鬍子的獄卒說道：「這事的確透著蹊蹺，你們猜猜，那個瘟神到底是誰啊？送一頓飯，殺一個人，這個瘟神吃的哪是飯吶？根本就是一條條人命啊，這麼大的煞氣，這麼大的派頭，在咱契丹，那可是蠍子拉屎，毒（獨）一糞（份）吶。」

大頭心亂如麻，聽得不耐，斥罵道：「你他娘的閉嘴，想知道？想知道你去問問那個瘟神。」

絡腮鬍子咧咧嘴，訕笑道：「王爺，您別生氣，這不是咱們哥兒幾個在這閒聊嘛。您讓我去，我還沒活夠呢，哪兒敢吶。」

幾人正說著，只聽外邊一陣嘈雜，有人大聲說道：「走，走快點，別磨蹭，誰敢亂動，格殺勿論。」

那老獄卒以和他年齡不相稱的敏捷速度蹭地一下站了起來，緊張地道：「又送來犯人了，我的天吶，什麼時候才是頭啊？」

他剛說完，一群人便擁進了院子，執槍拿刀的兵士們中間，簇擁著的是新任北院宰相耶律三明、太平王罨撒葛、北院大將軍蕭展飛。

一見這三大巨頭齊至，嚇得大頭等人連忙上前叉手施禮，大頭戰戰兢兢問道：「幾位大人，什麼重要的人犯，得您三位大人齊自送來啊？」

耶律三明和太平王罨撒葛、北院大將軍蕭展飛背負雙手，冷著臉色齊齊一哼，把下巴高傲地昂了起來。

「這都什麼毛病啊？」大頭莫名其妙，不知道自己哪兒說錯了話。

這時就聽一人說道：「今兒送來的人犯，就是這三位大人，牢頭，趕快收拾牢房，請三位大人進去。」

隨著話音，一個身材偉岸、肋下佩刀的魁梧漢子笑吟吟地走了進來。

那老獄卒一見哎呀一聲：「大惕隱？大人您……您什麼時候回的上京城啊？」

耶律休哥面噙微笑踱進院來，沉聲說道：「德王耶律三明、太平王罨撒葛、北院大將軍蕭展飛挾制皇上、皇后，假傳聖旨，謀害朝中大臣，圖謀不軌，意圖篡位自立。本大惕隱祕密還京，在室昉、郭襲兩位大人的幫助下，將叛逆一網打盡，現拘押天牢待審，爾等可要把他們看仔細了。」

耶律三明本來還算沉著，聽到這裡終於激動起來，他紅著眼睛向耶律休哥咆哮道：「耶律休哥，你敢血口噴人？本王忠心耿耿，幾時有過反意？你帶兵還京，猝殺我兒，還要栽贓陷害。我明白了，我如今都明白了，老夫上了大當，上了蕭綽那個婊子的大當！」

他一面說，一面向耶律休哥撞去，大頭等人這才看到，他們三個背負雙手不是因為趾高氣昂，而是因為雙手被人反剪著綁在身後。

耶律休哥臉色一沉，喝道：「耶律三明，你竟敢對皇后娘娘如此無禮？來人啊，掌嘴。」

耶律三明慘笑道：「老夫下場已然預料得到，還談什麼有禮無禮，怕得誰來？」

他話未說完，肩膀便被兩個侍衛按住，另有一個侍衛上來，掄起腰刀，用那刀鞘「啪啪啪」在他臉上一通亂搧，搧得兩頰赤腫，牙齒脫落。耶律三明猶自痛罵不休，只是滿口血沫，連話都說不清楚了。

耶律休哥森然一笑，吩咐道：「奉娘娘懿旨，這兩日送押牢中的所有人犯，俱是耶律三明等叛逆軟禁皇上、娘娘期間，假傳聖旨逮捕入獄的，著令立即全部釋放。耶律三明、罨撒葛、蕭展飛三個欽犯立即關入天牢等待處置。」

* * *

月華宮外的庭院中跪了黑壓壓一院子人，最前面的兩個婦人披頭散髮，額頭已是瘀青一片。

「皇后娘娘，妹妹，親妹妹，求妳開恩吶，妳姐夫只是一時糊塗、一時糊塗，豬油蒙了心，才被那耶律三明說動了心，他本來就是個窩囊廢，什麼本事都沒有，靠著自家哥哥當過皇上，才封了個太平王位，妹妹妳大發慈悲，饒了他吧，他不會作反的……」

跪在地上的女人哭得涕泗橫流，她正是蕭綽的同胞二姐，太平王罨撒葛的夫人。

龍生九子，各個不同，蕭綽的二姐與乃妹相比，長相不盡相同，雖然眉眼很是秀麗，卻是國字型的臉，下巴比較寬，眉毛也比較濃厚，比起么妹尖尖下巴、淡淡蛾眉的樣子，顯得更強悍一些。

可是，那個天生一張桃花面，看來又柔又媚的妹妹性情真就不及她強悍？她已哭求了一個時辰，嗓子都哭啞了，月華殿中仍毫無聲息。

另一個婦人是蕭綽的嬸娘，蕭展飛的夫人，她眼淚旺旺地看著蕭二姐，沒敢高聲哀求。自己的丈夫被抓了，可他本就是娘娘的叔父，娘娘和叔叔不比自己這個嬸娘更親？要放，也輪不到她來求情。她現在只盼著娘娘吐口饒過姐夫，只要她能饒過太平王罨撒葛，再求她對別人網開一面自然也就容易。

可是，娘娘會饒恕他們嗎？

想到被身邊裨將突然發作，一刀砍下頭顱，斷屍如今還分別掛在城樓兩根高高旗桿上的耶律楚狂，她的心就一陣陣地發冷……

月華宮內，黃綾鋪就的御書案上，案上一壺熱茶。

茶已喝得沒了滋味，蕭綽也沒有叫人更換，不過續上的水卻是熱的，熱水喝進肚裡，心裡仍是冰冷的，連吐出來的氣息都是冷冷的。

蕭綽玉顏如霜，鳳目微閉，反覆思量著如今上京的局勢。

朝中，太宗、世宗、李胡三支嫡系皇族的勢力共同組成的三套馬車權力架構被破壞殆盡了，同時這三套馬車之下那些位高權重、團結起來，勢力足以威脅皇權的宗室，諸如穆宗後裔之流也已七零八落。

不破不立，破而後立。接踵而來的政變，看似對契丹政權造成了沉重打擊，可是天雷之火焚去了病樹，只留下了世宗一脈，只要處置得當，就能一枝獨秀，這是千載難逢的機會。

種種反應、變化、醞釀，自有其根源，那就是諸班勢力對皇權的角逐，而這一切最終浮出水面，並在她因勢利導之下，向著對她有利的方向發展，其觸發的原因竟是羅克敵等人試圖叛逃、自己陰差陽錯醉酒被人凌辱，從而祕密拘捕諸人而引發，這是連她自己也沒有預料到的。可是她是個善於抓住機會的人，叛逃事件、辱後事件觸發的機會，被她敏銳地抓住了。她立即變更了與室昉、郭襲祕密議定的只是針對耶律三明的鋤奸計畫，推動了一場上京政壇的大清洗。

耶律三明迫不及待地跳出來，好，我給你機會，我只是一個軟弱的婦人，一旦受人逼宮，還能有什麼主意？政權、兵權，一股腦兒交給你，朕避居深宮，再不露面。

耶律三明果然得意若狂，在他的血腥清洗下，除了見機得早，及時「投靠」的室昉、郭襲等人，整個契丹皇室有權有勢、尾大不掉的宗室權貴幾乎被屠殺一空，現在，該是銷毀這把屠刀的時候了。

塔不煙急急走進殿來，儘管她是一個女人，也因為突然掌握生殺予奪的權力而激動得兩頰緋紅、豔若桃李。權力，的確是世上最讓人陶醉的一帖春藥。

「娘娘，被關押在天牢裡的大人們都放出來了，得知娘娘被耶律三明軟禁，耶律三明假傳聖旨、殺害諸多朝臣，大人們怒不可遏。如今奉娘娘之命，由他們清查耶律三明、罨撒葛、蕭展飛等人圖謀不軌的詳細證據，已經有了眉目。」

蕭綽不動聲色地放下茶杯，蛾眉微微一挑，笑得有些妖異：「怎麼樣？」

「找到了許多證據、足夠的證據，室昉大人依我契丹律，為這些叛逆定罪一百三十一條。」

蕭綽輕輕一笑道：「好，很好，室昉大人不愧是一代能臣，短短時間，就能辦下這樣的大事。」

塔不煙道：「也不全是室昉大人所擬的罪名。那些被釋放出來的大人們都是不遺餘力，耶律三明等人這幾天絞盡腦汁想出來藉以屠殺宗室權貴的各種罪名，如今自然也都要算回到他們自己頭上。耶律三明等人已是百口莫辯、百死莫贖了！」

蕭綽莞爾道：「百口莫辯、百死莫贖，說的好，沒想到妳這不讀書的丫頭，也能說得出這樣的話來。」

塔不煙紅著臉道：「這……不是婢子說的，這是郭襲大人所言，婢子……婢子聽了來。」

蕭綽啞然失笑，她緩緩站起身來，在殿中徐徐走動半晌，雙袖舒捲，挽在身後，俏生生地站定，下巴微微抬起，淡淡地吩咐道：「著令，耶律三明圖謀不軌，罪惡昭彰，即刻明正典刑。耶律三明府上一干人等盡皆屠戮。」

「遵命！」塔不煙不由自主地站直了身子。

蕭綽目中寒芒一閃，又道：「太平王罨撒葛，附逆叛亂，處死，賜其全屍，王妃與王女，幽禁府第，砌死所有出入門戶，終生不得踏出府門一步。」

「是！」塔不煙的呼吸變得粗重起來。

「以上兩人所屬族產收歸皇室，族人盡皆發付受害的諸皇室宗親為奴。」

塔不煙顫聲道：「是。」

「蕭展飛嘛……」蕭綽略一沉吟，宮袖微舒，雲淡風輕地道：「處死！府中家眷，盡賜白綾，相關黨羽，一律活埋。」

塔不煙臉色蒼白，哆嗦著道：「是……是……」

蕭綽凝視了她一眼，忽地問道：「如果他們成功了，妳說朕會落得什麼下場？」

塔不煙垂下了頭，渾身顫抖，沒有應聲。

蕭綽幽幽地又道：「妳說我那姐夫、叔父，會不會對朕顧念親情？朕的姐姐、嬸娘，會不會為朕求情？」

塔不煙急促地喘息幾下，低聲道：「婢子明白了。」

天子一怒，伏屍百萬。

女皇一怒，血流漂櫓。

＊　　＊　　＊

「沒想到，朕之受辱，竟是一個契機，引來這許多變化。」

蕭綽合衣躺在榻上，毫無倦意：「自秉政以來，手中兩塊燙手的山芋，內政與外交，如今已解決了一個。老臣政要，幾乎屠戮殆盡。與朝廷為敵者，打；為我所用者，拉。朕可以大膽任用新人、多用宗至之外的能吏、多委一些流官，鞏固皇權。眼下雖是元氣大傷，可是比起腐蛀叢生的舊況，從長遠計，卻是有利無害。

「外交……東方的高麗、東北的女真、北側的斡朗改、西側的粘八葛、西北的党項人、南邊的宋國，個個都是刺蝟，哪一個也不好招惹，如今藉著漢使襲殺粘八葛使者、宋國使者一事，成功地甩掉了漢國這個包袱，並謀得了粘八葛的好感，宋國方面，雖然損失了一個使者，卻得到了朕的善意承諾，如今他們志在漢國，也不會來與朕為難，朕可以安下心來收拾山河了。不……還有一個人虎視眈眈，那就是慶王。這根扎在我心裡的刺，什麼時候才能夠拔去？

「可是不管怎麼說，上京城總算真的太平了，朕總算可以在宮裡面睡一個安穩覺了，上京城，如今是真正的屬於朕的了，再也沒有什麼讓朕擔心、操心的事情……」

蕭綽想到這兒，一個身影突地躍上心頭，由不得她的心怦然一跳。

「還有一些人沒有處置……」這兩日忙於國事，蕭后竟然忘記了他，一想起那個人，那一夜的屈辱、難忘的滋味，又湧上心頭，尤其是在這靜謐的深夜，記憶與感官更是異常清晰靈敏。

那一晚瘋狂交合的畫面，紛紛亂亂地湧入腦海，那種銷魂蝕骨的異樣快感，從未體驗過的暢快滋味，讓這掌握著無上權柄、高高在上的一代女主冷酷堅忍的心防漸漸融化。她結實有力的一雙玉腿漸漸絞緊，呼吸也變得粗重起來。

一旦體驗過那種顛狂極樂的滋味，這寂寞深宮的少婦心旌搖動，她的雙眼漸漸閉起，抱緊了一個枕頭，一聲細細的、難耐的呻吟從她喉間逸出。

蕭綽忽地掀開錦衾，披散著一頭秀髮從榻上坐了起來，伸手抄起榻邊几案上剛卸下的金釵，一釵扎進了自己的掌心，鮮血化作了一顆殷紅的寶石，托在她的掌心裡，刺痛一下子清醒了她的神智。

「朕，不做任何人的俘虜；朕，不由任何人擺布，哪怕是自己的情欲！」

「那一夜，只是一場夢，一場夢……明日，朕要親自處置了他們，這荒唐的一夢，將從朕心中抹去，再無痕跡！」

＊　　＊　　＊

楊浩默默坐在牢房裡，到現在他還沒有弄明白到底出了什麼事。那條毫無瑕疵的玉腿，到底屬於哪個人？冬兒去了哪裡，這裡又是什麼地方？

最讓他幾欲發狂的是，他一肚子疑問都得不到解釋，牢房裡更是靜謐得似乎連蟑螂在牆角爬動的聲音都聽得清清楚楚，沒有人跟他說話，他也聽不到一點聲音。每天，都會有一個蓬頭垢面的人來給他送飯，飯菜很不錯，做的很精細，如果犯人每天都能吃上這樣的飯菜，那監獄也可以當作皇宮了，問題是……只有一頓飯，每天只有一頓飯，儘管他盡量減少活動，還是餓得前胸貼後背。

其實他想活動也沒有機會，每天，只有吃飯的時辰，他才會被人從床板上解下來。每天只有那個時辰，他能聽到一陣腳步聲，甚至能分辨得出那是三個人的腳步聲，對於一點聲息都聽不到的他來說，聽到那腳步聲時幾如天籟。

腳步聲會在他的牢房前停下，房門打開，走進一個人來，然後牢房門會鎖起，會聽到兩個人如避瘟神，逃也似地離開的聲音，緊接著，進來的那個人會拔出他的塞口布，扯下他的頭套，解開他的繩索，看著他把飯吃完，然後再把他綁回去……

想要獲得更多活動的時間，他就只能放慢進餐的時間，把那精緻碟碗中的飯菜反覆地咀嚼、嚥下，他試著和那送飯的人搭訕，可是送飯的人不知得了什麼囑咐，就像一個啞巴，絕不會和他說一句話，每天送飯來的人，都是一個新面孔，都在重複著舊事，眼前這一切，常常讓他產生一種錯覺：「這會不會是一場夢？」

正胡思亂想著，他又聽到了腳步聲，開門，關門，逃走……

奇怪的是，留下的那個人卻遲遲沒有走上來為他解開繩索。

等了片刻，楊浩終於忍不住掙扎起來，鼻子裡發出唔唔的聲音，這時，他聽到了一個女人的聲音，聲音很輕、很悅耳、很動聽、也很……寒冷：「楊使者，你還好嗎？」

楊浩一下子靜了下來：「女人的聲音？好熟悉的聲音，她是……」

那個女人格格一笑，又道：「敢對朕不恭的人，都死得很慘，而你，你竟凌辱了朕，朕……該怎麼處置你才好？」

「蕭綽！」楊浩心中如電光火石，本來難明的疑慮，或者說他根本不敢去設想的疑問突然迎刃而解：「老天爺，那晚……那晚是她，是契丹皇后！」

鼻端嗅到一縷清幽的香氣，蕭綽幽幽的聲音忽然近了，就在耳邊，一隻軟綿綿的小手輕輕撫上了他的胸膛，那幽幽的、彷彿情人般纏綿的聲音帶著一抹深深的恨意道：「說起來，你是我蕭綽的男人呢，我的男人，就算不是蓋世英雄，也該有點骨氣，你要是就這麼嚇死了，朕會覺得很丟臉的。」

「上帝啊，我上了女皇！」

楊浩一下子握緊了雙拳：「我不能這麼死，我要活下去！《國學智慧大全》、《外交謀略學》、《三十六計》、《中外智者故事》、《十萬個為什麼》、《腦筋急轉彎》……哪個裡面有強暴了女皇還能逃出生天的先例？」

三百八八　一千零一夜

嘴中的布被取了下來，頭上罩的黑巾也被摘了下來，楊浩動了動痠麻的嘴巴，無言地看著眼前的女人。紅戰襖、藍腰帶，垂著白狐絨纓絡的氈帽，一身宮中女衛的打扮。嫵媚的雙眉，明亮的雙眸，瑤鼻櫻唇，嬌豔如花，可是那自上而下俯視著他的眼神卻讓人非常不自在。高傲、憎恨、冷漠，還有一絲隱藏得很深的羞辱。

半晌，楊浩才嘆了一口氣，低聲道：「那晚……是妳？」

蕭綽冷冷地道：「不然應該是誰？」

「她……怎麼樣了？還有……還有……」

「不必抱著任何幻想了，朕可以由你想到她有問題，自然也可以由她想到羅克敵、童羽、王鐵牛。這幾天，我殺了許多人，不過……他們還活著，因為我要弄明白他們為何而來，又要做些什麼。現在我已經知道了，他們對朕倒是沒有什麼惡意，但是他們背叛了朕，這個理由就足夠了，他們……會和你一起去死。」

楊浩的神情微微變了變，隨即卻淡淡一笑：「這倒沒有出乎我的意料之外，外臣既然玷辱了陛下，也沒想過還能活著。不過……冬兒什麼也不知道，那一晚，我根本不知道妳會來，否則根本不會去，她告訴我，那晚陛下不會去……」

蕭綽蒼白的臉頰終於泛起一絲紅暈，嗓音帶著按捺不住的羞怒低喝道：「就算是對你自己的娘子，你就可以用強暴手段嗎？」

楊浩苦笑起來：「外臣……修習過一種內功心法，是一門道家雙修功法，那一晚，外臣心魔反噬，神智迷失，所以才……否則的話，也不致如癲似狂地將陛下……」

「不要說了。」蕭綽胸前挺拔的玉兔急劇地跳動了幾下，她的酥胸挺拔結實，輪廓優美，雖非甚大，可是俯身向他時，無形中卻凸顯讀更加挺拔。

她平抑了一下呼吸，這才說道：「朕最為倚重的女官，竟是你的娘子，朕提拔重用的幾員宮衛將領，竟是你的兄弟，朕實實沒有想到。不錯，那一晚發生了什麼事，他們並不知道，但是就憑這一點，他們已有取死之道。」

楊浩深深地凝視著眼前這位皇后，沉聲道：「也就是說，他們要為妳的識人不明而付出代價？」

蕭綽睨著他冷笑：「那又怎樣？朕待他們不薄，將幾個奴隸提拔成為人上人。難道如今還要故作大方地釋他們而去，讓天下人都曉得我蕭綽的心腹叛逃中原？他們的心既然不在這裡，那就永遠埋在這裡好了。」

楊浩情知今日她出現在這裡，自己和冬兒他們就已到了最後關頭，她出現的時候，就意味著他們的生命已走向了終結，可是這麼冤枉地、這麼無聲無息地死去，他著實不甘心，明知不可能，他還是做著最後的掙扎。

他反詰道：「陛下擅殺宋使，就不怕因此挑起兩國之間的一戰嗎？」

蕭綽微笑道：「你和朕做出讓步的一封國書來，孰重孰輕呢？宋國連番征戰，國困民乏，如果此時和朕開戰，不過是個兩敗俱傷的結局，趙匡胤會為了你貿然開戰嗎？何況，宋廷永遠也不會知道真相，替死鬼已經找到了。說起來，朕還要感謝你，因為你，這些天死了許多人，朕的權力前所未有地穩固，再也沒有人來掣肘朕、威脅朕，這都是拜你所賜啊。」

楊浩這已是第二次聽到她說這幾天死了許多人了，他忍不住問道：「冬兒、羅克敵、童羽他們都安然無恙，死的是誰？」

蕭綽將自己的得意手段一一說了出來，楊浩啞然半晌，輕輕嘆道：「好心機，好手段！」

「承蒙誇獎。」蕭綽緩緩拔出一柄短刀，用鋒利的刀刃挑開楊浩的衣襟，刀尖對準了他的心口，低聲說道：「現在，你可以去死了，你不用擔心，你的娘子和你的兄弟，朕會送他們一一上路，你先去黃泉路上等他們一會兒吧。」

森寒鋒利的刀尖將胸口的肌膚劃破一道傷口，鮮血沁了出來，她用嬌嫩的手指輕輕撫到楊浩胸口，蘸起那顆晶瑩的血珠，輕輕遞到嘴邊，慢慢吮去，似乎回味無窮地舔了舔嘴唇，迷離著眼神輕輕說道：「你那樣對我，我卻只是一刀結果了你，這已經違背我蕭綽做人的一向原則了。這裡沒有旁人，我不妨告訴你一個祕密，不管當時是多麼不情願，可是，是你讓我體會到了做女人的快樂，哪怕一生……就只這麼一次。」

蕭綽的臉頰殷紅如血，眼中露出一絲溫柔，她輕輕地撫摸著楊浩鬍子拉雜的臉頰，聲音微微有些顫抖：「有時候，我也渴望做一個女人，一個教人疼、教人憐的女人，而不是高高在上、母儀天下的皇后。可惜，人生在世，大多身不由己，許多事是由不得你自己作主的，哪怕你是皇帝……都不可能。你既然必須死，便只能死在我的手裡，我不捨得旁人來殺你的……」

楊浩終於絕望了，他知道，當這個權力的狩獵場中，蕭綽猶如群狼環伺之中的一個女狼王，她永遠只會用堅強、冷酷、理智的一面示人，當她一旦撕去偽裝，在人前真情流露，把自己軟弱的一面毫無顧忌地展示出來的時候，就是覺得完全不需要在那個人面前掩飾自己的時候，什麼人才可以讓時刻提著警惕的她完全不設防？只有死人……

他閉起眼睛，苦笑著說道：「我以為，自己的計畫縱有疏漏，也是在逃跑途中為妳所擒，卻實在沒有想到會栽在這裡。我千里迢迢來到塞北，只是為了找回我的愛妻，帶走我的兄弟，冒犯陛下，實非本意，陰差陽錯，不是楊浩的錯！

「冬兒是我的愛妻，羅克敵和童羽、鐵牛是我的兄弟，他們承蒙陛下青睞，授以高官厚祿，但是他們卻也曾為陛下出生入死，立下汗馬功勞。來到契丹，本非他們所願，如今他們只是想回到故土，回到自己的親人身邊而已，並不想謀害陛下，更談不上什麼背叛，他們也沒有錯。

「若是尋常女子驟逢如此遭遇，想必早已痛不欲生，而陛下回宮之後，卻能迅速冷靜下來，抓住機會利用宮衛三將和女尚官的『失蹤』事件，布置下這麼一個連環計，將威脅到皇權的宗室勢力掃蕩一空，由此看來，楊浩所為，未必是讓陛下羞憤欲絕的原因。」

蕭綽覺得在他面前自己正被一件一件地剝去所有的偽裝，赤裸裸地把本來的自己暴露在他的面前，神情不由有些慌亂，她張口道：「我……」

楊浩自顧自地繼續說下去：「其實這也正常，不管哪個女人，到了陛下這樣的身分地位，自九天之上俯瞰眾生，就不會像一個豢養在深宅大院中的深閨女子一樣，只盯著自身的一些東西，身為女人這件事，會被她看得很淡了。陛下要殺我，與其說是因為一個男人冒犯了一個女人，不如說是因為我們的逃離損害了陛下的聲望和妳的權力。做為一個統治者，妳這樣做同樣沒有錯……」

「你……」

楊浩凝視著她，嘴角逸出一絲平靜、安詳的笑意：「陛下身為監國皇后，是一個近乎完美的統治者。陛下身為一個女人，更是女人中的女人，那晚的一切，我都記得。陛下既對我坦誠相告，即將赴死的我也無需隱瞞，坦白地說……那一晚，楊浩同樣記憶猶新、迄今回味……」

蕭綽的臉蛋越來越紅，連耳根、頸子都紅得像一隻燒紅的蝦子。

剝去偽裝，拋開她肩頭沉重的責任，她也不過是個年方二八的年輕女子，她或許天姿聰穎，天生具備一個統治者的資質，可是如果她生在小門小戶，嫁了一個普通的男子，那麼她現在充其量也只是一個聰明、能幹、有些厲害的妻子。

可她不是，她生在代代出皇后的契丹蕭家，她嫁入皇宮，做了契丹皇后，潛藏在她身上的一個統治者應該具備的冷酷、睿智、殺伐決斷的能力，就像一顆種子埋入了合適的土壤，得到了雨露的滋潤，會迅速地成長起來。她整日埋首在堆積如山的奏章案牘之間，已經漸漸快要忘記自己也是一個女人了。

而此刻，她恢復了自己的本性。對這個用粗暴手段占有了她的男人，她有著一種說不清、道不明的複雜情感。如今他就要死了，她不介意允許他在臨死之前放肆一次。這一刻，她不再是那個一聲號令，千百人頭落地眼都不眨一下的冷血女皇，她只是一個女人，一個有著七情六欲的女人……

楊浩慢慢閉上了眼睛，低聲道：「聽冬兒說，陛下弓馬嫻熟，身手極好，麻煩妳出刀快一些，我隨程大將軍學刀時，曾聽他說，從左側第二根肋骨的位置一刀下去，可以直中心臟，馬上斃命，死得沒有一點痛苦……」

蕭綽的雙眼漸漸氤氳起一團霧氣，眸子卻亮如寶石，閃著熠熠的光。

她的聲音也變得很輕、很溫柔：「你放心，我出刀……會很快……很快的……」

刀被高高舉起，握住刀柄的手緊緊地攥起，掌背上淡青的筋絡都繃了起來，可是它卻穩穩的，沒有一絲顫抖。

「人生一世，草木一秋，我這一生雖然短暫，卻活得多姿多彩，知足了。蕭娘娘，我和冬兒在黃泉之下等著妳，也許我們再相見的時候，妳仍是容顏如花、嬌麗無儔，到那時候，我們應該能拋棄彼此身分、地位的隔閡，忘記今日的恩怨，把酒言歡，盡付一醉了吧？」

蕭綽輕輕嘆了口氣：「什麼事你都要往最美好的一面去想嗎？當我們黃泉相見的時候，很可能……朕已是一個雞皮鶴髮的老女人，走起路來顫巍巍如風中殘燭，那時恐怕你根本不認得我了，也不想認得我的了。」

「或許吧，本來對妳這樣的說法我絕不會懷疑的，可是現在看來……卻是未必，我們黃泉再見的那一天，也許很快就會到來，非常……非常快……」

楊浩的聲音越來越低，到後來已近乎自言自語，含糊得蕭綽已聽不清了：「趙光義領兵下了江南，韓德讓一命歸了西，契丹皇帝遇刺病危，蕭太后提前控制了世上武力最強大的國家，變了……改變的已經太多、太多了。

「一場大雨逼反了陳勝、吳廣，誘發了秦帝國的崩潰；一張報紙決定了紅軍的出路，出現了二萬五千里長征；一些牛油和豬油成了印度民族大起義的導火線……一個楊浩……雖然像彗星一閃，在這世間來去匆匆，卻給這世界帶來了我造成的改變。

「這改變將有多大我不知道，這世界將走向怎樣的未來我不知道，更不知道那對以後的世人是禍還是福，我只知道，前世的我，是一個繭，這一世的我，是一隻蝴蝶，雖然短暫，卻無限精彩，這一輩子……我沒白活……娃娃、焰焰、妙妙，對不起了……」

蕭綽努力地去聽，卻還是沒有聽清他在說些什麼，於是冷笑道：「有什麼未必？如今，朕大權在握，朝廷上下，再也沒有能與朕抗衡的力量，朕正當妙齡，怎麼會死？誰能殺得了朕？」

楊浩無視懸在胸膛上的那柄利刃，微笑道：「漫無邊際的大草原上，雄獅、豹子、土狼、羚羊、黃鹿……各種各樣的動物都生活在那裡，當草原上發生大乾旱的時候，水塘一個個消失，河流一條條斷絕，只有最深最大的幾個湖泊成為野獸生存的最後機會，妳說最後活下來的……會是什麼動物？」

蕭綽意志再如何堅韌如鋼，終究還是一個正值妙齡的女子，心中的好奇還是免不了的，忍不住答道：「那還用考慮嗎？最後能活下來的，當然是雄獅。」

「錯了，是羚羊和黃鹿。」

「怎麼可能？」

「怎麼不可能？水源越來越少，為了爭奪活命的水，最強壯的野獸會日夜守候在水邊，弱小的動物來到水邊就會被牠們吃掉，於是最弱小的動物只好放棄這個正在漸漸乾涸的湖泊，逃向更遠的地方去尋找水源。

「一路上，牠們會不斷地飢渴而死、不斷地在湖泊旁邊被等候在那兒的強大野獸吃掉，可是牠們的族群，總有一些能逃出去，最後找到生路。然而那些守著湖泊、等在草原上的強大野獸呢？當牠們守候的湖泊乾涸，當牠們再等不到一隻獵物，想要逃離那片死亡之地的時候，已經為時晚矣，牠們一路上已經再也找不到一滴水，尋不到一點食物，最後，牠們只能全部死在逃亡的路上。

「如今的契丹，就是那大旱的草原，而娘娘妳，就是那隻守護著水源的獅子，所有的人都在妳的腳下顫抖，可是禍亂的根源並沒有根除，乾旱一日不解，危機就始終存在，最後，娘娘的下場就會和那頭雄獅一般無二。或許，甘霖會在最後一滴水乾涸前到來？呵呵，楊某說的，只是一種可能……」

楊浩口中比喻成乾旱的危機，指的是逃向西北的慶王，他已抱著必死之心，心情平靜下來，靈臺反而一陣清明，他忽地想到，自己那個隱密的身分，或許會成為他免死的最後途徑，如果能與蕭綽達成政治聯盟，那麼就能挽救自己和冬兒、羅克敵他們的性命，儘管這籌碼還嫌小了些。可是，他忽又想到，蕭綽是不是一定會選擇他？是否相信他掌握的那支力量足夠強大？如果她選擇夏州李氏做為合作夥伴怎麼辦？自己這些身陷囹圄的人也就罷了，蘆嶺州那些人也要因自己而陷入萬劫不復之地了。

想到這裡，楊浩不禁猶豫起來，卻沒注意到蕭綽聽了他這番話，不知觸動了她的什麼心事，高高舉在手中的尖刀竟然悄悄放了下來，她似也陷入了沉思。牢房裡靜悄悄的，蕭綽目光閃動，不知在思索著什麼，方才偶然釋放的小兒女情態漸漸消退，她的神情正在慢慢恢復，就像臉上有一張神的面具，剛剛偶然融解，此時正在重新凝固，籠罩了她的容顏。

當她的臉上那一絲偶然閃現的情欲、羞澀與溫柔，正在被一貫的冷靜、優雅、高貴和堅毅所取代，當她的眸子重又恢復了冷漠與精明，蕭綽重新變成了蕭皇后。

她還刀入鞘，盈盈站了起來，高高在上、儀態萬千，一剎那間又回到了九天之上。

楊浩驚異地看著她，蕭綽款款抬手，將面紗放下，遮住了自己的模樣：「很不錯的故事，朕會好好想想它。」

「嗯？」

「承蒙提醒，朕改變主意了。」

楊浩身子一震，驚喜地道：「娘娘要放過我了？」

「你覺得有可能嗎？」

蕭綽哂然冷笑，她向門邊走去，口中淡淡地道：「朕覺得你說的故事很有趣，朕很想再聽你講講故事，當你的故事講完的時候，你的生命也就走到了盡頭……」

牢門關上，腳步聲漸漸遠去，楊浩直瞪瞪地看著房頂，一臉莫名其妙：「還想聽我講故事……一千零一夜？這位契丹皇后是那位喜歡聽故事的暴君哈里發投胎轉世？那我算是誰？我明天講什麼故事？書到用時方恨少，《動物星球頻道》我看的實在不多，我的午飯……就這麼沒了？」

三百八九　一夜又一夜

「是的，對契丹來說，最大的威脅不在鄰國，而在國內；對我來說，最大危脅不在那些位高權重的宗室子弟，而在我自己。至尊的寶座足以讓有野心的人前仆後繼，源源不絕，殺掉一批有野心的權貴，很快就會如雨後春筍般再出現一批，我能一直殺下去嗎？我能永不失手嗎？」

蕭綽心事重重，直到走出長長的甬道，見到站在那兒的諸多女衛和畢恭畢敬的獄卒們，她才打斷了思路，淡淡地吩咐道：「鎖緊牢門，著你小心看護的那幾個人，都要好生看顧著，不可有一絲疏忽大意。」

大頭趕緊應了一聲：「是，大人吩咐的話，小人一定會謹遵而行。」

蕭綽輕輕哼了一聲，便自大頭身邊揚長而去，待女兵們眾星捧月一般簇擁著她離開，大頭這才暗暗鬆了一口氣，直起腰來喃喃地道：「那個瘟神到底是什麼身分啊？他怎麼還不去死？他在老子這兒關一天，老子就沒一天安生日子過。唉！我說，哥兒幾個，誰去把牢門關好？噯，你們別躲啊，我說齊老頭，你去……」

老齊就像吃了口苦瓜，咧著嘴抗議：「王爺，又讓我去啊？不成，不能總是我吃虧啊，咱們拇戰，誰輸了誰去。」

「娘的，叫你們做點事，一個個就會推三阻四。來來來，拇戰就拇戰。」

大頭沒好氣地瞪了他一眼，把那幾個一聽說要去關牢門就馬上逃得遠遠的獄卒都喊了回來。

拇戰就是划拳，當時稱為拇戰，也叫打令。幾個人划起了拳：「一定恭喜，二相好，三星高照，四喜，五金魁，六六順，七七巧……」

「哈哈哈，王爺，您請、您請……」

「真他娘的晦氣！」

眾獄卒陪著笑臉拱手作揖，輸了拳的大頭把肥胖的胸膛一挺，很悲壯地向那陰森森的長廊甬道走去，彷彿那長廊盡頭有一隻吃人的野獸。

風蕭蕭兮，有點寒……

腳步聲又傳來了，聲音有點蠢重，不是蕭綽那種輕盈的腳步聲，儘管如此，楊浩還是轉首看向門口，只見一個身穿獄官服裝的胖子走到牢門外，慌慌張張地抓起鐵鎖，在門欄上纏繞起來。

一俟看清了他的模樣，楊浩猛地一震，失聲叫道：「是你？」

那胖子剛把鎖鏈在牢門上繞了幾匝，還沒來得及把鐵將軍扣上，就聽見裡邊那個瘟神開口說話了，胖子嚇了一跳，趕緊叫道：「我沒聽見，我沒聽見……」

他一邊說，一邊趕緊扣鎖，可是心驚肉跳之下，那鎖眼就是對不上，楊浩又叫道：「大頭，是你！」

胖子的動作猛然石化，怔忡半晌，他才圓睜雙眼，抬起頭向牢房中看來，看了半晌，他一身的肥肉都哆嗦起來：「我……我的天老爺，是大……大大……大哥？」

* * *

楊浩甦醒過來的時候，發現自己已被重新綁在了床上，頭上戴上了頭罩，嘴裡塞了一團布，他茫然半晌，還是沒搞明白蕭綽要幹什麼。

蕭綽心事重重地離去時，忘了給他戴上面罩、塞住嘴巴，當那獄官趕來鎖門時，楊浩驚訝地發現，那獄官竟是久已下落不明的大頭。大頭也實未料到自己私下打聽了許久下落的楊浩，就關在自己的牢房裡，就是被他們懼若瘟神的那個人。

大頭又驚又喜地衝進來，匆匆問了下情形，便壯著膽子要為他解開束縛，卻被楊浩一句話就阻止了。

「大頭，你縱然可以解開我，但是我能逃出牢房嗎？能逃出上京嗎？」

大頭一怔，停止了動作，神情有點發苦：「大哥，兄弟沒用，不說別處，光是這大牢外，就有……就有郭襄大人派來的重兵層層把守，恐怕……恐怕咱們是衝不出去的。」

「那麼就不要輕舉妄動，機會只有一次，浪費了，就再也等不到了。」

「可是，娘娘隨時可能會殺你呀。」

「如果我現在貿然逃出去，現在就得死，耐心等下去，也許還會有生機。」

楊浩頓了一頓，又問：「禮賓院的宋國使節那邊怎麼樣了？他們可曾追尋我的下落？」

「我這幾天私下打聽大哥的消息，聽到了一些消息。娘娘已經把國書交給了張同舟大人，並且保證一定嚴查到底，緝查真兇，給宋國一個交代。並說那封國書是趙官家翹首企盼的緊要信件，張將軍已率使團先行趕回宋國去了。」

「唔……」楊浩思索了一下，說道：「大頭，你幫我做幾件事。」

「大哥你說。」

「一，打探冬兒、羅克敵和小六他們的消息，旁的任何地方都有洩密的危險，包括皇宮之內，我既然被關在這裡，他們應該也在這裡。」

「好。」

「第二，你有空時到南城福字客棧附近轉悠轉悠，幫我去找一個人，她是我的妹子，叫丁玉落，蕭綽再精明，再如何神通廣大，也不可能手眼通天，掌握我的所有情況。她既然第一時間散布了我和冬兒、羅克敵等人失蹤的消息，以玉落的機靈，必然會立即潛伏起來。

「就算蕭綽知道羅克敵有個正在追求的漢家女，也未必會派人去抓她，也難以抓得到她。北城皇城區她很難進入，這處客棧已是她能與我取得聯繫的唯一所在，她一定會常在那附近轉悠，你幫我找到她，把我現在的處境告訴她，尋找她的方法是……」

楊浩低低囑咐一番，大頭聽了連連頷首，說道：「那成，那就委屈大哥一下，小弟先給大哥重新戴上頭罩，以防有人生疑，然後便按大哥的吩咐去做。」

他取來頭罩，正要為楊浩戴上，楊浩凝視著他，忽然低聲喚道：「大頭。」

大頭手上一停，「嗯」了一聲。

楊浩道：「你……已在此地娶妻生子？」

「是。」

楊浩猶豫了一下，說道：「大頭，你要想清楚，以蕭后的手段，如果知道你幫我，很可能把你和你的家人都拖進來，你有妻兒需要照顧，就算置之事外，也是人之常情，我不會怪你的。」

大頭遲疑了一下，雙眼深深地凝視著楊浩問道：「大哥，你聽說我在亂箭之下丟了大嫂獨自逃命的時候，有沒有恨我？」

楊浩緩緩地搖了搖頭：「我從不覺得，斬了雞頭、燒了黃紙、拜了把子，就得讓兄弟把一條命都賣給自己。」

大頭眼中凝起了淚光，他咧嘴一笑，鄭重地說道：「大哥，我做過一次讓自己後悔的事了，我不想再做第二次，我知道跟大哥站在一起是怎樣危險，這是我自己的選擇，你沒有因為我的不義而恨我，現在也不用因為我的出頭而負疚，我去了！」

他把頭套給楊浩套上，又將塞口布輕輕塞進他的口中，站起身來走出門去。長廊甬道陰森森的，他走回去時腳步仍是笨重的，卻有力了許多。

風蕭蕭兮，熱血沸騰！

*　　*　　*

傍晚時分，當一縷夕陽從牢房天窗照進來時，楊浩本以為今日無望的飲食居然送來了。

腳步聲很雜亂，但是楊浩馬上嗅到了飯菜的香氣。

當他被除去頭套，拿出塞口布時，他發現今天牢裡出現的東西與往昔有點不同。

首先是四個高大魁梧的犯人，旁邊放著一個半人多高的木桶，桶中霧氣氤氳，顯然盛滿了熱水。旁邊有匣有屜有盒子，也不知道都裝了些什麼。

他們不由分說便把周身無力的楊浩剝了個精光，然後把他扔進桶中，四個人一人拿一條絲瓜瓤子，把楊浩刷成了一隻紅通通的水煮蝦，然後又用皂角、澡豆，把他洗成了一個香噴噴的乖寶寶，最後又為他修理了頭面、刮去了鬍子，換上一身潔淨輕軟的袍服，然後才打開食盒，把一碟碟精緻的飯菜擺在他的面前，最為難得的是，其中居然還有一壺酒。

楊浩一直莫名其妙地任由他們擺布，直至看到豐盛的飲食，心中才不由一沉：「莫非蕭綽回去以後，終究又改變了主意，要把自己馬上處死？罷了，本沒想著能逃出生天，這樣死法，總算做個乾乾淨淨、體體面面的飽死鬼。」

他橫下心來，神情反而泰然，飢腸轆轆之下也顧不得細嚼慢嚥拖延時間了，他風捲殘雲一般把飯菜掃了個乾淨，也不管裡邊有沒有放毒，反正伸頭一刀、縮頭也是一刀。不出他的預料，很快，他的眼皮就沉重起來，開始昏昏欲睡了。

「果然……我要死了……」

當腦海中閃過這個念頭的時候，他便沉沉睡去，當他再清醒的時候，發現自己又被綁在床上了。

「我沒有死……」楊浩心中一喜，隨即就發覺下體處發涼，似乎袍服被人解開了，楊浩大駭，趕緊扭動了一下身子，卻發現自己被綁得死死的，根本動彈不得。

旁邊隱隱有一道細細的呼吸，帶著壓抑的急促，然後……一隻戰戰兢兢的小手忽然撫上了他的要害，楊浩不由倒抽一口冷氣。

那隻小手柔軟細嫩，挑逗的動作十分生澀，一開始甚至不敢緊緊握著他。楊浩又驚又駭，喉中發出咿唔的聲音，只想質問她是哪個人，可惜卻根本說不出話來。

那雙柔荑小手把玩良久，漸漸臻於熟練，楊浩心中驚懼反感，身體卻本能地發生了反應，被那雙酥嫩的小手已是撩撥得一柱擎天，他的腹中也漸漸有了一種奇異的感覺，就像一團烈火，不停地燃燒著他。

忽然，那雙手離開了，楊浩剛剛鬆了一口氣，就感覺一個光滑的身子爬上了楊，跨坐到了他的身上

「嗯……」俯在他身上的女體發出一聲難耐的呻吟，雙手撐在楊浩的胸膛上，弓著脊背，裊娜的腰肢款款擺動，如蜻蜓點水一般，淺嘗輒止地嘗試著，一寸一寸地加深，直到他那行將爆炸的塵柄緩緩沒入一處緊窒、溼熱、幽深、銷魂的所在……

「是她……一定是她，她……她竟是這樣一個放浪無恥、沉溺肉欲的女人嗎？不對……」楊浩心中靈光一閃，突然明白了些什麼。

夾在他腰間的那雙大腿幼滑細嫩，結實有力，在他身上輕輕起伏的臀部圓潤豐盈、彈性綿軟，她像騎馬一樣迎湊著，將楊浩一步步引領向極樂的巔峰，漸漸粗重的喘息和她低迴婉轉的呻吟，就如火上澆油一般，讓他的欲望不斷向頂峰攀登。

當身上的女體已是香汗津津的時候，楊浩再也克制不住，喉間發出一聲低吼，熾熱的岩漿兇猛地噴射出去……

身上的人兒靜靜地伏在他的胸口，輕輕地喘息著，就像一隻輕盈的貓兒，柔軟的頭髮輕輕拂著他赤裸的胸膛，傳來一陣陣顫慄的餘韻。

許久……許久……當她的情緒完全平穩下來，那動人的呼吸聲不見了，她很冷靜地離開他的身體，在窸窸窣窣中穿戴停當，楊浩感覺到她為自己繫好了衣裳，然後牢門輕響，她便像幽靈一般離去了。

第二個夜晚，當四個新面孔的壯漢抬著浴桶、食盒出現在他牢房中時，楊浩怒不可遏地掙扎起來，可惜……只被人強行灌了一杯酒下去，他便昏昏欲睡任人擺布了。

結果一如前夜，仍是一個銷魂的夜晚，當雲收雨住，那具彈性驚人的幼滑女體再次離開他的身體時，楊浩就像一隻掉在陷阱裡的野獸一般廝吼著，表達自己的憤怒，直到牢門關上，輕盈如貓的腳步聲漸漸遠去，才頹然倒在床上。

有美女以身相就，本是一件快意的事，如果這個美女是個身分無比高貴，無數男子都得跪倒向她膜拜的神一般的存在，那更是男人夢寐以求的極樂享受。可是楊浩卻只感受到極度的屈辱和憤怒。

但凡有點自尊的男人，沒有一個會願意被人綁在那兒，任由一個女人予取予求，僅僅是把他的身子當成了一件傳宗接代的工具，哪怕她是美若天仙。

他無力控制自己的身體、無法抵抗蕭綽的淫威，唯一的選擇，就只有對付自己。

於是，楊浩絕食了。

為了男人的尊嚴，為了自己的貞操。

他從來沒有想到，自己一個大男人，居然要像一個被人強暴的女子般，用這樣的方法來抗爭。那一夜，她也是這樣屈辱的感覺嗎？楊浩有種欲哭無淚的感覺。

絕食的結果，是精美的宮廷御膳變成了流食，幾個粗壯的囚犯用漏斗強行給他灌服，以保證他的營養和充沛的體力，如此這般折騰了三天，楊浩放棄了絕食，已經對不起自己的面子了，就不要對不起自己的胃了。既然面對強姦時，不能抗拒，那就好好享受吧！

楊浩採取了另一種報復的方式，他開始主動配合，直到對方骨軟筋酥，在顫慄顫抖中忘形地呻吟，在他的反擊下頻頻失守，最後軟綿綿地伏在他的身上，哪怕歇息了大半個時辰，離開他的身體時，一雙結實有力的大腿都在突突地打顫。

一夜，一夜，又一夜，楊浩的日子就在這種屈辱和極樂中度過。

每晚，都會有一個狐仙般的嫵媚麗人，帶著如麝如蘭的芬芳來到他的身邊，在一番欲仙欲死的纏綿之後再悄然離開……

時間好像過去很久了，才不過一個多月的時間，那些天的腥風血雨在普通的上京百姓記憶中已經開始淡化，人得往前看，日子得往後過，誰會一直記著過去呢？

上京城在皇后娘娘的治理下，重又變得秩序井然、繁華依舊，上流人物之間的明爭暗鬥，他們才不放在心上。聽說，久病的皇上身子已然大好了，時常在寢宮院落和御花園中散步，前幾天還嘗試著引弓放箭，射下一隻鳥來。

聽說，娘娘舉賢任能，不問出身，選拔了許多並非王室宗親的能臣幹吏委為流官，統治那些造反失敗的皇室宗親家族的領地和子民，朝廷比以前更加牢不可破，遠在天邊的慶王永遠也不可能再殺回上京來了。

百姓們為這一個個喜訊而歡欣雀躍，他們只想過過太平日子而已，這些消息對他們來說，當然是最好的消息。

* * *

月華殿中，蕭綽一襲白衣如雪。

花枝草蔓眼中開，小白長紅越女腮。

靈秀而嫵媚的容顏，如玉般剔透的白嫩肌膚，一雙眸子像蒙上了一層水霧的寶石般瑩潤動人，與月餘之前的她比起來，那時的她就像一朵嬌豔卻少了些活力的鮮花。

而現在的她，就像一朵鮮花的花瓣上流動著晶瑩的晨露，似乎無上的權力把她滋潤灌溉得更加成熟嫵媚、更加風情萬種，一顰一笑，都有一種沁入骨髓的柔媚。

一個白鬚白眉的老者坐在她對面，三根手指輕輕搭在她的皓腕上，凝神半晌，老者忽地雙眉一挑，收回手指，欣然起身，拱手道：「恭喜娘娘、賀喜娘娘。」

「哦？本宮喜從何來？」

老者滿面春風地道：「娘娘有喜了，而且懷的是一位龍子。」

蕭綽攸地一下站了起來，顫聲道：「當真？」

老者矜持地一笑，傲然道：「若是尋常的醫士，當須四個月以上時，才能從脈象上看出是男是女，老臣雖不敢自誇杏林國手，不過有孕月餘，這男女脈象的細微差異，卻還是能探得出來的，老臣一生行醫，但凡為人切脈，還從未失誤過……」

「好，好，好。」蕭綽又驚又喜，連忙道：「來啊，取明珠一斛，重賞黃院正。」

「哎呀，老臣惶恐，多謝娘娘賞賜。」

那老御醫忙不迭施禮道謝，又囑咐道：「娘娘初懷龍子，當保重鳳體，戒嗔戒怒，怡身養性，老臣與諸位醫士計議之後，當擬一個食補單子上來，以保龍胎。」

「好，有勞黃院正了。」

蕭綽欣喜萬分，待那黃院正退下，身邊內侍宮女紛紛上前跪拜道喜，蕭綽含笑叫起，眸中的驚喜卻漸漸被一抹暗暗泛動的寒光所取代。

皇帝寢宮，蕭綽默默佇立，大殿中雖然寬敞，可是藥味仍是經久不散，沉睡在龍床上的皇帝臉色蒼白、形銷骨立。沉默半晌，蕭綽忽然一轉身，大步走出了寢室，立於外殿，玉面一寒，沉聲喝道：「這一兩個月來，陛下的身子明明已經大好，怎麼會突然變成這樣？」

「啊？」

侍候在皇帝寢宮的擅治透箭瘡、毒傷的御醫和侍婢、內侍們面面相覷，大氣都不敢喘。

自打京師接踵發生政變，皇后娘娘就加強了皇帝寢宮的安全，所有負責為皇帝診治箭瘡的御醫、負責服侍的內侍、宮人一律固定下來，日夜守在宮中，且不再調入一個新人，還把他們的家人都看管起來做為人質，以防有人效仿弒殺先帝的法子，買通皇帝身邊的內侍行兇。

此後，娘娘又賞賜重金，讓他們對外張揚皇帝身子大好的消息，他們也都照做了，誰都知道，現在傳出皇上身子大好的消息，對上京穩定具有多麼重大的作用，他們都是生於斯長於斯的人，就算娘娘沒有許給他們好處，他們也是要不遺餘力地為娘娘造勢的。

可是……實際上皇上的身體每況愈下，早就純靠藥物吊著性命，寢宮裡所有的下人都知道，皇上怕是撐不了多久了，很可能連今年冬天都熬不過，這些事，每天都來探望皇上的娘娘當然心知肚明，今兒怎麼突然大發雷霆了？

遲疑半晌，寢宮總管勃里海才小心翼翼地試探道：「娘娘，皇上他……他的龍體這兩天一直不舒服……」

蕭綽聲色俱厲地道：「這兩天？這些日子皇上的身子明明已經大好，都是你們這些不開眼的奴才侍候不周，皇上一時任性，要開三石的弓，你們怎麼就不攔著些？害得皇上用力過巨，繃裂了傷口，以致病情復發？」

「啊……啊……」

勃里海眨巴眨巴眼睛，終於明白了娘娘的意思：現在上京已經穩定下來了，皇上的病情也不能再瞞著了，要不然沒準哪一天皇上猝然駕崩，如何向天下臣民交代？娘娘這是找個由頭把謊圓回來啊。

勃里海從善如流，立即應聲道：「是是是，奴婢們該死，皇上要試試三石的弓，奴婢怕掃了皇上的興，沒有從中攔著，害得皇上病情復發，奴婢該死，奴婢罪該萬死……」

勃里海說著便跪下去磕頭如搗蒜，太醫和其他內侍、宮女見狀，紛紛跪下去請罪，蕭綽冷笑一聲道：「你們也知道自己罪該萬死？好，來人吶！」

蕭綽高聲一喝，宮門轟然打開，兩大隊披甲執銳的宮廷女衛，在塔不煙率領下殺氣騰騰地闖了進來，蕭綽鳳目一睜，殺氣凝而不散、含而不露，凜然喝道：「將這些奴才盡數處死，一個不留！」

……

遍地伏屍中，蕭綽獨立其中，陽光斜照入殿，把她的身影拉得長長的，就像一隻母螳螂的刀臂，孤峭、筆直。

雪白瑩潤的小手輕輕撫摸著自己的腹部，她的臉上卻露出了甜蜜柔情的微笑：「兒啊，娘用許多人的性命來保證你的新生，你在娘肚子裡，可要乖乖的喔。現在，娘要去殺了你的親生爹爹，等到他死了，再尋個理由，把這些日子為皇上診病的太醫殺掉，這世上……就再也沒有人能威脅到咱們母子了……」

* * *

牢房中，楊浩的面罩已經被除下，站在他面前的，仍是一身女衛打扮的蕭綽，與上次滿臉恨意不同，此刻的她臉上帶著輕輕淺淺的微笑，睇視著楊浩時，就像一個柔情如水的女子凝視著她的情郎，看得深知蕭綽為人的楊浩不寒而慄。

「俗話說，一夜夫妻百日恩。楊郎，你我做了一個多月的夫妻，為什麼你看到我，卻是這樣一副表情？」

「今天，妳肯除下我的面罩，是不是決定殺我了？」

「是呀。」

蕭綽甜甜地笑，輕輕撫摸著自己的小腹，柔聲道：「楊郎，人家……已經有了和你共同的骨肉。你將成為契丹皇帝的親生父親，開不開心？」

蕭綽的表情秀媚無比，隱隱泛著一種母性的慈愛光輝，楊浩卻是越看越冷，他苦笑道：「其實，妳不必一定要殺我的。」

蕭綽輕輕地嘆氣，幽幽地道：「其實……我真的不想殺你，和你在一起這一個月，比我以前所有的歲月加起來都快活。我沒有騙你，當今皇上才是我的夫君，可是如果說我對這世上哪個男人用情最深，你要遠遠地超過了他在我心中的分量。」

楊浩冷哼一聲道：「榮幸之至！」

蕭綽莞爾，她款款走近，紅襖內潔白的衣領，襯得她細膩的肌膚如瓷般細潤，使得她就像新剝了皮的蛋清一般剔透、乾淨。

「楊郎，你能讓我蕭綽鍾情於你，讓你的兒子成為一國之君，旁人百世千秋都不可能得到的幸運，你都擁有了，縱然早死幾十年，這個代價和獲得的回報，難道不值得嗎？」

她說著，淺笑嫣然地自袖中摸出了一把鋒寒的尖刀。

楊浩目光一閃，忽地說道：「慶王還在西北，妳想一統契丹，留給妳的兒子一座大大的江山，這個心腹大患，卻不是輕易可以剷除的。」

蕭綽舉著尖刀緩緩走近，脣角仍帶著淺淺的笑意，可是眸中已凝起了兩痕淚光：「傻瓜，難道你還不明白？你的故事，到今夜就已講完了嗎……」

「慶王之勢，可不比朝中百官那麼好對付，或許……我們可以聯手，置之於死地。妳保證了朝廷上下再沒有一個敵人，而我……則擁有銀州。」

蕭綽充耳不聞，帶著淡淡的感傷道：「你很聰明，知道花言巧語打動不了我，男女之情更無法阻礙我下定的決心，於是用軍國大事來打動我，可惜……沒有用的，今天，你必須死！」

兩行清淚順著她清水瑩潤的臉輕輕淌下來，她微帶哽咽地道：「謝謝你陪我的日日夜夜，謝謝你……給了我一個兒子，讓我成為一個完整的女人。我會把你當成我的夫君，剪下你一綹頭髮永遠帶在身上，當我死去的時候，它會陪著我一同入葬……」

楊浩仍然在說話：「就像妳……也有數不清的祕密、不可示人的祕密一樣，我是宋國的使臣，但是，同時我還有另外一個祕密的身分。我是……党項七氏祕奉的共主，在西北擁有龐大的力量，正在醞釀對付夏州李氏的一場兵變……」

很奇異的場面，一個就像一個柔婉多情的妻子，在脈脈含情地傾訴，含淚與深愛的丈夫訣別，另一個卻在正氣凜然地縱談天下大事。

蕭綽的刀已然舉起，在聽到這一句時，終於在空中凝住，痴立半晌，她輕輕地嘆了口氣：「我蕭綽一旦拿定了主意，就如箭已離弦，任集天下所有人來，也休想再阻攔得住，這已是我第二次為你改變主意了。」

她緩緩放下手中利刃，目光閃動著道：「這個故事，似乎更吸引人，你不妨說說看，看它能不能打動我。」

「這事，得從趙官家兵伐北漢國開始說起了，當時，我是廣原程世雄將軍身邊一個校尉，因為向趙官家獻計，遷北漢百姓入宋境，以收釜底抽薪之效，於是奉命以三千鐵騎，護五萬百姓東行……」

蕭綽注意聽著，心中隱隱有種不安。這種不安來自於楊浩的神情，他的神情不再是第一次決意赴死時的安詳坦然，也不是明白自己的借種計畫時的憤怒屈辱，更沒有反抗無效之後的自暴自棄。此時的他，侃侃而談，神態從容，充滿了一種勝券在握的強大自信，似乎一切盡在他的掌握之中。

蕭綽非常不喜歡這種感覺，她直覺地感到，攻守之勢，似乎正在悄悄改變，楊浩似乎掌握了主動，可是這根本是不可能的，他是自己的階下囚，生死都在她一言之間，昨日似乎還自暴自棄、沉溺肉欲的他，怎麼會突然像是變了個人似的？難道……難道他一直以來的表現根本就是一個圈套？可是，他的陷阱究竟是什麼？

楊浩把結識李光岑，被他認為義子，得到党項七氏擁戴，祕密計謀對付夏州的一切和盤托出，然後坦然望向蕭綽，說道：「如果妳我聯手，一可以除掉妳最後一個心腹大患──慶王；二、如果西北被我占據，妳說會不會比現在這種情形對契丹更為有利呢？我知道，男女之情與江山社稷比較起來，孰輕孰重，妳心中自有一本帳，所以……我今天不和妳談男女之情，只談國家大事。」

蕭綽目光閃動，凝神想了許久，遺憾地向他搖搖頭：「你的提議很誘人，但是……如果是在你剛剛來到上京的時候就提出來，朕或許會考慮。可是很顯然，那時你並沒有與朕合作的意圖，或者說如非萬不得已，你沒有靠向契丹，與宋國為敵的意思。那是你唯一的機會，但是你錯過了。」

楊浩敏銳地注意到，她又開始自稱朕了，也就是說，個人情感的波動，現在已經不能再左右她的決定，她現在重又變成了契丹的最高統治者，在用一個政治家的思維在考慮問題，於是，他的眸中悄然閃過一絲不易被人察覺的笑意。

蕭綽仍在很誠懇地表白：「當你被朕抓進這裡的時候，你再提出來這個計畫，已經不合時宜了。就憑你汙辱了朕、就憑朕需要你們的消失來誘使德王自露馬腳，權衡之間，朕還是會要你們死。而現在……」

她長長地吸了一口氣，雙眸已完全恢復了清明：「現在更是絕不可能！朕腹中的孩子，目前才是朕最重要的，為了確保他身世的祕密絕不洩露，漫說是合作，就算你拱手把西北之地奉獻與朕，朕……也一定要殺了你。」

楊浩笑了，很得意地笑，就像看著一頭狡猾的狐狸終於跳進了他的陷阱，蕭綽已經重又舉起了刀，卻被他這種神情激怒了，她怒道：「你笑什麼？」

楊浩微笑道：「妳不能殺我，就因為妳有了孩子，所以妳絕不能殺我。」

蕭綽冷笑：「為什麼？你不會天真到因為你是孩子的父親，朕就會對你手下留情吧？」

「那倒不是。」

楊浩移開目光，悠然說道：「皇城西牆根下面住著一戶人家，叫脫羅華察兒。耶律休哥進城後剿殺德王叛軍，他家的大門上曾經被人砍過三刀，還射中兩箭，直到昨天，才找人修好，重新漆過，也不知現在乾了沒有，勞煩娘娘派人去查看一下，好嗎？」

蕭綽登時色變，厲聲道：「你說什麼？」

楊浩又道：「樞密院堂官明里帖木兒今天下午犯了絞腸痧，不知道現在好了沒有？傍晚的時候，南城門賀家牛羊肉鋪掌櫃的婆娘生孩子難產，是一對雙胞胎呢，也不知道現在是否母子平安？娘娘如果現在清閒些了，幫我打聽一下，如何？」

蕭綽如見鬼魅，臉色蒼白地瞪了他半晌，忽地轉身就走。

《步步生蓮》卷十五今為伊水寄生蓮完

GOBOOKS
& SITAK
GROUP©